그렇게 부모가 된다

17년 교직을 포기하고
좋은 아빠가 되고 싶었던
EBS강사의 이야기

정승익 지음

그렇게 부모가 된다

17년 교직을 포기하고
좋은 아빠가 되고 싶었던
EBS강사의 이야기

정승익 지음

NEVER
GIVE UP

부모의 모든 순간이 서툴고 어렵습니다

아이가 태어나던 날이 생각납니다. 영화나 드라마에서 보던 굉장한 감동이 있을 것으로 예상했지만 아이가 태어나기 전까지는 걱정스럽고, 아이가 태어난 이후에는 얼떨떨한 감정이 들었던 것 같습니다. 물론 저보다 훨씬 더 감격스러운 순간을 맞이하신 분들이 많으실 것 같지만, 적어도 저는 얼떨결에 부모가 된 것 같습니다. 둘째는 막판에 갑자기 제왕절개를 하게 되면서 더욱더 감동을 느낄 여유가 없었습니다.

부모가 되고 나니 모든 것이 처음이라 서툴고 어렵습니다. 기본적으로 아이를 먹이고 재우고 키우는 것도 어렵지만, 더 어려운 것은 부모로서의 저를 형성하는 작업 같습니다. 생물학적인 부모를 넘어서 아이들의 든든한 버팀목 역할을 하는 부모가 되고 싶은데 여전히 너무나도 부족합니다.

요즘에는 아이들의 교육에 대한 책임도 부모가 맡고 있습니다. 어쩌면 부모들이 이 역할을 자처했을 수도 있습니다. 어쨌든 아이들이 아주 어릴 때부터 부모가 아이들의 수학, 영어 교육을 도맡아 진행합니다. 먹고 사는 문제를 해결하고, 집안 살림을 꾸리고, 아이들을 교육하는 것까지 모조리 부모의 역할입니다. 이 역할을 수행하는 것만으로도 하루 24시간이 모자랍니다.

우리는 문득 멈추어 고민합니다. 나는 지금 좋은 부모일까. 누구나 좋은 부모가 되고 싶습니다. 저 또한 그중 한 명입니다. 아이들에게 더 좋은 아빠가 되고 싶습니다. 매일, 매 순간 아빠로서 부족함을 느낍니다. 여러분도, 저도 부모가 되는 교육을 정식으로 받은 적이 없기에 지금 내가 잘하고 있는지, 좋은 부모란 어떤 모습인지 매일 고민하게 됩니다.

이 책은 매일 저에게 떠오른 생각들을 모은 것입니다. 저는 여느 부모님들처럼 하루하루 최선을 다해 살아가는 평범한 아빠입니다. 일기장에 적어야 할 것 같은 생각들을 세상에 내놓아도 될지 고민했습니다. 다만, 이 책을 읽으시면서 여러분과 부모의 지혜를 모으고 싶습니다.

교육 이야기에 있어서는 나름의 전문성을 담았습니다. 아이들이 커

갈수록 결국 교육, 입시 문제를 벗어날 수 없기에 제가 작은 도움을 드리고자 합니다. 다만 이 책의 내용은 입시에서 성공하는 길을 알려드리지는 않습니다.

이 책의 내용이 아이들과 함께하는 저녁 시간을 따뜻하게 만들면 좋겠습니다. 가족끼리 맛있는 것을 함께 먹고, 서로 따뜻한 대화를 나누면서 행복한 시간을 만들어줬으면 좋겠습니다. 마음속에 떠오르는 불안을, 이 책의 내용을 통해서 조금은 물리치고, 여러분의 오늘 저녁이 더 따스해진다면 좋겠습니다.

저도 여러분과 이야기를 나누면서 아이들에게 더 따뜻한 아빠가 되겠습니다.

– 두 아이와 거실에서, 아빠 정승익

작가의 말

부모의 모든 순간이 서툴고 어렵습니다

PART
1.

그렇게 부모가 된다
- 부모 이야기 -

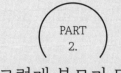

PART
2.

그렇게 부모가 된다

- 진로 이야기 -

PART
3.

첫 번째 교육 이야기
- 선행 이야기 -

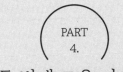

PART 4.

두 번째 교육 이야기
- 공부의 본질 -

PART 5.

세 번째 교육 이야기
- 초등학교 이야기 -

PART
6.

네 번째 교육 이야기
- 중학교 이야기 -

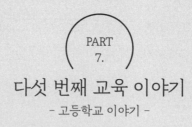

다섯 번째 교육 이야기

- 고등학교 이야기 -

PART 8.

그렇게 부모가 되어 갑니다

에필로그

그렇게 함께, 진짜 부모가 되어 가겠습니다

그렇게 부모가 된다

부모 이야기

그렇게 부모가 된다

어느 부모나 아이가 태어나던 날의 기억이 있을 겁니다. 저도, 제 아들딸이 태어나던 날이 기억납니다. 10년도 더 지난 일이라 정확하지는 않지만, 첫째는 태어나면서 울지 않아, 간호사분께서 아이를 데리고 황급히 나가셨던 기억, 둘째는 거의 다 나왔다고 했는데 갑자기 제왕절개 수술을 해야 한다고 해서 혼비백산하며 수술 동의서에 서명했던 기억이 납니다.

부모의 인생에서 가장 감동적이어야 할 날이 왜 이런 식으로 기억되었는지 곰곰이 생각해 봅니다. 부모가 된다는 사실에 제가 막연한 불안을 느낀 것이 하나의 이유일 것 같습니다. 고기도 먹어 본 사람이 잘 먹는다는데, 처음 부모가 되면서 확신을 갖고 모든 일을 척척 처리할 수는 없었을 겁니다. 떨리고 불안한 마음으로 그렇게 부모가 되었습니다.

아빠가 된 지도 10년이 넘었습니다. 10년이 적지 않은 세월인데 저는 아직도 이 역할에 완전히 적응을 못 한 것 같습니다. 제가 생각하는 부모라는 존재는 태산같이 든든한 존재였습니다. 어릴 적 저의 부모님들이 그러셨던 것처럼 태양처럼 따뜻하고, 언제나 기댈 수 있는 그런 '어른' 같은 존재가 제가 생각하는 부모였습니다. 하지만 지금 제 모습을 돌아봤을 때 그런 대단한 존재와는 거리가 있습니다. 그래서 고민이 됩니다.

저는 좋은 아빠일까요? 좋은 아빠가 될 수 있을까요?

이 책을 통해서 부모로서 제가 생각한 것들, 여기에 덧붙여 교육 현장에서 평생 몸담으면서 고민한 것들을 나누고자 합니다. 제가 대단한 전문성을 갖고 있거나 성숙한 존재가 아니기 때문에 이 책에 담겨 있는 내용은 완성되지 않은 제 생각들입니다. 문제에 대한 해결책이라기보다는 고민에 가깝습니다.

그럼에도, 이 책을 통해 여러분들과 좋은 부모가 되기 위한 생각을 나누고 싶습니다. 그렇게 위로하고 공감하면서 아이들에게 더욱더 따뜻한 부모가 되어 가고 싶습니다.

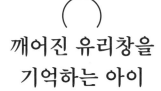

깨어진 유리창을
기억하는 아이

성공한 의사분께서 어릴 적 가난을 떠올리며, 가난의 색깔은 회색이라고 말씀하신 것이 기억납니다. 벽지가 벗겨진 곳에서 드러나는 시멘트벽의 색깔이 회색이지요. 주변에 회색이 많았던 유년 시절을 떠올리며 가난의 색을 회색에 비유하셨습니다.

저의 어린 시절을 생각하면 깨어진 유리창이 제일 먼저 생각이 납니다. 일평생 소처럼 가족을 위해서 일하신 어머니는 평생 시어머니를 모시고 살았습니다. 그 시어머니는 제가 본 어떤 드라마에 나오는 악독한 시어머니보다도 더 나쁜 사람이었습니다. 적어도 제 눈에는 그렇게 보였습니다. 중학교 미술 교사였던 어머니였지만, 저는 어머니가 고상하게 그림을 그리는 모습을 본 적이 없습니다. 어머니는 새벽에 일어나셔서 할머니 이하 가족들 아침 식사를 다 챙기고 출근하셨습니다. 퇴근해서 집에 오시자마자 부엌에 들어가서 온 가족의 저녁을 성대하게 차리고, 집안일을 모두 마치고 10시가 넘어 겨우 방으로 들어가셨습니다. 더정확히는 9시쯤 일을 마치고 할머니 방에 가족 대표로 들어가, 일일 드라마를 같이 봐 드리며 비위를 맞춰 드리는 일까지 하셨습니다.

그런 천사 같은 어머니를 할머니는 이유 없이 평생 괴롭히셨습니다. 그런 할머니를 저는 돌아가실 때까지, 아니 돌아가신 이후에도 미워했습니다. 아버지, 어머니는 할머니를 마지막에는 용서하신 것 같았습니다. 저는 유치하지만 용서하지 않았습니다. 기억이 생긴 그 순간부터 잠자리에 들면서 할머니를 저주했고, 할머니만 없으면 우리 식구가 돈 없이도 행복하겠다는 생각을 매일 했습니다.

할머니는 가까운 친척과의 돈 문제를 만드셨고, 그 결과 돈 때문에 집에서 주기적으로 큰 다툼이 있었습니다. 한 친척이 행패를 부린 날, 부산본가 주방의 문 유리는 깨어졌고, 그 문은 아직도 깨진 채로 있습니다. 아버지, 어머니는 그게 깨진 걸 잘 모르시거나 알고도 놔두시나 봅니다. 저는 그 유리창이 깨지던 날이 선명하게 기억납니다. 친척 중 한 분이 와서 천사 같으신 저의 어머니께 입에 담지 못할 욕을 하고, 돈을 내놓으라고 쇠숟가락을 던졌거든요. 그때 그 유리창이 깨진 것을, 저는 정확히 기억하고 있습니다.

부모로서 살아가는 우리 마음속에는, 이렇게 어린 내가 자리하고 있는 것 같습니다. 어릴 적의 이런 기억쯤은 훌훌 털어버리고 태산 같은 부모가 되고 싶은데, 제 속에는 깨어진 유리창을 기억하는 아이가 있습니다.

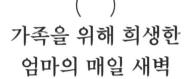

가족을 위해 희생한
엄마의 매일 새벽

어머니는 평생 호랑이 같은 시어머니를 모시고 사셨습니다. 다른 집 할머니는 직장 다니는 며느리를 도와서 살림도 해주시고, 아이들도 돌봐주시고 하시던데, 저희 집은 전혀 그렇지 않았습니다. 외식을 싫어하시는 할머니 때문에 어머니는 아침부터 진수성찬을 차리셨고, 저녁에 퇴근하고 집에 오셔서도 성대한 저녁을 차리셨습니다. 워킹맘이신 어머니가 미꾸라지를 장만해서 집에서 추어탕을 끓이는 것은 선을 넘었다고 생각합니다. 그렇게 저희 집에서는 할머니가 좋아하시는 갖은 요리가 식탁 위에 올라왔습니다. 제 기억으로는 어릴 적에 배달 음식을 먹은 적이 없습니다. 며느리 입장에서는 끔찍한 이야기이죠. 저는 어머니께서 매일 고생하시는 것을 본 부작용(?)으로 아직도 누가 차려준 음식을 먹고 싶지 않습니다. 맛있는 음식을 파는 식당도 많고, 배달 음식도 잘 나오는 세상에서 누군가가 고생해서 만든 음식을 먹고 싶지 않습니다.

어머니는 평생 부산에서 미술 교사로 근무하셨습니다. 직장을 다니신 어머니는 정말 일찍 일어나셨습니다. 도대체 몇 시에 일어나셨을까요? 제가 어머니보다 먼저 일어난 적이 한 번도 없기 때문에 어머니가 몇 시에 눈을 뜨셨는지 모릅니다. 새벽 6시쯤 어머니가 주방에서 달그락거리는 소리에 아침이 온 것을 알 수 있었습니다. 어머니는 그보다 훨씬 더 먼저 일어나셨을 겁니다. 아침상을 보면 그걸 알 수 있었습니다. 어머니는 할머니를 비롯한 가족들의 아침을 제대로 차리셨습니다. 특히 할머니 때문입니다. 입맛이 까다롭고 성격이 괴팍한 할머니는 음식이 입에 안 맞으면 숟가락을 탁 놓으셨던 걸로 기억합니다. 이 입맛을 맞추기 위해서 어머니는 평생 애쓰셨습니다. 그 시절에 우리 어머님들이 이런 삶을 많이 사셨죠.

어머니의 새벽은 어떠했을까요? 제가 어릴 때는 어머니의 하루를 헤아려볼 생각조차 못 한 것 같습니다. 그리고 부모가 되고 나니 비로소 어머니의 삶을 돌아보게 됩니다. 아빠가 된 지 10년이 지난 지금도 저는, 제가 아이를 위해서 완전히 헌신하고 있다고 생각하지 않습니다. 맛있는 건 저도 좀 먹고 싶고, 아무리 부모라도 힘든 건 힘들다고 느낍니다.

하지만 지금의 제 나이에, 어머니는 미꾸라지를 갈아서 추어탕을 만드셨네요. 어머니는 어떤 마음으로 새벽에 일어나셨고, 어떤 마음으로 하루를 보내셨을까요.

시간이 많이 지나서 어머니께 한 번 여쭤봤습니다. 그때 왜 도대체 할머니를 모신 거냐, 따로 살아도 되지 않았느냐, 돈도 엄마가 벌고, 살림도 엄마가 다 했는데 도대체 왜 그 말도 안 되는 구박을 받으면서 모진 세월을 견디셨는지를 말이죠. 어머니는 가족을 위해서 그랬다고 말씀하셨습니다.

가족을 위하셨다는 어머니의 그 말씀이 마흔이 넘어서도 아직 이해가 안 되는 저는 부모 수련을 계속해야 할 것 같습니다.

좋은 아빠가 될 기회는
매 순간 찾아온다

저는 어릴 때 어머니께 정말 의지를 많이 했습니다. 아버지는 제가 어릴 때 일하시느라 출장이 많으셔서 집에 거의 안 계셨습니다. 아버지가 집에 계신다고 해서 딱히 가정 분위기에 도움이 되지 않았습니다. 아버지는 수시로 할머니와 다투셨고, 이 문제는 어머니가 주로 해결했습니다. 저는, 아버지와 할머니가 함께 있는 식탁이 싫었습니다. 금방이라도 싸움이 날 것 같았고, 이 모자의 문제를 우리 엄마가 또 해결해야 한다는 사실이 더 싫었습니다.

어린 마음에 엄마가 너무 고생하시는 것 같아서, 엄마에게 이런 고생을 시키는 원인을 제공한 아빠를 마음 깊이 좋아하기 어려웠습니다. 그럼에도 제가 아빠를 미워할 수 없는 이유가 있었습니다. 아버지는 공부를 정말 잘하셨습니다. 당시 우리나라에서 공부를 제일 잘하는 사람들이 들어가는 대학의 학과를 졸업하셨거든요. 저는 그 정도로 공부를 잘하지 않았습니다. 하지만 아버지는 저에게 공부하라고 하시거나, 저에게 실망한 모습을 보이지 않으셨습니다. 저는 마지막 수능에서도 기대했던 결과를 얻지 못했습니다. 하지만 아버지는 그때에도 실망하지 않으셨습니다. 저는 이 점을 평생 감사히 여깁니다. 분명히 아버지의 기대를 제가 충족시키지 못했는데 이상하게 아버지는 실망하지 않으셨어요. 하지만 이제는 압니다. 아마 뒤에서 마음 수련을 많이 하셨을 겁니다. 당시만 해도 장남이라는 개념이 클 때였고, 장남이 아버지의 뒤를 이어 최고 명문대에 입학하기를 참으로 바라셨을 텐데, 아버지는 제가 그 목표를 달성하지 못했을 때 실망하지 않으셨습니다.

고등학교 때의 일입니다. 그때 우리는 모두 야간자율학습을 강제로 했었죠. 밤 10시 넘어까지 학교에서 공부했던 걸로 기억합니다. 그때 아버지는 학교에 자주 오셨습니다. 저의 친구들이 아버지를 기억할 정도입니다. 아버지가 고등학교에 오는 것은 자식이 사고를 칠 때를 제외하고는 지금도 참 드문 일이죠. 아버지는 저녁때쯤 학교에 오셔서 야간자율학습을 빼주셨습니다. 돈가스를 사주시고, 한 번은 사직야구장에서 야구도 보여주셨습니다.

제가 부모가 되어 보니, 아버지께서 저에게 공부로 잔소리를 안 하시고, 그 대신 돈가스를 사주신 것이 얼마나 대단한 수련이 필요한 일이었는지를 알게 됩니다. 저도 평생 아이들에게 공부로 잔소리하지 않기 위해서 매일 노력합니다. 이 약속을 지킬 수 있다면 그것은 아버지 덕분일 겁니다.

부모가 자녀에게 평생 기억될 기회는 매일 찾아온다고 생각합니다. 어제 실수해도 오늘 기회는 찾아옵니다. 딱 한 번의 기회만 제대로 잡아도 자녀는 평생 부모에게 감사하고 기억합니다. 지금의 제가 그런 것처럼요.

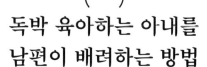

독박 육아하는 아내를
남편이 배려하는 방법

아이가 태어난 뒤, 저는 경제 활동을 하고, 아내는 육아를 전담했습니다. 각자의 고향이 굉장히 멀다 보니, 부모님의 도움을 받을 수 없는 상황이었기에 이것이 최선의 결정이었습니다. 저는 아내 몫까지 2배 더 일했고, 아내는 독박 육아를 했습니다.

무작정 열심히 일하다 보니 매일매일 야근이었고, 주말에도 일을 할 때가 많았습니다. 뭐라도 해야 한 푼이라도 더 벌 수 있는 상황이어서 저에게는 무조건 열심히, 많이 일하는 선택지밖에 없었습니다. 많은 분이 일보다 육아가 힘들다고 생각하실 겁니다. 아빠인 저로서는 다소 억울한 판정(?)이긴 하지만 충분히 이해가 갑니다. 특히 제가 하는 일은 지난 경험들이 도움이 되지만, 육아는 매 순간이 새롭죠. 지난 지식과 경험이 도움이 되지 않습니다. 태어나서 처음 겪는 일들과 감정들을 해결해야 합니다. 두 아이를 독박 육아하는 아내는 점점 시들어 갑니다. 아내를 살리겠다는 마음으로 저는 두 아이와 함께, 엄마 빼고 주말여행을 결심합니다.

아이들이 주로 가는 여행지에서 부모님들의 모습을 보면 생기가 없는 가정이 많습니다. 저는 이 마음을 충분히 공감합니다. 솔직히 저에게 주말에 어디 가서 놀고 싶냐고 물으면 저는 1초의 망설임도 없이 쇼핑몰에 갈 겁니다. 가서 구경도 하고, 살 것도 사고, 맛난 음식도 사 먹고, 시원한 커피도 마실 겁니다. 하루 종일 그렇게 시원하고 우아하게 놀 겁니다. 하지만 부모의 주말 여행지는 주로 아이들에 의해서 결정됩니다. 그래서 여행지에서 뛸 듯이 기뻐하는 부모들은 찾기 어렵습니다. 다들 부모의 역할을 묵묵히 수행하고 있는 것이 느껴집니다. 저는 이럴 거면 한 명의 부모라도 살려야 한다는 마음이었습니다. 그래서 주말 나들이에 아내를 놔두고 저 혼자 가겠다고 결심한 겁니다.

그렇게 저는 주말에 하루라도 시간을 마련해서 두 아이를 데리고 어디론가 떠납니다. 이때의 경험을 책으로도 쓰려고 했었답니다. 아빠들이 애 둘을 데리고 갈 수 있는 여행지들을 모아서 안내 책자 같은 것을 만들려고 했었거든요. 하지만 이후에 코로나19가 발발하면서 이 책은 역사 속으로 묻혔습니다.

두 아이와 여행하며 느낀 섬은, 엄마 혼자서 아이들을 데리고 다니는 것은 흔하지만, 아빠가 혼자서 애들을 데리고 온 집은 많지 않았다는 것이었습니다. 혼자서 애들을 데리고 쩔쩔매니까 다른 분들이 도와주신 기억들이 납니다. 서울의 어느 지하철역 계단에서 청년이 유모차를 들어주었고, 피자 만드는 체험을 할 때, 옆 테이블에서 도와주셨던 기억도 나네요.

아내 빼고 주말여행은 아내의 숨 쉴 수 있는 시간을 확보하기 위한 결정이었지만, 의외로 저에게도 굉장히 유익한 경험이었습니다. 혼자서 아이 둘을 데리고 나들이를 떠나니까 비장한 각오가 생기더라고요. 똥기저귀를 갈면서 뿌듯함을 느끼기도 했고, 아이들과 완전히 함께하는 그 시간이 참 좋았습니다.

지금은 기억이 파편처럼 남아 있지만, 그때 아내 빼고 주말여행을 한 것은 여전히 잘한 결정이었다고 생각돼요. 갯벌 한가운데서 아이 둘을 안고 오도 가도 못했던 그날이 기억납니다. 좋았던 기억보다 힘들었던 기억이 생생한데, 어쩌면 그 힘들었던 날들이 은근히 좋았던 것 같습니다.

아빠가 EBS 강사에
8년이나 지원했던 이유

강의에서 학생들에게 힘을 주기 위해서 주기적으로 이야기하는 저만의 레퍼토리가 있습니다. 바로 EBS 강사 오디션에 8번 떨어진 이야기입니다. 정확히는 고등 강의를 위한 EBSi 강사 오디션에 8번 떨어졌습니다. 1년에 한 번 오디션을 치르기 때문에, 저는 8년간 불합격을 한 겁니다. 절대 짧지 않은 세월입니다.

누군가는 한두 번 지원했다가 떨어지면 굳이 다시 지원을 안 하는 자리입니다. 저는 여기에 8년간 지원했습니다. 고상한 목적으로 포장하고 싶지 않습니다. 저는 아내와 두 아이를 먹여 살리겠다는 일념으로 무조건 지원했습니다.

결혼하고, 아이를 낳고 난 뒤 깨닿은 것이 있습니다. 가족을 꾸려시 차 한 대, 집 한 채를 갖는 것은 결코 쉬운 미션이 아니었습니다. 총각 때 마트에 가면 아이 하나둘 데리고 온 가족들이 카트 가득 이것저것을 쇼 핑하는 모습을 흔히 봤습니다. 이것은 결코 당연한 것이 아니었습니다. 내 차, 내 집, 내 방은 어쩌면 평생을 걸고 노력해야 얻을 수 있는 것임을 결혼하고 알게 되었습니다.

돈을 불리는 데는 별다른 재주가 없었던 제가 선택한 방법은 무작정 열심히 하는 것이었습니다. 뭐라도 해야겠다는 마음에 교사가 지원할 수 있는 모든 자리에 다 지원했었습니다. 조금이라도 더 실력을 쌓고 이 름을 알리면 형편이 나아질 것이라고 막연하게 기대했습니다. 수업경연 대회에도 나갔고, 크고 작은 일들을 쉼 없이 했습니다. 다른 이들보다 나 을 것이 별로 없었기에 무조건 더 열심히 해야 한다는 강박도 있었던 것 같습니다. 그렇게 모질게 일을 했습니다.

EBS에 지원하는 것은 전혀 어렵지 않았습니다. 돈이 드는 것도 아니 고 힘이 들지도 않았습니다. 온라인으로 지원하는 것이 뭐가 어렵겠습 니까. 떨어진 뒤에 자존감을 찾는 것도 결코 어려운 일이 아니었습니다. 자존심 상하고 슬퍼하는 것도 사치라고 생각했습니다. 저는 그저 내년 에는 더 열심히 준비해서 지원해야겠다는 생각만 했습니다. 더 적게 자 고 더 많이 공부해야겠다, 강의 실력을 더 키워야겠다, 그런 생각으로 보 낸 세월이 8년입니다.

부모가 아니었다면 그렇게 모질게 살지 않았을 겁니다. 아빠 역할 한 번 제대로 해보겠다고 열심히 살았습니다. 모든 부모님의 삶이 그렇듯 이 몸과 마음에는 그 시절의 흉터가 남아 있습니다. 열심히 살면 사람의 몸과 마음은 멀쩡하기 쉽지 않습니다. 평생 축구를 하면 무릎 연골이 남아나지 않습니다. 야구 투수의 손가락에 굳은살이 없다는 것은 말이 안 되는 겁니다. 열심히 하면 아픕니다. 그 아픔을 기꺼이 감수할 명분이 있는지가 중요하겠죠.

부모의 자리는 이 아픔까지도 사랑하게 만드는 것 같습니다. 저의 어머니도 말년에 크게 아프셨죠. 시어머니를 모시고 온 가족을 위해서 몸이 부서지도록 일을 하셨으니 그 몸이 버텼을 리가 없습니다. 부모로서 저의 삶은 그에 비하면 새 발의 피입니다. 부모로서 살면서 생긴 이 몸과 마음의 흉터가 곧 부모에게 주어지는 훈장이겠죠? 여러분에게도 훈장이 하나씩은 있으실 거라고 생각이 듭니다. 고생 많으셨습니다.

2022년 11월 20일,
아빠가 교사를 그만둔 날

이날은 제가 17년간 몸담은 학교를 그만두기로 결심한 날입니다. 과거 일을 기억하는 편이 아니지만, 이날은 따로 기록해 두었습니다. 학교 교사로서, EBS 강사를 병행하는 것은 체력적으로 좀 무리가 됩니다. 남들이 퇴근하는 시간에 제2의 직장인 EBS에 출근합니다. 한밤이지만 대낮처럼 웃으면서 강의합니다. 그렇게 강의를 마치고 집으로 오면 자정쯤 됩니다. 방송일을 하는 분들은 비슷할 거 같은데, 방송할 때 흥분이 되는지 밤에 잠이 잘 안 옵니다. 그렇게 잠이 안 오는 김에 새벽 3시 정도까지 일한 뒤, 잠시 자고 출근하는 것이 보통의 루틴이었습니다. 출근해서는 주변에 피해를 주지 않기 위해서 10년 넘게 점심 급식을 먹지 않고 점심시간에도 일을 했습니다. 좋은 것을 챙겨 먹지도 않아서 맥심 한

잔으로 끼니를 때울 때가 많아, 살은 찌고 몸도 많이 안 좋아졌습니다. 교직 생활을 돌아보면 제가 나쁜 놈은 아니었지만, 다른 분들과 충분히 대화를 나누고 베풀 정도로 여유가 있지도 않아, 좋은 놈도 아니었던 것 같습니다. 여느 사회 조직이 그렇듯 저도 참 많은 일을 겪었지만, 어떤 일이 있어도 신체와 정신이 힘들어서 이 일을 그만두는 일은 없을 거라고 새벽마다 다짐했습니다. 저는 교사로서, 그리고 EBS 강사로서 자부심이 있었거든요.

제가 더 숨 가쁘게 살 수밖에 없었던 이유는 좋은 아빠가 되겠다는 욕심 때문이었습니다. 주로 주말에 촬영하는 EBS 강의는 무조건 아침 일찍 촬영했습니다. 그렇게 오전에 촬영이 끝나면 집으로 달려가서 방송용 화장도 지우지 않고 두 아이를 데리고 여행을 떠났습니다. 그 반나절도 안 되는, 엄마 빼고 주말여행을 가는 시간이 일주일 내내 독박 육아를 한 아내가 숨 쉬는 시간이기도 했습니다.

아이들 똥 기저귀를 갈면서 여행을 다녔습니다. 젖소 우유도 짜고, 치즈도 만들고, 딸기도 따고, 갯벌도 갔습니다. 이제는 기억도 나지 않지만 그렇게 좋은 아빠가 되려고 노력했습니다. 몸은 힘들어도 학교, EBS, 아빠로서 역할을 충실하게 하고 있다고 생각했기에 견딜 수 있었습니다. 정신적으로 무너지는 것도 배부른 소리라고 생각했고, 전부 다 할 수 있다고 심호흡하며 하루하루 살았던 기억이 납니다.

그러던 11월의 어느 일요일이었습니다. 좋은 아빠가 되겠다고 항상 어린 두 녀석과 잠자리에 함께 누웠습니다. 아이들이 잠들면 슬쩍 빠져나와서 새벽까지 일을 하는 것이 저의 루틴이었습니다. 그런데 그 날따라 아이들이 잠을 자지 않았습니다. 자주 보지 못하는 아빠와 함께 누운 아이들은 얼마나 하고 싶은 말이 많았을까요. 얼마나 잠들고 싶지 않았을까요. 저는 그때 그 마음을 헤아릴 여유가 없었습니다.

9시에 잠자리에 든 아이들은 10시, 11시가 되어도 잠을 자지 않았습니다. 그렇게 저의 예상 수면 시간은 줄어듭니다. 그리고 참다못한 제가 버럭 소리를 지릅니다. 저는 살면서 누구에게도 그렇게 큰 소리를 내 본 적이 없습니다.

"너희가 잠을 안 자니까! 아빠가 일을 못 하잖아!"

글로 표현해서 잘 안 느껴지시겠지만, 제가 낼 수 있는 가장 큰 소리로 외친 겁니다. 아이들은 놀라서 울지도 않았습니다. 이 급발진이 너무 갑작스러웠겠죠. 저에게도 당황스러운 일이었습니다. 저는 아이들이 겨우 잠든 새벽, 책상에 앉았습니다.

'나는 정말 좋은 아빠가 되고 싶었는데, 마흔의 나는 나쁜 아빠구나.'

좋은 아빠가 되기 위해서 일도 하고, 돈도 벌고, 여행도 가고, 자녀 교육서도 참 많이 읽었는데 저는 나쁜 아빠가 되어 있었습니다. 세상에서 가장 사랑하는 아이들에게 살면서 내 본 가장 큰 소리로 화를 냈으니까요. 제 삶에 껍데기만 남은 느낌이 들었습니다. 그리고 깨달았습니다. 괜찮지 않았습니다. 매일 할 수 있다고 혼잣말했는데 사실 할 수 없는 일을 하고 있었습니다. 변화가 필요한 때라고 느꼈습니다. 전부 다 끌고 갈 수 없었고, 선택해야만 했습니다. 이제 나이도 마흔이 되어서 저의 마지막 팔팔한 젊음을 무엇에 투자할지를 결정해야 했습니다.

그리고 저는, 저의 마지막 청춘을 좋은 아빠가 되는데 쓰기로 결심합니다. 제 마음에게 새벽 내내 물어봤는데 그것이 맞는 것 같았습니다. 제가 가장 많은 시간을 쓰고 있는 일은 학교 일이었습니다. 아침 9시부터 저녁 5시까지, 그리고 그 이후의 시간에도 학교 일은 내내 신경을 써야 합니다. 가장 많은 시간을 할애하는 학교를 떠나, 아이들 곁으로 가기로 결심합니다. 그러면 적어도 아이들에게 갑작스레 소리치는 그런 일은 인생에서 다시는 없을 것 같았거든요.

그렇게 결정을 내리고, 자고 있던 아내를 깨워서 학교를 그만두겠다고 말했습니다. 이미 수년 전부터 제가 힘들다고 많이 징징(?)거렸기 때문에 아내는 언제든지 힘들면 그만하라고 했습니다. 그날이 드디어 왔다고 아내는 느꼈나 봅니다. 아내는 제가 원하는 대로 하라고 말해줬습니다. 그렇게 월요일에 학교에 죄송하다는 말과 함께 퇴직원을 제출했습니다. 학생들에게 피해가 되지 않도록 남은 학기를 마무리하고, 다음 해 봄에 저의 17년 교직 생활은 끝이 났습니다.

부모와 자식 사이의
지독한 우연

제가 초등학교 5학년 때쯤으로 기억합니다. 회사에 다니시던 아버지가 퇴직하시고 집으로 오셨습니다. 회사를 관두신 이유에 대해서는 굳이 구체적으로 여쭙지 않았습니다. 아직도 아버지의 퇴직 이유는 잘 모릅니다. 그저 아버지께서 좋은 아버지가 되기 위해서 집으로 오셨다고만 들었습니다. 이후의 상황은 그리 좋지 않았습니다. 그 시절의 아버지들보다는 훨씬 세련된 아버지였지만, 그래도 아버지가 집에 계신 것이 가정 분위기에 크게 도움이 되지 않았습니다. 할머니와 자주 부딪히셨고, 가정에 이런저런 일들이 생기면서 경제적으로 어려움이 생겼습니다. 어린 마음에 차라리 아버지께서 회사에 다니시면 할머니와도 덜 만나고, 돈도 더 벌 것이라는 생각에 아버지가 집에 오래 머무시는 것을 좋아하지 않았습니다. 아버지가 집에서 누나와 저와 시간을 많이 보내는 것도, 시간이 있으셔서 학교에 자주 오시는 것도 그때는 그렇게 반갑지 않았습니다. 고등학교 친구들이 기억할 정도로 아버지가 학교에 자주 오셨었는데, 당시에는 아버지가 좀 부끄럽기도 하여, 충분한 반가움을 누리지 못한 것 같습니다. 저는 나중에 어른이 되면 아버지와는 정반대로 집 밖에서 돈을 부지런히 벌어와야겠다는 생각도 했었습니다.

그런데 막상 제가 퇴직을 하고 보니, 딱 아버지가 집으로 돌아오셨던 그 나이에 저도 퇴직을 결심했더군요. 지독한 우연 또는 운명이라고 생각했습니다. 인생이 참 재밌다는 생각도 했습니다. 그렇게 아버지와 다른 삶을 살겠다고 평생 다짐하며, 아버지보다 더 돈을 많이 벌겠다고 악착같이 일을 했는데, 결국 인생에서 가장 중요한 타이밍이 그때의 아버지와 같은 시기에 왔고, 그때의 아버지와 같은 결정을 내렸습니다.

아버지는 제가 아는 사람 중에 제일 똑똑한 분이셨습니다. 다만 모난 천재, 부모와 시대를 잘못 만난 분이라고 생각했습니다. 제가 어릴 때는 아버지에 대한 기대 때문인지, 아니면 할머니와 자꾸 싸워서 엄마를 힘들게 해서인지 아버지의 부족한 면이 더 크게 보였던 것 같습니다.

아버지는 불의를 보면 참지 못하는 소위 불같은 성격을 갖고 계셨고, 화를 꽤 자주 내셨습니다. 의외로 저도 이런 면에서 아버지와 똑같습니다. 안 그런 척 웃고 다니지만, 속에서는 불이 날 때가 많습니다. 아버지는 화를 참 멋없게 내셨습니다. 멋있게 화를 낸다는 것은 차분하지만, 묵직하게, 딱 자기의 주장을 하는 그런 모습이라고 생각합니다. 아버지는 화를 내면 흥분이 앞서고, 목소리가 떨립니다. 그래서 할 말도 제대로 잘 못 하십니다. 참 멋이 없죠. 지금 제가 똑같이 그렇게 합니다. 아내가 그러더라고요. 제가 화를 낼 때 목소리가 아버지랑 똑같다고 합니다. 생각해 보니 맞습니다. 아버지의 유전자가 고스란히 제 안에 있는 겁니다.

퇴직하며 아버지 생각이 많이 났습니다. 아버지도 퇴직을 결정할 정도로 큰 고민을 하셨겠죠. 퇴직 이유를 굳이 묻지 않은 것은 잘했다는 생각이 들었습니다. 아버지는 출장이 많은 회사에 다니셔서 어릴 적, 집에 거의 안 계셨습니다. 아버지도 저처럼 돈을 버시느라 아들딸 크는 모습을 보지 못하셔서 아주 괴로우셨겠다는 생각이 듭니다. 그런 마음이 퇴직 결정에 큰 몫을 했겠죠.

참 싫어했던 아버지의 모습이 제 안에 그대로 있습니다. 아버지가 집에 오지 않으시고 내내 돈을 버셨으면 했는데, 그때의 아버지처럼 저도 집으로 왔습니다. 지독한 우연 또는 이미 예정된 운명이라는 생각이 듭니다. 부모와 자식 사이는 역시 보통 사이가 아님을 느낍니다.

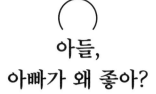

아들,
아빠가 왜 좋아?

저의 첫째 아이는 초등학교 5학년입니다. 이제 제법 성숙한 대화가 가능해서 가끔 진지한 이야기도 나눕니다. 원래는 아빠가 쓰는 책에 큰 관심이 없었는데 이제 아빠가 책을 쓰는 사람이라는 것도 인지한 것 같습니다. 아들이 저에게 요즘은 책을 안 쓰냐고 물어봅니다. 그래서 지금 여러분이 읽고 있는 이 책을 쓰고 있다고 답했습니다. 그리고 제가 물어봤습니다.

"아들, 아빠가 자녀 교육에 대한 책을 쓸 만큼 좋은 아빠일까?"

아들이 그렇다고 말합니다. 그래서 다시 물어봅니다.

"아들, 아빠가 왜 좋아?"

제가 기대했던 답은 자녀 교육 관련해서 공부를 열심히 한다든가, 가족을 위해서 밤낮으로 일을 한다든가 하는 답이었습니다. 그런데 아들이 전혀 예상치 못한 답을 합니다.

"아빠는 잘 놀아줘서 좋아."

저는 늘 바빠서 아이들과 많이 놀아주지 못한다고 생각하는데, 아들은 제가 잘 놀아줘서 좋다고 합니다. 아빠는 바빠서 맨날 일하고, 집에서도 일할 때가 많은데, 아들은 그래도 아빠는 잘 놀아준다고 합니다.

아무리 생각해도 저는 아이들과 많이 놀아주는 아빠는 아닙니다. 하지만 제가 부모로서 다짐한 한 가지는, 아이들이 좋아하는 것은 끝까지 존중해주자는 것입니다. 아들은 기차를 좋아합니다. 좋아하는 데에는 이유가 없지요. 어느 순간부터 기차에 푹 빠져들더니 정말 좋아합니다. 의왕 소재의 철도박물관은 질릴 정도로 많이 갔고, 아들과 기차 여행도 자주 했습니다. 기차라고 검색해서 검색에 잡히는 곳들은 최대한 아들과 함께 간 것 같습니다.

저는 아들을 좋아하니까 아들이 좋아하는 기차도 좀 좋아해야겠다고 생각합니다. 작년과 올해 전국 강연을 위해서 기차를 많이 타고 있습니다. 예쁜 열차가 보이면 사진을 찍어서 아들에게 전합니다. 바쁜 아빠의 관심 표현법입니다. 아들은 제가 아들의 기차 사랑에 공감해 주는 것을 잘 놀아준다고 생각하고 있는 것 같습니다. 이런 것이 잘 놀아주는 것이라면 저는 앞으로도 얼마든지 잘 놀아줄 수 있을 것 같습니다.

＊아들을 위해 찍은 무궁화호 기관차

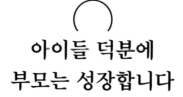

아이들 덕분에
부모는 성장합니다

저도 총각일 때가 있었겠죠? 아내와 결혼하기 전의 총각 때의 삶과 지금의 삶을 비교해 봅니다. 결혼하기 전에 교사가 되었을 때 세상의 모든 것을 가진 것 같은 기분이 들었습니다. 어려서부터 돈 문제로 시달렸는데 이제 부자는 아니어도 굶지는 않겠다는 생각에 세상의 모든 과제를 해결한 것 같은 생각이 들었습니다.

2백만 원 남짓의 월급을 받으면서 너무 행복했고, 50만 원 정도였던 걸로 기억되는 원룸의 월세를 내고 나도 돈이 많이 남았습니다. 내 집 장만이나 재테크에 대한 개념이 전혀 없을 때라서 남는 돈이 엄청나게 크게 보였습니다. 순진할 때였네요. 대단한 취미가 있는 것도 아니어서 만화책을 빌려 보거나 피시방을 가기도 했습니다. 농구 동호회 활동을 할 때였는데 한 달 회비 3만 원을 내고 농구도 실컷 했습니다.

하지만 결혼하면서 현실을 깨닫게 됩니다. 아내와 신혼집을 원룸에서 시작하는 것이 부끄러운 일은 아니지만, 자랑도 아니라는 것을 깨달았고, 수도권에서 아파트 전세를 구하려면 최소 억 단위는 필요하다는 것을 알게 됩니다. 2백만 원씩 벌어서는, 모으는 것보다 대출을 받는 것이 빠르다는 것도 깨닫습니다. 그렇게 대출을 받아서 작은 아파트에 들어가게 되고, 아이가 태어나면서 부모로서의 삶이 시작됩니다.

아이들이 어릴 때 일을 병행한 분들은 잘 아실 겁니다. 아이들을 키우면서 일을 한다는 것이 정말 쉽지 않다는 걸요. 사실 지금 이 글도 멀쩡히, 고상한 환경에서 쓰고 있지는 않습니다. 반쯤은 아이들에게 신경을 쓰면서, 남은 절반의 집중력으로 글을 써 내려가고 있습니다. 아, 정정하겠습니다. 절반의 절반은 일 때문에 아이들에게 짜증 내지 않기 위해서 노력하는 데 소모되고 있습니다. 저는 지금 저의 총에너지의 20% 미만으로 이 글을 쓰고 있습니다. 아이들과 뒤엉켜서 일의 진도가 나가지 않을 때는, 제가 총각이면 더 많은 일을 집중적으로 하면서 더 대단한 사람이 되지 않았을까 하는 생각을 해 봅니다. 아, 또 정정하겠습니다. 저는 총각이었으면 아무것도 안 하고 만화책만 봤을 겁니다. 공부 자체를 안 했을 사람입니다. 저는 저를 잘 압니다.

한 예능 프로그램에서 나 혼자 살면서도 부지런히 멋신 하루를 보내는 분들의 모습을 보게 됩니다. 밥 한 끼를 먹어도 재료를 손질해서 제대로 차려 드시더라고요. 정말 감탄했습니다. 혼자 살 때는 라면 하나도 끓여 먹기 귀찮아했던 그날들이 생각이 납니다. 저는 그 프로그램을 시청하면서, 그렇게 혼자임에도 불구하고 부지런히 사는 사람들이 정말 대단하다며 연신 감탄했습니다.

아이들 때문에 꾸역꾸역 부모로서 성장하게 됩니다. 정리 정돈을 안 하던 제가 아이들이 너무 안 치우니까 정리를 합니다. 혼자였으면 빵 하나 사 먹고 때웠을 끼니를, 아이들 덕분에 제대로 차려 먹습니다. 아이들 덕분에 최대한 건강하게 요리해서 밥을 먹습니다. 먹고 나면 드러누워서 자고 싶은데, 아이들이 살찔까 봐 다 같이 운동하러 나갑니다. 제가 이렇게 살고 있는 것은 아이들 때문입니다. 아니, 모두 아이들 덕분입니다. 덕분입니다.

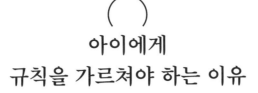

아이에게
규칙을 가르쳐야 하는 이유

꼰대 같은 소리이지만 요즘 아이들을 보면서 무언가가 빠져 있다는 느낌을 받습니다. 저는 아이들이 규칙을 배우지 못하는 문화가 가장 큰 문제라고 생각합니다.

과거에는 목욕탕의 냉탕에서 아이들이 까부는 정도가 심해 옆 사람에게 피해가 갈 수준에 이르면 어른들이 아이들을 혼냈습니다. 아저씨, 할아버지의 꾸지람을 들으며 공공장소에서의 규칙을 배웠습니다. 학교에서도 선생님들이 적극적으로 기본적인 규칙들을 가르쳤습니다. 하지만 지금은 그렇지 않습니다. 주변을 둘러보세요. 냉탕에서 아이들이 아무리 심한 장난을 쳐도 아무도 제지하지 않습니다. 학교에서 부모님들

기준으로 선 넘는 지도를 하면 교사가 고소당하는 세상입니다. 부모가 아니라면 그 누구도 아이에게 규칙을 가르칠 수 없는 세상에서 아이들이 자라고 있습니다. 부모마저 규칙을 가르치지 않으면 아이들은 어떠한 규칙도 배우지 못합니다. 문제는 우리가 사는 세상은 모두 규칙으로 이루어져 있다는 겁니다.

저의 딸은 주말에 축구 수업을 하러 갑니다. 혹시, 초등 저학년생들이 공차는 모습을 보신 적이 있나요? 발로 공을 차는 것이 힘드니까 손으로 아이가 공을 잡고 뜁니다. 축구 경기를 해야 할 아이가 밖에 나가서 자율적으로 쉬고 있습니다. 자리를 지켜야 할 골키퍼가 그물을 가지고 놀고 있습니다. 이 아이들이 왜 이러나 싶었는데, 생각해 보니 규칙이 부재한 이유였습니다. 스포츠야말로 규칙의 총체입니다. 규칙으로 시작해서 규칙으로 끝이 납니다. 스포츠는 선수들이 해당 스포츠의 규칙을 준수할 때 성립합니다. 축구는 손으로 공을 만지지 않고 상대편 골대에 골을 넣는 스포츠입니다. 이 규칙을 지키지 않고 손으로 공을 잡고 뛰어버리는 순간 축구는 존재할 수 없습니다.

아이들이 귀한 시대입니다. 부모가 아이들의 행복을, 규칙을 어기면서까지 지키고자 하는 모습을 왕왕 목격하게 됩니다. 뉴스에서 접하게 되는 일련의 사건들이 여기에 해당할 겁니다. 하지만 규칙을 배우지 못한 아이들은 결국 인생에서 문제를 겪게 됩니다. 우리 사회는 규칙, 약속으로 이루어져 있으니까요. 그리고 이 규칙을 지키기 위해서는 참아야 합니다.

마시멜로 실험을 기억하시나요? 심리학자 월터 미셸Walter Mischel이 1960년대 스탠퍼드 대학교에서 수행한 실험인데요, 4~6세 아이들을 조용한 방에 앉히고 마시멜로 한 개를 테이블에 올려놓습니다. 이 마시멜로를 먹지 않고 기다리면 한 개를 더 받을 수 있다고 말해주었을 때, 자기 통제력을 발휘하면서 마시멜로를 먹지 않은 아이들이 장기적으로 학업 성취도, 사회적 능력, 스트레스 관리 능력 측면에서 더 성공적인 결과를 보였다는 겁니다. 자기 통제력은 참는 힘입니다. 규칙을 지키기 위한 노력은 자기 통제력을 키웁니다. 자기 통제력이 커지면 공부하는 힘이 커지고, 실험에서 밝힌 것처럼 인생의 다방면에 도움이 됩니다.

하지만 지금은 동네에 아이들에게 예의를 가르치는 어른이 없습니다. 자기 자식이 세상에서 제일 귀하다고 생각하는 학부모들로 인해서 학교에서도 적극적인 인성 지도가 어려워진 상황입니다. 툭하면 교사들이 고소당하는 세상입니다. 아이들에게 규칙을 가르칠 수 있는 사람은 이제 부모밖에 없습니다.

이후에 많이 이야기할 공부도 결국 규칙의 모음입니다. 공부할 때는 자리에 앉는다는 규칙, 앉았으면 딴짓하지 않고 집중하겠다는 규칙, 오늘 해야 할 일을 내일로 미루지 않는 규칙과 같은 약속이 아이의 공부를 돕습니다. 규칙을 어기고 자리에서 일어나는 순간 공부는 멈춥니다.

사춘기 아이와
즐겁게 대화하는 방법

아이가 사춘기에 접어들면서 대화가 끊겼다고 한탄하는 부모님들을 만나게 됩니다. 하지만 주변을 둘러보면 사춘기가 무색하게 부모와 끝없는 수다를 떠는 아이들을 만나게 됩니다.

사춘기는 청소년들이 두뇌에 큰 변화를 겪으면서 평화로운 대화가 어려운 면이 있습니다. 두뇌의 전두엽을 들어보셨을 겁니다. 전두엽은 계획, 의사결정, 충동 조절과 같은 고차원적인 인지 기능을 담당하는 부분입니다. 이 부분이 완전하게 성숙해지는 나이대가 20대 초반이라는 연구 결과들이 발표되었습니다. 이는, 사춘기를 지나는 아이들은 전두엽이 완전하게 발달하지 않아 이성적으로 행동하기보다는 충동에 휩쓸리기 쉽다는 것을 의미합니다. 또한 편도체와 같은 감정 처리와 관련된 뇌 구조가 더 민감해지면서 사춘기 아이들은 감정 조절에 어려움을 겪을 수 있습니다.

하지만 이런 두뇌 발달 단계의 특성이 무조건 부모와의 관계, 대화 단절을 의미할 수 없습니다. 이 시기를 아이가 사춘기인지도 모르게, 대화를 통해 슬기롭게 지나가는 가정들이 다수이기 때문입니다. 이들 가정의 가장 큰 특징은 대화가 많다는 겁니다.

아이들과의 대화가 끊기는 가장 큰 이유는 아이들의 이야기를 들어주지 않기 때문입니다. 주로 부모가 자녀의 성적에만 온 신경이 집중되어 있을 때, 아이들의 이야기가 귀에 들어오지 않습니다.

초등 시기의 아이들은 사소한 일도 부모에게 이야기하고 싶어 합니다. 하지만 공부에 꽂혀 있는 부모는 오늘 해야 할 공부, 아이의 진도에만 온 신경이 쏠려 있습니다. 아이가 참새처럼 부모 옆에서 짹짹거리는 말에 관심이 있을 수 없습니다. 그렇게 아이의 말을 끊고 공부 이야기만 하게 되면 아이는 더 이상 말을 하려고 하지 않을 겁니다. 자신이 말하고 싶은 그 이야기들에 부모가 반응하지 않을 때 아이는 입을 닫을 겁니다. 그렇게 사춘기로 들어서면 아이는 더더욱 부모와 이야기를 안 하게 될 겁니다.

부모가 아이의 이야기를 경청하고, 공감을 부지런히 했다면 아이가 입을 닫을 이유가 없습니다. 오히려 아이는 사춘기에 들어서면서 감정

조절이 힘들고, 여러 가지 고민이 생기기 때문에 이를 이야기할 대상이 필요합니다. 그 대상이 주로 부모입니다. 그래서 어떤 가정에서는 부모와 대화가 더 많아집니다. 입시를 앞둔 고등학생임에도 불구하고, 대화가 많은 집은 부모님들 귀에 피가 날 정도로 자녀가 부모에게 많은 이야기를 전합니다.

이들 가정에서는 주로 부모가 자녀의 이야기를 공감하며 경청하고 있습니다. 초등에서의 소박한 이야기들, 그리고 중등이 되면서 아이가 쏟아내는 감정적인 이야기들, 그리고 고등에서는 입시를 준비하면서 아이가 느끼는 불안에 관련된 이야기들을 부모가 모두 진심으로 공감하며 경청하기 때문에 아이는 부모를 믿고 대화를 계속할 수 있는 겁니다.

그저 아이들의 얘기를 듣기만 해도
좋은 부모가 됩니다

고1이 되어서야 깨닫는 몇 가지가 있습니다. 초등에서부터 무슨 공부를 어떻게 했든 상관없이 확률적으로 고등에서는 일단 좌절을 겪고 고1 생활을 시작한다는 겁니다. 이건 어느 가정도 피해 갈 수 없는 대한민국 입시의 현실입니다. 고1 때의 내신은 현재 9등급제입니다. 1등급부터 9등급까지 성적에 따라서 등급을 부여하는 상대평가 제도입니다. 일반고에서 보통 1등급 수준을 받아야 서울 소재의 주요 대학에 진학할 수 있습니다. 1등급은 전체의 4%입니다. 96%는 1등급을 받을 수 없습니다. 누구나 1등급을 목표로 공부하겠지만, 한 과목에서 전교생의 상위 4%만이 1등급을 받을 수 있습니다. 필연적으로 90% 이상의 아이들은 원하는 등급을 받지 못합니다. 기본적인 계산만 해봐도 우리 아이는 내신 1 등급이 아닐 확률이 압도적으로 높습니다.

더 큰 문제는 선행 학습이 유행하며 극상위권이 생겨났고, 이들을 변별하기 위해서 고등 내신 시험은 엄청나게 많은 시험 범위와 높은 난도를 갖게 되었다는 겁니다. 그 결과 아이들은 고1 때 입학하자마자 치러지는 4월의 시험에서 인생 최대의 고난을 겪게 됩니다. 시험은 너무 어렵고, 원하는 등급은 나오지 않습니다. 앞날이 막막하게 느껴질 겁니다. 이것이 현재 대한민국 입시의 무게입니다.

이런 상황에서 부모가 무엇을 해 줄 수 있을까요? 결국, 대화밖에 없습니다. 크게 좌절하고 힘들어하는 아이에게는 대화를 통해서 위로를 전하고 용기를 줄 수밖에 없습니다. 현실적인 해결책도 대화를 통해서 차차 찾아 나가야 합니다. 고등에서 대화는 선택이 아닌 필수입니다.

그러기 위해서는 초중등에서 가정에 대화가 끊어지지 않아야 합니다. 가족 간의 유대를 위해서, 아이의 성장 촉매로서 대화가 당연히 필요하지만, 특히 고등학교 시절에 대화가 간절히 필요합니다. 이 사실을 모른 채로 초중등에서 공부 이야기만 하다가 대화가 끊기면 고등에서 아이는 아이 대로, 부모는 부모 대로 정말 힘들어집니다.

공부 이야기만 하다가 끝나는 대화. 결국 엄마의 잔소리, 아빠의 짜증으로 끝나는 대화를 아이들은 원하지 않습니다. 사춘기 때문이 아니라 부모의 공부 욕심 때문에 대화가 단절되는 가정이 많습니다. 이 부작용은 고등 때 크게 다가옵니다. 불안을 털어내지 못하면 아이의 마음에는 불안이 쌓입니다. 마음속에 쌓인 불안은 아이를 내내 괴롭힙니다.

자녀와 눈을 맞추고, 대화하는 시간을 가져야 합니다. 부모의 역할은 생각보다 수월합니다. 자녀의 이야기를 귀 기울여 듣기만 해도 대화는 끊기지 않습니다. 듣기만 해도 됩니다. 진짜입니다.

부모의 전성기는
언제일까요?

일본의 만화 작가인 이노우에 다케히코의 <슬램덩크>는 시대를 초월하여 사랑받는 작품입니다. 저에게도 의미가 정말 큰 만화예요. 어린 시절 운동과는 너무나 거리가 먼 초등 시절을 보내고 있었습니다. 그러다 초5 때 우연히 보게 된 슬램덩크라는 만화는 어린 저의 마음을, 농구를 잘하고 싶다는 생각으로 가득 채웠습니다. 그때부터 저의 농구 사랑은 시작되었습니다. 잘하지는 못해도 농구가 좋아, 대학 때는 새벽에도 혼자 코트에 나가서 농구를 하곤 했습니다. 그 모든 것이 슬램덩크 덕분입니다. 이 만화에는 이런 명대사가 등장합니다.

"영감님의 영광의 시대는 언제였죠? 국가대표였을 때였나요? 난 지금입니다!"

슬램덩크의 주인공인 강백호는 천부적인 재능을 바탕으로 짧은 시간에 농구 왕초보에서 한 명의 정식 선수가 되어 갑니다. 폭발적인 성장을 거듭하던 강백호는 경기 중에 허슬 플레이를 하다 크게 다칩니다. 더 무리하면 선수로서의 생명이 끝날 수도 있는 상황이라 감독을 비롯한 주변에서는 강백호의 출전을 말립니다. 그런데 이때 강백호는 자신의 전성기가 바로 지금이라고 말합니다. 농구 초보 중의 초보이지만, 그에게는 지금이 전성기였던 것이죠. 그리고 자기 마음대로 출전을 강행하고, 우승 후보였던 상대 팀을 격파하는 인생의 하이라이트를 만든 뒤, 예상했던 대로 부상으로 인해 수술 후 긴 재활에 들어가게 됩니다.

천부적인 재능을 가졌던 주인공이 몸을 아꼈더라면 더 빨리 학교를 대표하고, 더 나아가서 국가대표가 될 수도 있었을 겁니다. 하지만 국가대표가 되는 그 순간이 인생의 전성기일까요? 아니면 더 대단한 업적을 이루는 때가 전성기일까요? 저는 강백호가 우승 후보팀을 격파하던 바로 그 순간이 그의 전성기라고 생각합니다. 전 세계에서 슬램덩크를 읽은 모든 독자는 강백호의 마지막 경기에서의 활약을 기억하고 있습니다. 스포일러가 될 수도 있는 그 마지막 슛 기억하시잖아요? 그 패스를 무려 누가 주었는지 기억하시죠? 지금 생각해도 소름이 돋는 순간입니다. 전 세계인들의 기억 속에 또렷이 남아 있는 그의 마지막 경기는 전성기가 맞습니다.

부모인 우리의 전성기는 언제인가요? 아이가 고등학교에서 1등급을 받는 때일까요? 명문대 입학을 확정하는 순간일까요? 그런 좋은 날이 앞으로 오겠지만, 그럼에도 우리의 전성기는 지금이라고 생각합니다. 아이와 눈을 맞춘 뒤, 따뜻하고 다정한 말을 나누는 오늘이 전성기가 아닐 이유가 없습니다.

부모로서,
아이들과 함께하는 오늘이 전성기이고, 내일도 전성기입니다.

호랑이는 가죽을 남기지만, 부모는 기억을 남긴다

저는 가끔 제가 죽고 난 이후를 떠올려 봅니다. 인간의 삶은 유한한데 영원히 살 것처럼 오늘을 당연하게 여기고 싶지 않습니다. 과거부터 서양 사람들은 이를 메멘토 모리Memento Mori라는 말로 표현했습니다. 메멘토 모리는 라틴어로 '죽음을 기억하라'는 의미입니다.

사랑하는 아들딸과 영원히 함께 살 수 있다면 좋겠지만, 우리는 그럴 수 없습니다. 자연의 섭리 상 제가 먼저 세상을 떠날 겁니다. 세상에서 저의 육신이 사라지고 나면 저는 아이들의 기억 속에서만 존재할 겁니다. 저의 마지막은 아이들의 머릿속에 있을 것이라는 생각을 합니다.

부모인 우리가, 우리의 부모님을 기억히는 방식도 똑같습니다. 저는 아버지를, 아버지와 함께 갔던 야구장과 아버지가 사주셨던 돈가스로 기억할 겁니다. 저를 내내 지켜봐 주시고 사랑해 주셨던 아버지를 기억할 겁니다. 어머니는, 어머니와 함께 등교하던 날들, 지하철에서 졸릴 때마다 빌려주시던 어머니의 어깨, 어머니와 일요일에 일직을 서기 위해 학교에 갔던 기억들로 기억할 겁니다. 저의 부모님께서 세상을 떠나시더라도 이 기억은 저의 머릿속에 영원할 겁니다. 그렇게 저는 평생 부모님을 기억할 겁니다.

부모가 된 이들의 종착역은 아이들의 기억이라는 생각을 합니다. 이걸 생각하지 못하고, 자녀의 성적을 올리기 위해서, 지지고 볶으면서 자녀에게 좋은 기억 하나조차 심지 못한다면, 우리의 육신이 사라지는 순간 자녀도 우리를 기억하지 않을 겁니다. 저는 이런 결말을 원하지 않습니다.

〈LUCY〉라는 스칼렛 요한슨Scarlett Johansson 주연의 프랑스 공상 과학 영화가 생각이 납니다. 영화 속에서 주인공은 갱단의 일에 휘말리게 되면서 신종 마약을 몸 안에 넣어서 운반하는 역할을 맡게 됩니다. 하지만 실수로 마약이 체내에서 터지면서 주인공은 뇌를 점점 더 많이 활용하게 됩니다. 점점 신체적, 정신적으로 초인적인 능력을 발휘하던 주인공은 마침내 두뇌 능력의 100%까지를 사용하게 됩니다. 그렇게 신체를 초월한 신과 같은 존재가 된 주인공은 인간의 지식과 정보를 압축해서 USB

드라이브에 저장한 후 자신을 돕던 사람들에게 전달합니다. 그리고 그녀의 육신은 사라집니다. 그리고 그녀는 지인의 휴대전화에 이런 메시지를 남깁니다.

"I'm everywhere.(나는 어디에나 있다.)"

그녀는 물리적인 신체를 벗어나서 초월적인 존재가 된 것입니다. 마지막 대사의 의미는 '내가 아는 것은 너희에게 모두 전했으니 잘 활용해라. 나는 어디에서나 너희와 함께 할 것이다.' 정도입니다.

부모인 우리도 이와 비슷한 마지막을 맞이하게 될 것이라는 생각을 해 봅니다. 여러분에게 마지막 유언을 남길 기회가 있다면 어떤 말씀을 하실 건가요? 그런 순간이 올 때를 대비해서 멋진 말을 준비해야겠죠. 갈 때 가더라도 멋진 말 한마디하고 가면 좋잖아요. 저도 이 글을 쓰면서 한번 생각해 봅니다. 너무 슬프지 않으면서도 교훈적이고, 제 인생도 정리를 할 수 있는 그런 말을 하면 좋겠네요. 너무 길면 말하기도 힘들고 와닿지도 않겠죠. 지금 막 저의 마지막 말을 만들어봅니다.

"너희와 함께여서 참 좋았다. 괜찮다. 나는 너희의 기억 속에 영원히 함께 할 거다."

호랑이는 죽어서 가죽을 남기고, 부모는 기억을 남깁니다.

Part
2

그렇게 부모가 된다

진로 이야기

나다움을 찾아가는 여정

태어나는 것은 나의 선택이 아니기에, 우리는 평생을 살며 나다움을 찾아갑니다. 나도 내가 어떤 존재인지 처음에는 전혀 알 수가 없습니다. 우리는 모두 아마 어느 산부인과에서 툭하고 세상에 던져졌겠죠. 태어나면서 내가 누군지, 나는 어떤 일을 해야 할지 아는 사람은 없습니다. 그걸 평생 알아가는 것이 인간의 본질적인 고민이었죠. 역사적으로 거의 모든 이들이 했던 고민입니다.

내 곁에 있는 것의 존재를 우리는 알아차리지 못합니다. 지금, 이 순간에도 내 옆에는 공기가 가득하지만, 우리는 공기의 존재를 느끼지 못합니다. 환경이 바뀌어야만 존재를 인식하게 됩니다. 깊은 물 속에 들어가면 공기가 없는 것이 어떤 것인지 알게 됩니다. 그렇게 공기의 존재, 소중함을 알게 됩니다.

평생을 나로서 살지만 지금, 이 순간 내가 있는 곳에 계속 머물면 나에 대해서 알기 어렵습니다. 다양한 상황에 부닥쳤을 때, 새로운 경험을 하면서 우리는 자신에 대해서 알게 됩니다. 여행은 대부분의 사람에게 새로움을 전해줍니다. 새로운 곳에서 새로운 풍경, 특별한 음식을 접하면서 우리는 나에 대해서 새로이 알게 됩니다. 새로운 책을 읽을 때도 자신에 대해서 조금씩 알아가게 됩니다. 다양한 사람과 대화하면서, 나는 나에 대해 알게 됩니다. 이렇게 우리는 조금씩 나에 대해서 알아가게 됩니다.

인생은 나다움을 찾아가는 여정인 것 같습니다. 교수를 하다가 은퇴하고 평생 식물을 키우는 사람, 직장을 그만두고 평생 여행하면서 사는 사람들은 모두 나다운 삶을 갈구하고 있습니다. 이번 장에서는 자녀가 나다운 모습을 찾고, 진로의 방향을 잡는 것에 도움이 되는 이야기를 나누고자 합니다. 세속적인 이야기이지만 고교학점제가 시행되면 전공, 진로 찾기는 입시의 필수 재료가 됩니다.

저는 얼마 전, 엄청나게 큰 등산용 배낭을 구입했습니다. 아내가 이걸 왜 샀냐고 물어봅니다. 아이들을 다 키우고 나면 지금 하는 일을 모두 관두고 짐 싸서 떠나고 싶다고 이야기했습니다. 서양 친구들이 주로 이렇게 큰 배낭을 짊어지고 먼 여행을 떠나죠. 저도 짐을 싸서 어디론가 떠나고 싶다는 그런 막연한 생각이 들었습니다. 여행을 특별히 좋아하지도 않고, 갈 곳을 정하지도 않았지만 어쩌면 저도 진짜 나를 찾아서 떠나고 싶나 봅니다. 자, 그럼 평생의 미션일 수도 있는 나다움에 대한 이야기를 시작해 보겠습니다.

자녀의 진로는 자녀가 스스로
고민하고 선택해야 합니다

저는 평생 짬뽕 대신 짜장면을 먹었습니다. 매운 것을 먹지 못해서 짬뽕은 단 한 번도 도전하지 못했습니다. 그런 제가 나이가 들면서 매운맛을 알게 되고, 짬뽕의 매력에 빠집니다. 이제 중국집에 갈 때마다 저는 고민합니다. 짜장이냐 짬뽕이냐. 인생 최대의 고민 중 하나입니다.

선택은 언제나 어렵습니다. 선택지가 많으면 선택은 더 어려워집니다. 배스킨라빈스 31은 아이스크림을 좋아하는 저에게 너무 힘든 곳입니다. 31가지 아이스크림 중에서 몇 가지 맛을 골라야 한다는 것은 너무 고통스럽습니다. 이곳을 방문할 때마다 선택을 위해서 오랜 시간 동안 고민합니다. 그렇다고 서둘러 선택할 수는 없습니다. 모든 선택은 기회비용이 뒤따르기 때문입니다.

아이의 인생에는 많은 선택의 순간들이 기다립니다. 가볍게는 저녁 메뉴에서부터 진로에 대한 무거운 선택까지 기다립니다. 교육과정에 따르면 고1들은 9월쯤에 고2 때 배울 과목들을 선택해야 합니다. 이것이 고교학점제라는 제도입니다. 원하는 과목을 수강해서 듣고 이수해서 졸업하는 제도입니다. 이 선택은 대입과 직결되기 때문에 굉장히 부담스럽습니다. 배스킨라빈스 31에서 3가지 맛을 고르는 것도 쉽지 않은 선택인데, 인생을 걸고 전공을 정한 뒤, 이를 위한 과목을 선택하라고 하니 학생들은 이 선택을 쉽게 하지 못합니다. 하지만 반드시 고1 때는 이 선택을 해야만 합니다.

원래 선택은 어렵습니다. 짜장 또는 짬뽕을 선택하는 것도 쉬운 결정이 아닙니다. 게다가 평생 둘 중 하나만을 먹어야 한다면, 이 선택은 누구에게나 쉽지 않습니다. 전공, 진로에 대한 고민도 이와 비슷할 겁니다. 지금의 결정이 평생에 영향을 미칠 것으로 생각하니, 선택을 주저하게 되는 겁니다. 하지만 이렇게 내 인생에 중요한 선택일수록 내가 스스로 해야 합니다. 자녀의 진로에 대한 고민도 자녀가 스스로 해결해야 합니다. 이를 위한 부모의 지혜를 모아 봅니다.

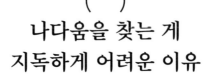

나다움을 찾는 게
지독하게 어려운 이유

누구나 나답게 산다는 말을 한 번쯤은 들어봤을 겁니다. 그리고 나도 나답게 살고 싶다고 생각할 겁니다. 하지만 어느 순간 정신을 차려 보면 모든 면에서 나는 내가 아닌 남의 모습을 흉내 내고 있습니다.

남들이 입는 옷을 비슷하게 입으려고 합니다. 남들이 맛있다고 하는 음식점은 나도 가서 한번 먹어보고 싶습니다. 남들이 즐기는 여가는 나도 한번 해보고 싶습니다. 남들이 좋다는 직장에 나도 들어가고 싶습니다.

우리는 왜 나만의 것을 찾아야 한다고 생각하면서도 남을 따라가게 될까요? 부러워서일까요? 원래 인간은 사회적 동물이라서 그런 것일까요? 저도 이 문제를 오랜 시간 고민했는데요, 어쩌면 남을 따라가는 길이 훨씬 더 수월하기 때문이라는 결론에 다다르게 됐습니다.

짜장이냐 짬뽕이냐를 선택하는 것이 힘들 때 우리는 다른 사람의 조언을 구합니다. 이 음식점은 어떤 메뉴를 더 잘하냐고 은근히 물어봅니다. 이것이 합리적이고 이성적인 결정 같지만, 짬뽕 전문점에서도, 모두가 짬뽕을 시킬 때도 꿋꿋이 짜장을 시키는 사람은 잘만 짜장을 먹습니다. 하지만 모두가 짬뽕을 외칠 때 자기만 짜장을 외치는 것에는 내공이 필요합니다. 내가 스스로 고민하는 것보다 남들을 따라가는 것이 훨씬 더 게으르고 수월한 길이니까요.

남이 좋다고 하는 것들은 이미 내 눈에 잘 보입니다. 내가 특별히 노력하지 않아도 정리가 되어 있습니다. 돈을 많이 벌면서도 여가가 보장되는 직장이 좋다고 수많은 사람이 이미 결론을 내려놓았습니다. 나는 그 길을 그냥 따라가면 되는 것처럼 느껴집니다.

반대로 나만의 길을 찾는 것은 오랜 시간과 치열한 노력이 필요합니다. 사람들이 말하는 것과 상관없이 내 내면의 목소리를 찾아서 따라가야 합니다. 나는 무엇을 위해서 살 것인지를 계속해서 고민해야 합니다. 흡사 수련하는 것처럼 굉장한 노력이 필요합니다.

그러니 우리는 주로 쉬운 길을 가게 되는 것이 아닌가 생각합니다. 그렇게 남들이 가는 길을 쫓아서 갔을 때 행복하다면 다행입니다. 하지만 문득 이 길이 맞는지에 대해서 의문이 들 때는 아무도 이 문제에 답을 해 줄 수가 없습니다. 정답이 없는 문제이고, 이 문제는 나만이 답할 수 있습니다.

나만의 길을 찾다 보면, 편한 길을 놔두고 돌아갈 수 있습니다. 하지만 시간이 지날수록 나만의 길을 걷는 사람의 걸음걸이에는 힘이 붙을 겁니다. 점점 나만의 길을 향해서 가고 있다는 확신이 들기 때문에 그 길을 힘 있게 걸어갈 겁니다.

남들이 좋다고 하는 길을 맹목적으로 따랐던 이는 어느 순간 의심이 들 겁니다. 이 길이 나에게 정말 맞는 길인지가 의심스러울 겁니다. 그렇다면 힘 있게 나아갈 수가 없습니다. 점점 나아가는 속도가 약해지고 주변을 기웃거리게 될 겁니다.

사실 처음부터 모든 길은 하나로 이어지고 있었습니다. 어느 길로 가더라도 나다움을 찾을 기회는 있습니다. 이 세상 어떤 일을 하더라도 저는 나다움에 다가갈 수 있다고 생각합니다. 내가 가는 이 길이 맞는지는 확신의 문제입니다.

처음부터 고민스럽고 힘들다면, 그 길이 나만의 길일 확률이 높습니다. 시간과 노력을 들여 고민한 만큼 갈수록 확신이 강해질 겁니다. 하지만, 막연히 남들이 권한 대로 선택한 길에는 의문이 생길 겁니다.

지금 자신이 가고자 하는 길에 대해서 얼마나 고민해 봤는지를 점검해야 합니다. 부모라면 자녀가 그런 노력을 기울이는 것을 도와야 합니다.

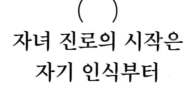

자녀 진로의 시작은
자기 인식부터

자녀의 진로에 대해, 특히 초중등 자녀를 둔 가정에서 어려워하십니다. 진로를 위해서 지금 당장 특정 직업을 선택해야 한다고 생각하면 고민스러울 수밖에 없습니다. 진로에 대한 검사가 결정적인 도움이 되지도 않습니다. 아이들이 하는 진로 검사에서 나온 대로 진로를 결정하실 분이 있으실까요? 참고만 할 뿐입니다. 초등 자녀의 선호 진로가 교사, 의사, 유튜버라고 해서 자녀가 성인이 되어 그 직업을 선택할 거라고 믿지는 않는 것처럼요.

진로의 시작은 자기 인식입니다. 자신에 대해서 파악할 기회가 필요하고, 이를 위한 시간이 보장되어야 합니다. 이 과정이 자칫 생략되기 쉬운 세상입니다. 인터넷에서는 사람들이 선호하는 직업을 쉽게 알 수 있습니다. 나를 인식하기 전에 사람들의 생각을 먼저 접하는 세상입니다. 진로에 대해서 고민하기보다는 다수의 의견을 취하는 것이 수월합니다. 그렇게 자기 인식이 생략된 채로 초등에서 세상이 선호하는 직업을 목표로 삼을 수 있습니다. 이는 진로에 대한 올바른 접근이 아닙니다. 진로를 위해서는 최대한 나에 대해서 내가 잘 파악해야 합니다.

내가 나를 아는 것은 절대 당연하지 않습니다. 한 가지 상상을 해 봅니다. 한 남자가 평생 자신의 방에서 아무것도 하지 않고 평생을 보냈다면, 이 사람은 자신에 대해서 많은 부분을 모를 겁니다. 떡볶이를 먹어보지 않았다면 그 음식에 대한 기호를 알 수 없습니다. 공포 영화를 보지 않았다면 자신의 영화 취향을 알 수 없을 겁니다. 사람들과 어울리는 경험 없이는 자신의 사교성을 알 수 없습니다.

우리는 일상적이지 않은 경험을 할 때 새로운 나를 알게 됩니다. 평소에는 관심 가지지 않던 분야의 책을 읽을 때, 가보지 않았던 곳으로 여행을 갈 때, 새로운 사람을 만날 때 우리는 우리에 대해서 더 잘 알게 됩니다.

독서는 자신을 파악할 수 있는 가장 손쉬운 도구라고 생각합니다. 도서관에 가서 역사, 철학, 물리, 화학, 경제, 경영, 천문학 책을 넘겨 보며, 나의 관심사를 확인할 수 있습니다. 그저 계속 읽기만 해도 내가 어떤 분야에 반응하는지를 알게 됩니다.

물론 살아가면서 현실적인 문제도 진로 선택에 당연히 반영됩니다. 저도 공무원이 되는 데에 가정 형편이 큰 지분을 차지했습니다. 하지만 그럼에도 저에게는 공무원이 아닌 몇 가지 선택권이 있었습니다. 그 몇 가지 선택지 중 공무원을 선택한 거죠. 이처럼 일반 김밥인지, 참치김밥인지, 짜장인지 짬뽕인지 정도의 선택지는 늘 나에게 있습니다. 이 선택마저도 제대로 하기 위해서는 기준이 있어야 합니다.

그리고 그 기준은 언제나 나 자신이어야 합니다. 초등에서부터 독서, 경험, 대화가 중요한 이유입니다.

시시포스가 만약
돌 굴리기를 좋아했다면?

좋아하는 일을 찾는다는 것이 자칫 배부른 소리처럼 들릴 수 있습니다. 상당수의 사람은 좋아하지 않아도 참으면서 일할 수밖에 없는데, 그 와중에 좋아하는 일을 찾는다는 것이 이상적인 말처럼 인식될 수 있으니까요. 그러나 저는 정반대의 생각을 합니다. 좋아하는 일을 찾는 이유는, 우리 아들딸들이 평생 인생 절반의 시간을 투자해서 일해야 하기 때문입니다.

성인들이 얼마나 많은 시간을 일하고 있나요? 저 또한 지금 어딘가에서 일을 하면서 이 글을 쓰고 있습니다. 더 솔직히는 가족들과 함께 온 휴가지에서 혼자 방에 틀어박혀 이 글을 쓰고 검토하고 있습니다. 평생 일해야 하는 사람에게는 휴식도 자유롭지 않습니다.

우리 아들딸은 저와는 다른 삶을 살까요? 미안한 이야기이지만, 저의 아들딸은 아빠 때문에 평생 저처럼 일을 해야 할 겁니다. 아빠가 대단한 자산가라면 아이들에게는 선택권이 있을 수 있습니다. 만약 여러분의 아이들에게 일하지 않아도 되는 선택권이 있다면, 지금 이 이야기에서 빠지셔도 됩니다. 하지만 저의 아들딸은 아빠를 잘못 만났기 때문에 선택권이 없습니다. 저의 아들딸은 성인이 되면 반드시 일을 해야 합니다. 아빠처럼 평생의 절반, 또는 그 이상을 일을 하며 살아야 할 겁니다.

생각해 보세요. 인생의 절반을 써야 하는 그 일이 내가 좋아하거나, 관심이 있거나, 가치 있다고 여기는 일이 아니라면 너무나 가혹한 일입니다. 내가 좋아하지도 않는 일을 억지로 하면서 인생을 다 써버렸다면 나중에 눈을 감을 때 얼마나 억울하겠습니까.

자녀가 좋아하는 일을 찾는 것을 돕는 것은 부모의 가장 큰 역할 중 하나라고 생각합니다. 아무리 인터넷에 수많은 정보가 돌아다닌다 해도, 초중고 자녀들은 진로 관련한 고민을 할 때 여전히 부모의 영향력을 2위, 3위에 놓고 있다는 것이 설문 결과에서 드러납니다.

시시포스 신화를 아실 겁니다. 신들의 노여움을 산 시시포스는 평생 돌을 굴리는 삶을 살게 됩니다. 신들이 내린 벌이지만, 만약 시시포스가 돌 굴리기를 정말 사랑했다면 이야기는 달라집니다. 운동을 열심히 하시는 분들을 보면 본인의 의지로 육체를 극한의 상황까지 몰아붙입니다. 그렇게 몸을 헤라클레스처럼 만듭니다. 시시포스가 돌 굴리기를 즐기고, 육체를 단련하는 것을 좋아하는 인물이었다면, 그는 웃으면서 돌을 굴렸을 겁니다.

우리 아이들이 평생 돌을 굴리듯이 일해야 한다면, 적어도 웃으면서, 보람을 느끼면서 그 일을 할 수 있도록 도와주는 부모의 지혜가 필요하다고 생각합니다.

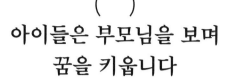

아이들은 부모님을 보며
꿈을 키웁니다

저는 2022년까지 교사로서 17년간 재직했습니다. 그리고 스스로 한참 동안을, 먹고 사는 문제를 해결하기 위해 교사가 되었다고 생각했습니다. 제가 대학에 진학하던 때에는 교대, 사범대의 인기가 높았습니다. IMF를 겪으면서 집안의 가장 역할을 해야 했던 젊은이들이 안정적인 직장을 택하면서 그 인기가 더 높아졌을 겁니다. 저 또한 그중 한 명이었습니다. 도전적이고 모험적인 성격의 일을 하고 싶지 않았습니다. 일단 2백만 원이라도 좋으니 안정적인 수입이 필요했습니다. 그래서 저는 경제적인 이유로 제 진로를 결정했다고 한참을 믿었습니다.

그런데 학교생활을 하면서 뭔가 이상했습니다. 경제적인 이유로 억지로(?) 택한 직업치고는 만족도가 너무 높은 겁니다. 학교도 좋았고, 아이들과 함께하는 것도 좋았습니다. 진로에 대한 고민을 많이 하지 않은 것 치고는 교사라는 직업이 저에게 너무 잘 맞았습니다.

처음에는 운이 좋다고 생각했지만, 어린 시절을 되돌아보면서 이 진로가 아주 어렸을 때부터 정해지고 있었음을 깨달았습니다. 저의 어머니는 평생 부산에서 미술 교사로 재직하시고 정년퇴임을 하셨습니다. 정년퇴임을 할 때까지도 아이들에게 재밌는 미술 수업을 하셨고, 아이들과 동료들에게 존경받으셨습니다. 그만큼 어머니에게 교사는 천직이었습니다. 어릴 적 주말, 어머니가 근무하시는 학교에 따라간 기억이 있습니다. 과거에는 숙직이라고 하여 남교사들은 평일에 학교에서, 돌아가며 자면서 근무를 서고, 여교사들은 일직이라고 해서 주말에 학교에 나와 근무하는 제도가 있었습니다. 어머니는 일직 근무하시는 날에 심심하시니까 저를 데리고 가셨습니다. 생각해 보면 누나는 안 따라가는데 저만 따라갔습니다. 그때부터 저는 학교가 좋았던 것 같습니다. 아무도 없는 교무실에 어머니 빽(?)을 믿고 들어갈 수 있다는 것은 엄청난 특권처럼 느껴졌습니다. 그때만 해도 교권이 강하던 때라서 교무실에 함부로 들어갈 수가 없었죠. 교무실은 선생님이 부르실 때만 가거나 혼날 때 가는 그런 신성하고 비밀스러운 공간이었습니다. 그 교무실을 제가 일요일에 활보하는 기분은 끝내 줬습니다. 학생부장 선생님 자리에는 압수한 만화책이 항상 있었던 걸로 기억합니다. 몰래 그 만화책을 보기도 했습니다. 그리고 일직날 따라와 주는 아들이 고마웠는지 어머니는 항상 점심때 짜장면이나 탕수육을 사주셨습니다. 그 맛이 또 기가 막혔죠. 사실 제일 좋았던 것은 할머니를 벗어나서 사랑하는 어머니와 단둘이 하루를 보낼 수 있었던 것이었습니다.

그렇게 제가 학교를 좋아하게 된 것 같습니다. 평생 존경받는 교사였던 어머니의 모습을 동경하면서, 한 번씩 어머니 따라서 일직 근무를 같이 서면서, 학교는 저에게 사랑스러운 공간이 되어버렸습니다.

대학을 결정할 때, 여러 선택지 중에서 먹고사는 문제를 해결하기 위해서 사범대학교 진학을 결정한 줄 알았지만, 그보다 더 깊숙한 곳에는 학교를 좋아하는 마음이 있었던 것 같습니다. 학교를 떠나기 전까지도 저는 학교가 참 좋았습니다. 총각이었으면 학교에서 살았을 것이라는 생각을 자주 했던 것 같습니다.

진로라는 것은 결국 좋아하는 마음이 기본이 되어야 하지 않을까요. 그런 일을 할 수 있어 행복했습니다.

좋은 영화와 책은
한 아이의 인생을 바꿉니다

저는 영화 한 편이 인생에 강력한 영향을 준다는 것을 제 삶을 통해서 경험했습니다. 고등학교 때였습니다. 책장에 누가 언제 샀는지 모르겠지만 <죽은 시인의 사회>라는 제목의 책이 꽂혀 있었습니다. 우연히 뽑아서 읽게 된 이 책은 단숨에 저의 관심을 사로잡았습니다. 어린 나이에 미국은 마냥 자유로운 곳인 줄 알았는데 책 속의 고등학교는 정말 보수적이었고, 학생들은 공부만을 강요받습니다. 그 모습이 한국과 너무 비슷해서 더 관심이 갔던 것 같습니다. 책 속에 나오는 교실에 새로 부임한 존 키팅 선생님은 아이들에게 자신만의 꿈을 찾고 열정을 추구하도록 자극합니다. 이 모습에 학생들은 조금씩 변해갑니다.

책의 제목인 <죽은 시인의 사회>는 이곳에서 학생들이 만든 비밀 독서 모임의 이름입니다. 그들은 책을 읽고, 점점 자신의 길을 찾아갑니다. 더 이상의 내용은 스포일러가 될 수 있어서 말씀드릴 수 없지만, 저는 처음에는 책으로, 나중에는 영화로 여러 번 감상한 이 작품의 내용을 평생 기억하고 있습니다. 저에게는 인생 작품이라고 할 수 있습니다. 어쩌면 제가 아직도 자신만의 인생을 살아야 한다고, 좋아하는 것을 찾아야 한다고 말하고 다니는 것은 작품 속 존 키팅 선생님의 영향일 수 있습니다.

이 작품을 고등학교 때 접하면서, 너무나 깊숙하게 공감했습니다. 공부를 강요당하는 상황. 자신의 꿈이 부모와 부딪혀 산산조각 나는 슬픔. 그 모습들이 저에게는 너무나 와닿았습니다. 그리고 저는 존 키팅 선생님 같은 선생님이 되겠다고 결심합니다. 조금은 싱거운 이야기이지만, 저는 교사가 되기 위한 시험인 임용고사에서 면접을 볼 때에 어떤 교사가 되고 싶냐는 질문이 나오면 키팅 선생님 같은 수업을 하고 싶다는 답을 하려고 준비했었습니다. 이제는 오랜 시간이 지나서 실제로 그렇게 답을 했는지는 기억나지 않지만, 저의 마음속에서는 항상, 키팅 선생님이 되고 싶다는 마음을 품고 교직 생활을 한 것 같습니다.

좋은 영화 한 편은 인생을 바꿀 힘이 있다고 생각합니다. 그래서 아이들이 자극을 위한 짧은 영상만을 보고 있는 모습을 보면서 더더욱 안타까움을 느낍니다.

세 아이의 아빠인 50대 스케이트 보더,
올림픽에 출전하다

스케이트보드가 올림픽 종목이 된 것을 아시나요? 도쿄올림픽에서부터 스케이트보드는 올림픽 정식 종목으로 채택됩니다. 젊은 세대들이 올림픽에 관심 가질 수 있도록 만든 조치였죠. 유튜브에서 이때의 영상을 찾아보시면 10대의 어린 소년, 소녀들이 국가를 대표해서 경기에 참여하는 진풍경을 확인하실 수 있습니다. 스케이트보드를 주로 10대들이 즐기다 보니, 국가대표로 선발된 이들의 연령도 엄청나게 어렸던 겁니다. 금메달 4개 중 3개를 10대들이 차지했고, 13세 소녀가 동메달을 따기도 했습니다.

그런데 10대들이 꽉 잡고 있는 이 무대에 51세 아저씨가 등장합니다. 51세인 앤디 맥도널드는 2024년 파리 올림픽에 영국 대표로 출전합니다. 그리고 영국 대표팀에서는 이 소식을 전하면서 '나이는 그냥 숫자다!'라는 문구를 덧붙입니다.

앤디 맥도널드 아저씨에게 더욱 정감이 가는 이유는 그가 세 자녀를 둔 아빠이기 때문입니다. 물론 그가 50세가 넘어서 스케이트보드에 입문한 기적의 주인공은 아닙니다. 그는 1994년에 프로에 데뷔해서 젊은 시절 이 무대를 꽉 잡았던 선수 출신입니다. 그런 그가 50이 넘어서 다시 한번 인생을 건 도전에 나선 겁니다.

그는, 자신이 젊었을 때 타던 스케이트보드 방식과 현재의 올림픽 경기 종목은 차이가 컸다고 합니다. 그래서 그는 새롭게 매일 연습해야 했고, 한 번 넘어지면 10대 동료들보다 한참을 더 앓아야 했다고 합니다. 나이 먹고 한 번 넘어지는 것도 조심해야 하는데, 스케이트를 연습하면서 그는 넘어지고 또 넘어졌습니다. 그때 그가 했던 말이 너무 멋져서 인용합니다.

"나이가 들어서 스케이트보드를 멈추는 것이 아니라, 스케이트보드를 그만두는 순간 나이가 드는 것이다."

그는 처음 스케이트보드를 탔을 때 '마법의 양탄자' 같았다고 합니다. 저도 이 느낌을 비슷하게나마 알고 있지요. 그래서 마흔이 넘은 저도 시간이 날 때마다 스케이드보드에 올라탑니다. 얼마 전에는 혼자서 타다가 넘어져서 갈비뼈에 살짝 금이 가기도 했는데요. 그럼에도 빨리 나아서 다시 타고 싶다고 생각했습니다. 스케이트보드를 타며, 좋아한다는 것은 이런 감정이라는 것을 다시금 떠올렸습니다. 스케이트보드 선수 중에 부상이 없는 선수는 없습니다. 앤디 맥도널드도 발목, 무릎 수술을 여러 차례 했다고 합니다.

그럼에도 그는 온전치 않은 몸을 이끌고 다시 넘어지고 구르면서 스케이트보드에 도전합니다. 그것도 올림픽이라는 세계 최고의 무대에 말이죠. 좋아한다는 것은 이런 감정입니다. 아이들에게 이런 순수한 기쁨을 줄 수 있는 것은 무엇일까요? 아이들은 지금, 그런 것을 찾을 기회를 부여받고 있나요? 부모로서 한 번은 생각해 봐야 합니다.

스트리트 파이터로 금메달을 딴
김관우 아저씨

2022년 항저우 아시안게임에서는 e스포츠도 정식 종목으로 채택이 되었습니다. 어린 시절에 오락실에 한 번이라도 가 본 기성세대는 알 수밖에 없는 <스트리트 파이터>가 아시안게임의 정식 종목이었습니다.

이 종목에 출전한 대한민국 국가대표는 김관우 선수입니다. 그는 1979년생입니다. 마흔이 훌쩍 넘은 아저씨가 전자오락으로 아시안게임 금메달리스트가 된 것입니다. 그의 금메달은 시대가 선물한 것입니다. 세상이 바뀌고 전자오락이 아시안게임의 정식 종목이 되면서 그에게 국가대표가 되고, 메달을 딸 수 있는 기회가 주어진 겁니다. 김관우 선수 본인도 이런 상황을 전혀 예상하지 못했다고 합니다.

유독 김관우 선수 관련해서는 그의 어머니 이야기가 많이 나옵니다. 아들이 스트리트 파이터라는 게임으로 아시아 1등이 될 때까지 얼마나 많은 시간 게임을 했을까요? 지금도 전국 다수의 가정에서는 주로 아들들이 게임에 빠져서 어머니들의 속을 까맣게 태우고 있을 겁니다. 김관우 선수의 어머니도 그러셨다고 합니다. 매체와의 인터뷰에서 김관우 선수는 어머니께서 자신이 국가대표가 되고 아시안게임에 나간다고 말씀을 드렸는데도 믿지 않으셨다고 합니다. 어머니는 게임으로 국가대표가 되는 세상의 변화를 믿지 못하셨을 겁니다.

　김관우 선수가 스트리트 파이터라는 한 게임만 열심히 하지 않았겠죠? 그는 2명이 맞서 싸우는 대전 액션 게임을 거의 다 섭렵했습니다. 소위 이 바닥에서는 굉장히 유명한 선수였고, 아시안게임의 정식 종목으로 채택되기 전에도 세계 대회들이 있었기 때문에, 다수의 대회에 출전해서 입상하던 선수였습니다. 직업으로 삼을 수 없는 일이었지만, 그는 게임을 사랑하는 마음으로 게임을 계속했습니다.

　젊을 때도, 직장을 다니면서도 김관우 선수는 게임을 사랑하고, 계속해서 플레이했습니다. 정말 좋아서 그랬겠죠. 아시안게임을 준비하면서는 다니던 직장도 그만두고 게임 연습에 몰두했다고 합니다. 통념으로는 주변 가족들이 참 힘들었으리라 생각할 수 있지만, 저는 이렇게 무언가를 조건 없이 좋아할 수 있는 마음의 힘에 주목하고 싶습니다.

게임을 내내 하는 것이 문제가 된다는 것에는 식상, 연봉, 커리어와 같은 사회적인 잣대가 기준이 될 겁니다. 내내 게임만 하면 일에 투자하는 시간이 적고, 돈을 많이 벌지 못하고, 스펙과 커리어를 쌓아 나갈 수 없다고 생각하는 겁니다. 다 맞는 이야기입니다. 하지만 여기에 다른 잣대를 제시하면 이야기는 달라집니다.

- 나는 무엇을 좋아하는가?
- 나는 어떤 조건 없이도 순수하게 무언가를 좋아하는가?
- 나는 그것이 너무 좋아서 직장마저 그만둘 수 있는가?
- 나는 인생을 걸 만큼 좋아하는 대상이 있는가?

이런 질문들에 답하는 것은 누구의 인생에나 필요하다고 생각합니다. 그리고 김관우 선수에게 이 질문의 답이 게임이었던 겁니다. 사회의 통념, 다른 이의 시선과 상관없이 내가 순수하게 좋아하는 것. 평생을 추구하고 싶은 것에 대한 고민은 필요하다고 생각합니다. 내 인생의 기준은 어디까지나 내가 정하는 것이니까요.

부모가 아이의 빈둥거리는 시간을
존중해야 하는 이유

세계적인 베스트셀러인 < GRIT >의 저자 앤절라 더크워스_{Angela L.} _{-Duckworth} 교수는 자신의 저서에서 세상의 모든 부모에게, 빈둥거리는 시간의 중요성을 알리고 싶다고 말합니다. 아이들은 빈둥거리는 시간을 통해서 자신이 열정을 쏟을 대상을 찾을 수 있고, 열정의 대상을 찾아야 이를 추구하며 성공적인 삶을 살 수 있다는 겁니다. 여기서 우리는 이 빈둥거리는 시간에 대해서 좀 더 정확하게 정리해 봅니다.

이때의 빈둥거리는 시간은 여가를 의미할 겁니다. 영어로는 leisure입니다. 제가 영어를 가르치다 보니 leisure라는 말의 역사에 대해서 정리한 적이 있습니다. 고대 그리스와 로마에서 leisure는 단순히 노는 시간이 아니었습니다. 고대 그리스에서 여가는 지직 활동에 가까웠습니다. 사람들은 일~(work)을 최대한 줄이고 여가~(leisure) 시간을 늘리고자 했습니다. 그들에게 여가는 학문적인 활동을 의미했습니다. 그들은 여가 시간 동안 학습하고 철학적 사유를 했습니다. 그것이 자기들 삶의 가치, 만족도를 높이기에 그들은 여가를 추구한 것입니다.

인류는 꽤 오랜 시간 동안에 여가를 제대로 사용했습니다. 중세 시대 사람들은 여가 시간을 이용해서 종교적 활동을 주로 했습니다. 르네상스 시대에는 여가 시간 동안 예술, 문화, 과학 등 다양한 활동을 했습니다.

여가의 개념이 지금처럼 일하지 않는 휴식 시간으로 바뀐 것은 산업 혁명 이후입니다. 산업 혁명 이후, 우리의 노동 시간은 계속해서 늘어납니다. 지금은 법으로 주당 노동 시간을 정해야 할 만큼 우리는 많은 시간을 일하고 있습니다. 정신을 차려 보니 저도 오늘 하루 종일 일을 했네요. 이 글을 읽는 여러분의 하루도 그러셨을 겁니다.

우리는 너무나도 많은 시간을 일하고 있습니다. 그러니 쉬어야 하고, 놀아야 합니다. 우리의 여가 시간은 그렇게 노동에 대비되는 재충전, 휴식의 시간으로 쓰이고 있습니다. 그것이 현대에 들어서는 조금 더 세련된 형태로 스포츠, 취미 활동을 추구하지만, 근본적으로 지적이거나 문화적인 활동, 또는 정신적인 수양 활동은 아닙니다.

앤절라 더크워스 교수가 말하는 빈둥거리는 시간은, 아이들이 지적인 활동 또는 문화, 예술적인 활동에 투자하는 시간을 의미합니다. 산업 혁명 이전 시대의 사람들이 이런 여가 선용이 가능했던 것은 일을 적게 했기 때문입니다. 노동을 적게 해도 되니, 피로가 적어서 이런 여유가 있었던 겁니다. 이처럼, 아이들도 너무 많은 시간과 에너지를 공부에 쏟아서는 안 됩니다. 물론 공부를 잘하면 좋습니다. 하지만 어린 나이부터 진로에 대해서 알아가는 노력을 하지 않으면 결국 공부의 동력은 떨어집니다. 초등학교에서부터 쉼 없이 공부하며 새벽 1시까지 책상에 앉아 있다고 해서 수능에서 승자가 될 수 있는 게 아닙니다. 앞으로 수만 시간을 더 공부해야 합니다. 그리고 그 동력이 자신이 추구하고자 하는 꿈, 진로입니다.

그렇다면 초등에서부터 제대로 된 여가로서의 빈둥거리는 시간을 확보하는 것은 중요합니다. 느리게 가더라도 올바른 방향으로 나아가는 지혜가 필요합니다.

자녀가 호감을 느끼는
그 무언가가 진로의 시작입니다

초중등 부모님들께서 진로와 관련해서 가장 많이 하시는 말씀이 있습니다.

"우리 아이는 아직 진로를 정하지 못했어요."
"진로를 정하기는 너무 빠른 것 아닌가요?"

모두 맞는 말씀입니다. 하지만 그렇다고 해서 손을 놓고 있어서는 안 됩니다. 진로를 찾기 위한 노력을 계속해서 기울여야 합니다. 어린 자녀가 무언가에 관심을 보이고, 호감을 느끼는 것이 진로의 시작이 될 수 있다고 생각합니다. 아이들은, 어떤 대상을 부모의 예상을 뛰어넘을 정도로 좋아합니다. 차량, 공룡, 비행기, 기차 등이 주로 아이들이 좋아하는 것들이죠. 이것이 직업적으로 연결되지는 않습니다. 하지만 무언가를 좋아하는 감정을 느낀다는 것은 진로를 찾기 위한 정말 중요한 시작이 됩니다.

생각해 보세요. 커피를 좋아하는 어른들이 꽤 많습니다. 커피의 향기를 좋아하고, 한 잔 마실 때의 그 분위기를 좋아하는 분도 계실 겁니다. 저도 일할 때 늘 커피를 옆에 두는 편입니다. 커피를 좋아하기 위해서는 커피를 좋아하는 나를 들여다봐야 합니다. 저 같은 경우에도 일할 때 커피를 옆에 두면 기분이 좋아지는 '저'를 제가 파악을 한 겁니다. 내가 아닌 대상을 좋아한다는 것은 '나'를 파악하는 것과 같은 의미입니다. 그 대상을 좋아하는 것을 알게 되면서 결국 나를 알게 됩니다. 그렇게 내가 좋아하는 것들이 모이고 모일수록, 나는 나에 대해 잘 알게 됩니다. 이렇게 알게 된 나에 대한 정보를 바탕으로 진로를 결정하는 데 도움을 얻을 수 있을 겁니다.

지금 있는 곳에 가만히 있으면 나에 대해서 알 수 없습니다. 매일 똑같은 일상을 반복하면 마치 공기가 곁에 있는 것을 모르듯이 나도 나에 대해 알 수가 없을 겁니다. 그래서 경험이 중요한 겁니다. 아이가 어릴수록 새로운 경험이 필요합니다. 안 읽어 본 장르의 책을 읽어보고, 새로운 세상을 만나면서 자신이 어떻게 반응하는지를 살펴야 합니다.

사실 이런 경험은 나이가 들어서도 중요합니다. 우리가 지금까지 평생

한 번도 안 해 본 일이 있다면 그것이 나에게 어떤 반응을 가지고 올지 알 수 없습니다. 프랑스 문학 작품을 한 번도 안 읽어본 사람이, 마흔이 넘어 처음 프랑스 문학 작품을 읽은 뒤 완전히 푹 빠져 버릴 수도 있습니다. 저는 아이들과 함께 새로운 경험을 하면서 오히려 저에 대해서 깨닫고 있습니다. 아이들과 함께 놀기 위해 산 레고 장난감에 제가 더 빠져 버렸고, 아이들과 함께 산 인라인스케이트를 제가 더 많이 탑니다. 아이들과 새로운 경험을 하면서 저 역시 저에 대해서 깨달을 수밖에 없었습니다.

이렇게 우리는 평생 나에 대해서 알아갑니다. 가만히 있기보다는 뭐라도 해야 합니다. 그러다 호감이 가는 것을 발견했다면 꼭 붙잡고 잘 기억해야 합니다.

자녀가 관심 가지는 것을
부모가 적극 지지해 줘야 하는 이유

빅데이터를 이용해서 트렌드, 사람들의 심리를 분석하고, 미래를 전망하는 등 참으로 다양한 일을 하고 계신 송길영 작가를 아실 겁니다. 송길영 작가는 2016년, 한 인터뷰 영상에서 좋아하는 것을 한다는 것이 어떤 의미인지 모르겠다는 질문자에게 어떤 것을 하더라도 10년은 해야 전문가가 될 것이니, 미루지 말고 지금 해 보라는 조언을 했습니다. 지금 고양이를 좋아한다면, 10년간 고양이를 키우고 연구를 하면 10년 후에 모든 사람이 고양이를 좋아할 때 본인이 이 분야에 대가가 되어 있을 것이라는 이야기를 남겼습니다. 약 10년이 지난 지금, 고양이의 위상은 10년 전과 많이 달라졌습니다. 많은 이들이 고양이에 관심을 보이고 있고, 고양이와 함께하는 일상을 담은 영상들은 유튜브에서 높은 조회수를 보장합니다. 고양이를 전문으로 하는 유튜브 채널들도 다수 인기를 끌고 있습니다.

10년 전, 지금의 상황을 예견한 이는 극소수였을 겁니다. 핵심은 자신이 좋아하는 것을 찾아, 이를 10년은 해 봐야 한다는 겁니다. 10년이라는 시간은 1만 시간과 대략 비슷합니다. 하루에 약 2~3시간 정도를 무언가에 지속적으로 투자하면 10년이면 1만 시간이 누적됩니다. 그렇다면 어떤 분야에 대한 통찰이 생기고 전문가로 분류될 기본이 마련될 겁니다. 고양이와 매일 두세 시간을 어울렸다면 10년 후에는 전문가라고 할 수 있겠죠.

지금 어떤 분야에서 전문가라고 인정받는 이들은 지난 10년을 그렇게 보냈을 겁니다. 곤충, 파충류, 고양이, 강아지, 주식, 부동산, 요리, 청소, 자녀 교육 등 우리가 생각할 수 있는 거의 모든 분야의 전문가들은 지난 10년을 자신이 관심 있는 대상에 시간과 노력을 쏟으면서 보냈습니다.

10년은 긴 세월입니다. 좋아하지도 않는 것을 억지로 참고 견디기에는 너무 긴 시간입니다. 결국, 전문가가 되기 위한 첫 발걸음은 내가 좋아하는 것을 찾는 겁니다. 그리고 호감이 느껴지고 관심이 생긴다면, 그것을 10년은 하겠다는 마음으로 계속해야 합니다. 시대가 원하는 것을 쫓아가는 것은 항상 한 박자 늦습니다. 웹툰 작가가 큰 인기와 명성을 누리는 시대라면, 지금 인기를 끄는 작가들은 이미 10년 전부터 만화를 그린 이들입니다. 지금 뛰어들면 10년 후에나 나는 전문가가 될 텐데, 그때의 세상은 짐작하기 어렵습니다. 그리고 지금 뛰어드는 이유가 만화를 좋아하는 마음이 아니라, 현재 웹툰 작가들이 누리고 있는 돈과 명예라면, 10년 후에는 크게 후회할 가능성이 높습니다. 그때는 AI가 웹툰을 모조리 그려주는 그런 시대일 가능성도 있습니다.

어차피 미래는 알 수 없습니다. 내가 가장 확실하게 알 수 있는 것은 내가 어떤 것에 관심을 가지는지, 어떤 것을 할 때 즐거운 감정을 느끼는지입니다. 그것을 찾아야 하고, 찾았다면 지속해야 합니다. 10년 후에 전문성을 쌓으면 시대가 어떻게 바뀌더라도 나는 내가 좋아하는 것을 하면 되고, 시대의 운을 만나게 되면 상상하지도 못한 성과들로 이어질 겁니다.

부모라면 자녀가 관심을 가지는 것이 있다면 적극 권하고, 10년은 해보라고 말해주어야 합니다. 아이가 하겠다고 하면 무조건 응원하는 겁니다. 왜요? 그 정도로 좋아하면 부모가 말려도 할 테니까요.

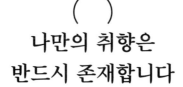

나만의 취향은
반드시 존재합니다

내가 무엇을 좋아하는지 잘 인식하지 못하는 경우가 있습니다. 그래서 혹시 나는 무개성, 무 취향이 아닌지 고민한다면 넷플릭스, 디즈니, 티빙 등의 플랫폼에서 나는 주로 어떤 영상들을 고르는지, 또 어떤 영상을 시청한 이후에 만족감이 높은지를 생각해 보면 좋을 것 같습니다. 취향은 반드시 존재합니다.

저는 대중적으로 인기가 높은 작품들을 좋아합니다. 문화 쪽으로 깊이가 있다고는 생각하지 않기 때문에 남들이 재밌다는 것을 먼저 찾아봅니다. 천만 명이 넘는 관객이 본 영화는 무조건 찾아서 봐야죠. 그렇게 대중적인 작품들을 먼저 봤습니다. 영화를 보다 보니 슬슬 저의 취향이라는 것도 생기더군요. 저는 긴장감이 느껴지는 스릴러물을 좋아하는 것 같습니다. 드라마 중에서는 <비밀의 숲>과 같은 두근거리는 긴장감이 넘치는 드라마를 좋아합니다. 요즘은 알고리즘이 점점 정교해져서 내가 좋아하는 드라마를 검색하기만 해도 비슷한 느낌의 드라마를 추천해 줍니다. 그렇게 더 경험하다 보면, 나의 취향이라는 것을 알게 됩니다.

경험의 중요성은 아무리 강조해도 지나치지 않다고 생각합니다. 사람들이 재밌다고 극찬하는 영화도 막상 내가 보면 재미가 없을 때가 있습니다. 취향의 차입니다. 사람들에게 혹평받은 드라마도 나에게는 인생 작품이 될 수 있습니다. 경험의 차이일 수 있습니다. 내가 지금까지 살아오면서 생각한 것, 경험한 것들은 내 안에 있습니다. 이 상태에서 새로운 경험을 만나게 되면 그것이 나에게 부여하는 의미는 사람마다 다를 수밖에 없습니다. 백 명의 사람이 있다면 백 가지의 각기 다른 방식으로 살아왔을 것이기 때문에 경험의 해석도 백 가지가 되는 겁니다.

일에 대해서 사람들이 생각하는 일반적인 기준이 있습니다. 안정성, 소득, 보상, 일과 삶의 균형, 경력 개발의 기회, 근무 환경 등 상식적인 수준에서 생각할 수 있는 직업 선택의 기준들이 있죠. 이것들은 물론 중요합니다. 내가 직업을 선택할 때 충분히 반영되어야 할 것입니다. 하지만 이보다 중요한 것이 나의 적성, 흥미에 맞는 일인지, 내가 원하는 일인지 여부입니다. 사람들은 쉽게 자기 적성이나 흥미보다 급여나 기타

조건들을 우선시하는 것 같습니다. 하지만 평생 오랜 시간 동안 일해야 한다면, 우리는 반드시 우리가 원한다고 생각하는 일을 해야 합니다.

넷플릭스의 시청 목록을 보면 딱 나오는 것처럼 나의 취향은 반드시 존재합니다. 일에서도 나의 적성, 취향은 반드시 존재합니다. 쉽지 않겠지만, 반드시 찾아야 하는 것이라면 지금부터 찾기 시작해야 하겠죠.

지금 당장 아이의 스마트폰 사용을 통제해야 하는 이유

저는 강연장에서 좀 심하다고 생각할 정도로 스마트폰 통제에 대해 이야기합니다. 온 세계인들이 스마트폰을 쓰는 세상에서 시대착오적인 발상이라고 느끼실 수도 있습니다. 하지만 저는 생각하면 생각할수록 스마트폰이 아이들을 망치고 있다는 생각이 듭니다.

한 아이를 상상해 봅시다. 이 아이는 어려서부터 부모의 요구대로 국·영·수 학원에 다닙니다. 학원 숙제를 쳐내느라 너무 스트레스를 받으니, 부모는 이를 달래기 위해서 스마트폰 사용을 허락합니다. 아이는 주말을 포함한 모든 쉬는 시간에 스마트폰을 사용합니다. 그것으로 스트레스를 달래면서 살아갑니다. 이런 모습, 익숙하시죠. 그런데 이 아이는 정말 공부를 잘할 수 있을까요? 이렇게 살면서, 공부까지 잘하는 아이도 물론 있을 겁니다. 하지만 다수의 극상위권 아이는 이런 모습으로 공부하고 있지 않습니다.

공부는 억지로 하는 것이고, 스마트폰을 하기 위해 잠시 참는 것으로 생각하며 공부해서는 상위권이 되기 어렵습니다. 상위권은 자신이 할 수 있는 모든 수단을 총동원해서 공부합니다. 그래서 고등학교에 진학하면 전교 1등이 제일 공부를 열심히 하는 아이러니가 발생하는 겁니다. 전교 1등이 아닌 아이들이 전교 1등보다 더 열심히 공부해야 역전이 되는데, 전교 1등이 전교에서 제일 열심히 공부합니다. 그리고 이 모습을 본 중위권 이하의 학생들은 전교 1등을 인정합니다. 고등학교 현장에서 흔히 볼 수 있는 장면입니다.

전교 1등은 2가지 정도가 다릅니다. 공부의 목적이 확실하게 있어서 이를 바탕으로 공부를 다부지게 합니다. 또는 어떤 전교 1등은 딱히 공부의 목적이 정해져 있지 않더라도 정말 많은 시간을 다부지게 공부할 수 있는 습관과 루틴을 갖고 있습니다. 두 경우 모두 스마트폰은 공부에 영향을 거의 주지 않습니다. 목적의식을 갖고 공부하는 학생은 자신의 꿈을 위해서 당연히 스마트폰을 통제할 수 있고, 공부 습관이 남다른 아이도 마찬가지입니다. 그들은 얼굴에 분무기를 뿌리면서 공부하고, 어떻게 하면 공부를 더 열심히 할지를 고민하는 아이들입니다. 스마트폰을 가지고 쩔쩔매는 것은 이들 집단에서 상상조차 할 수 없습니다.

공부를 위해서는 스마트폰은 기꺼이 통제하는 연습을 해야 합니다. 휴식 시간 모두를 스마트폰에 사용해 버리면 생각을 할 수가 없고, 아무 생각도 안 하면 공부의 목적은 찾을 수 없습니다. 그리고 자신도 모르게 스마트폰에 점점 중독될 겁니다. 공부에 대한 보상으로 사용하던 그 스마트폰이 결국 공부를 점점 더 싫어지게 만들고 공부 습관을 망치는 겁니다.

백 번을 고쳐 생각해도 이른 시기에 스마트폰에 빠져드는 것이 아이들에게 도움이 될 수가 없습니다. 딱 한 가지. 아이가 유튜브 크리에이터가 꿈이어서 스마트폰으로 촬영한 영상을 편집하며, 유튜브를 운영하는 식으로 콘텐츠를 생산한다면 이때는 스마트폰을 똑똑하게 사용한다고 볼 수 있겠습니다.

자녀의 스마트폰 사용 방식은 부모가 가장 잘 알 겁니다. 아이의 스마트폰 쓰는 모습을 유심히 볼 필요가 있습니다. 그 작은 시작이 나중에 걷잡을 수 없는 결과로 이어질 수 있습니다.

부모의 욕심으로, 세상의 기준에
아이를 끼워 맞추지 마세요

자신에 대해서 제대로 이해해야 하는 이유는 나를 바탕으로 기준을 세우지 못하면 세상의 기준을 따라가게 되는데, 세상의 기준은 시간이 지나면서 반드시 변하기 때문입니다. 고3 학생이 진로를 결정할 때 수험생들이 가장 선호하는 학과를 염두에 둘 것입니다. 수험생들이 선호하는 학과가 곧 그 시대, 그 사회에서 가장 취업률도 높고 전도유망한 직업과 연결되어 있을 겁니다. 하지만 문제는, 5년만 지나도 세상의 선호가 바뀐다는 것입니다.

문과 계통의 경우는 그 변화가 현재로서는 다소 적은 편입니다. 보통 문과 최상위권은 경제, 경영학과에 지원합니다. 그다음이 정치, 외교학

정도입니다. 하지만 이과 계통의 경우는 그 변화가 문과보다 훨씬 더 심합니다. 2000년대 후반부터는 의예과가 부동의 1위를 기록하고 있긴 합니다. 하지만 의대, 약대, 치대, 수의대와 같은 소위 의료 계열 학과를 모든 이과 계통 학생들이 지망하는 것은 아닙니다. 전자, 전기, 화학, 물리, 생명과학, 건축, 우주항공, 컴퓨터공학 등 이과 계통 학생들이 전공할 수 있는 다수의 전공이 존재합니다. 과거에는 기계, 화학, 전기, 전자, 조선학과 등이 인기였다면 최근에는 컴퓨터공학부, 반도체, 인공지능, 데이터과학, 신소재 관련 학과들이 인기입니다. 대학들에서도 미래 사회를 반영하여 다양한 학과들을 신설하여 운영 중입니다.

문제는 대학에 들어가는 시점과 사회에 나와서 활동하는 시기에 세상의 선호가 다르다는 겁니다. 평생, 세상의 기준은 쉼 없이 바뀔 겁니다. 이미 평생직장은 없어졌습니다. 평생 동안 직업, 직장을 바꾸어 가면서 살아야 하는 시대가 벌써 시작되었습니다.

자신의 기준이 아니라 사람들이 선호하는 것을 쫓다 보면 평생 피곤한 삶을 살게 될 겁니다. 무엇보다 이 일이 내가 정말 원하는 것인지, 내가 잘하고 싶은지에 대한 확신이 없을 겁니다. 그렇다면 일에 대한 만족도, 삶에 대한 충족감이 높을 수가 없습니다.

하루 10시간 이상씩 하는 '일'에 대한 만족도를 우리는 반드시 떠올리게 될 겁니다. 주로 이 일이 나에게 잘 맞는 일인지, 이게 최선인지를 고민합니다. 그리고 그 기준이 있어야 합니다. 그 기준이 '나'라면 합리적인 판단이 가능할 겁니다. 하지만 내가 기준이 아니라 세상이 기준이 되면 지금 내가 하는 일은 시간이 2~3년만 지나도 반드시 만족감이 떨어지는 일이 될 겁니다. 시간이 지나면 산업의 트렌드가 바뀌면서 새로운 직업이 부상할 것이기 때문입니다.

현재 대한민국 수험생들이 가장 선호하는 학과는 의료 계열, 그중에서도 의예과입니다. 다수의 상위권 학생이 의예과를 목표로 초등에서부터 공부합니다. 하지만 전문가들은 AI가 매우 높은 확률로 의사를 대체할 것으로 예견합니다. 인간 의사가 AI로 완전히 대체되는 데에는 시간이 걸리겠지만, 그 과정에서 적어도 의료 분야에서 AI가 적극적으로 쓰이게 된다면 지금보다는 의사라는 직업의 희소성이 떨어지게 될 것이라는 게 일반적인 예측입니다.

지금 초등에서 의예과를 목표로 하는 아이가 있다면, 이 아이는 수련과정까지 마치고 의사가 되기까지 약 20년의 세월이 더 필요합니다. AI를 중심으로 한 지금 세상의 변화를 보면, 20년이면 모든 것이 다 바뀌고도 남을 겁니다. 그렇다면 이 아이는 의사를 포기해야 할까요? 아닙니다. 이 아이가 환자를 치료하는 것에 큰 뜻이 있고, 이 분야에서 끝없이 공부하여 헌신하고 싶다면 자신이 하고 싶은 일을 쫓아가면 됩니다. 세상의 기준이 아닌 자신만의 기준을 만들어 나가면 아무리 세상이 바뀌어도 자신의 기준을 바탕으로 새로운 일을 하면 됩니다. 언제나 새로운 직업은 있을 것이기 때문에 기준만 명확하다면 어떤 시대에도 만족스럽고 보람차게 일을 할 수 있을 겁니다.

우리 자녀를 결정 잘하는
주도적인 아이로 키우는 방법

번지 점프를 해 보신 적이 있나요? 저는 인생에서 딱 한 번 해 보았습니다. 대학교 때 친구들이랑 객기로 번지 점프에 딱 한 번 도전해 보았습니다. 왜 그 이후로 도전하지 않았을까요? 인생에서 딱 한 번만 경험하면 충분한 두려움이었거든요. 수십 미터의 상공에서, 줄 하나를 발에 묶고 뛰어내리기 직전의 그 두려움은 아직도 생생합니다.

덴마크의 실존주의 철학자 쇠렌 키르케고르는 우리가 무언가 선택을 내릴 때의 두려움과 불안을 절벽에서 뛰어내리는 것에 비유했습니다. 참으로 적절한 비유입니다. 우리가 번지 점프를 할 때 절벽에서 뛰어내리면 다시는 뛰기 전으로 돌아갈 수 없습니다. 그래서 뛰기 전에 두렵고 망설여집니다. 살아가며 선택의 갈림길에서 우리는 절벽 끝에 선 것 같은 감정을 느낍니다. 한번 결정하면 다시는 되돌릴 수 없기 때문입니다.

평생의 전공을 정할 때, 결혼 상대를 정할 때, 우리는 큰 결정을 앞두고 불안과 두려움을 느낍니다. 중요한 결정일수록 기회비용이 상당합니다. 돌이키기 어렵다는 것을 잘 알고 있습니다. 그래서 결정이 망설여지는 겁니다.

그럼에도 우리는 결정해야 합니다. 중요한 결정일수록 내가 스스로 내려야 합니다. 그럴 힘을 길러야 해요. 우리 아이도 인생을 살아가면서 수많은 결정을 해야 합니다. 당연히 하나하나 어려운 결정일 겁니다. 그럼에도 자신이 결정을 내려야 합니다. 인생에서 중요한 결정일수록 다른 사람의 입김이 많이 들어가면 안 됩니다. 만약 부모가 원하는 결혼을 했다는 느낌이 들면 결혼 생활에서 생기는 갈등을 해결하기 어려울 겁니다. 부부싸움을 할 때마다 이 결혼을 강요한 부모를 원망할 겁니다. 오히려 반대로, 부모가 반대하는 결혼을 굳이 내 뜻대로 했다면 어떻게든 갈등을 해결해 보려고 노력할 겁니다. 자기 뜻대로 결정을 내린다는 것은 그 결정의 책임까지 자신이 지겠다는 겁니다. 그리고 어떤 결정에도 책임이 수반되기 때문에 스스로 결정을 내리는 것이 맞습니다.

현재 아이들은 고1 때 자신의 진로를 바탕으로 과목을 선택해야 합니다. 고2 때 배울 선택과목을 고1 때 결정합니다. 고1 여름쯤에는 자신이 전공할 분야를 결정해야 합니다. 이때의 나이가 17살이죠. 너무 어린 나이에 무거운 결정을 한다고 생각하실 겁니다. 인정합니다. 하지만 나이가 많다고 해서 인생의 중요한 결정을 잘하는 것이 아닙니다. 내내 결정을 부담스러워하고, 남에게 의존해서는 힘 있는 결정을 할 수 없습니다.

우리 아이를 주도적인 어른으로 키우는 한 가지 방법이 있습니다. 부모는 아이가 어려서부터 주도적으로 결정하는 연습을 시켜줘야 합니다. 저녁 메뉴를 고르든, 여행지를 고르든, 아이에게 기회를 많이 주세요. 결정도 해 본 아이가 잘합니다. 그리고 아이가 똑똑해져야 합니다. 독서를 생활화하고, 세상에 대해서도 잘 알아야 합니다. 그래야 합리적인 결정을 할 수 있습니다.

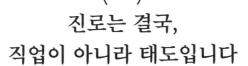

진로는 결국,
직업이 아니라 태도입니다

진로에 대한 고민이 어려운 이유는 아이들이 사회에 진출할 최소 10년 이후에는 세상이 다 바뀌어 있을 것이기 때문입니다. openAI의 ChatGPT가 등장한 이후, 일상에서도 세상의 변화를 체감할 수 있습니다. 은행, 카드사에 문의를 위해 전화를 걸면 상담원이 아니라 상담용 AI가 전화를 받습니다. 마트에 가면 점점 무인 계산대가 늘어납니다. 우리의 일상도 눈에 띄게 변하고 있습니다.

초등 아이들이 현재 희망하고 있는 직업들이 10년 후에도 AI에 의해 대체되지 않고 남아 있을지 누구도 장담할 수 없습니다. 분명한 것은 현재의 선호도와는 확연히 달라져 있을 것입니다. 그래서 진로 관련해서 특히 직종, 직업을 선택하는 것이 어렵습니다.

단 하나의 진리가 있다면 누구도 10년 후의 상황을 정확히 예견할 수 없다는 사실입니다. 이런 상황이라면 진로 관련해서 아이들이 준비해야 할 것은 직업의 선택이 아니라 태도가 아닐까, 생각합니다. 지금 어떤 직업을 선택한다고 해서 20년, 30년 후를 보장받을 수 없습니다. 그렇지만 아이가 인생과 세상을 대하는 태도는 평생 아이와 함께 할 겁니다. 그렇다면, 계속해서 변하는 미래 사회에서 살아남기 위해 아이들에게 어떤 태도가 필요할까요?

정답은,

- 평생 배우는 태도입니다.
- 변화를 두려워하지 않고, 도전해야 할 겁니다.
- 실패해도 다시 일어서는 힘이 필요할 겁니다.
- 뉴스, 신문을 보며 세상의 변화를 읽는 능력이 필요할 겁니다.

무엇보다 평생 학습자가 되기 위해 공부를 자발적으로 하는 습관이 중요한데, 대한민국의 아이들이 어린 나이에서부터 억지로 공부하며, 이에 대한 반작용으로 스마트폰 중독이 점점 늘고 있는 상황이 우려스럽습니다. 사실 우리 부모 세대들도 대학에 들어가서 대차게 놀았던 기억이 있으실 겁니다. 저도 그중 한 명입니다. 입시를 위한 공부를 워낙 참으면서 힘들게 하니까 그에 대한 반작용으로 대학에 들어가면 본능적으로 놀고 싶은 겁니다. 저는 그 뒤로도 한참을 더 놀았습니다. 여러분은 어떠셨나요?

평생 공부를 해야 하는 이들이 공부를 싫어해서는 안 되겠죠. 자신의 의지로 책을 펴고, 공부하는 연습을 하는 것이 중요하다고 생각합니다. 그렇게 자신의 하루를 경영하며 보람을 느끼고, 성취하면서 아이는 공부의 힘을 알게 되고, 평생 공부를 할 수 있을 겁니다.

변하는 세상에서 살아남는 것은 온실 속의 화초가 아니라 잡초입니다. 잡초는 뿌리가 깊이 박혀 있습니다. 아이들이 자라면서 지금 뿌리를 내리고 있습니다. 이 뿌리가 굵게, 깊게 박힌 아이들은 세상이 어떻게 바뀌어도 살아남을 겁니다. 이 뿌리마저도 부모인 우리가 만들어주려고 한다면 그것은 자연의 섭리를 거스르는 것이겠죠.

우리 아이들에게 어떤 태도를 알려주고 함께 연습해야 할지 오늘도 고민해 봅니다.

최선의 선택을, 최고의 선택으로 만드는
유일한 방법

전 SK와이번스, 한화이글스의 감독이었던 김성근 감독은 한 예능 프로그램에 출연하여 야구장 가는 길이 가장 행복하다고 말합니다. 다음 생애 다시 태어나도 야구를 하고 싶냐는 질문에는 다음 말고, 이번 생애에서 최대한 야구를 더 하고 싶다고 말합니다. 지금 바로 야구를 하고 싶을 만큼 야구를 사랑하고 있는 거죠. 그는 화제의 야구 프로그램인 <최강야구>의 감독직을 수락하면서 감독 생활을 이어갑니다. 처음에 1주일 정도는 감독직을 거절했다고 합니다. 예능으로 야구를 하면 열심히들 안 할 것이기 때문에 그런 야구를 하고 싶지 않았다는 것이 그 이유입니다. 하지만 TV로 지난 회차들을 보니 선수들이 진지하게 야구를 하고 있었기 때문에 함께 하기로 했다는 겁니다. 그는 누구보다 야구에 진심입니다.

잘 알려지진 않았지만 암 수술을 3번이나 했다는 김성근 감독은, 수술 후 회복기에도 야구장을 찾아가서 훈련을 지도합니다. 그의 인생이 곧 야구입니다. 그가 이룬 우승이라는 업적을 떠나 한 인간이 자신이 몰두하고, 좋아하는 일을 찾아서 한다는 것이 바로 이런 모습이라는 생각을 하게 됩니다.

하지만 이렇게 자신에게 딱 맞는 진로가 달콤하게만 찾아오지는 않습니다. 김성근 감독은 재일교포 출신입니다. 한일 국교가 원활하지 않던 시기에 일본에서의 모든 것을 포기하고, 야구에 모든 것을 걸기 위해서 한국으로 왔다고 합니다. 비행기 안에서 많이 울었다고 하죠. 그런 그의 감독 인생에 행복한 순간들만 있었던 것이 아닙니다. SK와이번스라는 프로 구단의 감독으로서 우승하기까지 24년의 세월이 걸렸습니다. 그는 그 긴 시간 동안 야구만 바라보며 산 것입니다.

진로가 선택의 문제라면, 선택은 언제나 책임을 수반합니다. 저는 개인적으로 최고의 선택은 없다고 생각합니다. 최선의 선택만이 있을 뿐입니다. 어떤 상황에서든 내가 최선으로 여겨지는 선택을 하는 겁니다. 그리고 그 선택을 최고로 만들기 위해서 책임을 지고 노력해야 합니다.

하나의 길을 선택했다면 내 모든 것을 걸고 몰두해야 합니다. 그것이 최선의 선택을, 최고의 선택으로 만드는 유일한 방법이기 때문입니다. 진로는 생각할수록 지극히 주관적인 영역입니다. 자신이 확신을 두고 선택을 한 뒤, 그 선택에 책임을 지기 위해 노력하면서 진로에 대한 확신을 추가하는 것입니다. 흔들리지 않고 야구 한길만 걸어간 김성근 감독님의 삶은 진로를 고민하는 이들에게 큰 영감을 줄 거라 확신합니다.

아이는 부모의
진심 어린 한 마디를 먹고 자랍니다

김성근 감독님에 대해서 영상 자료를 찾아보다가 굉장히 흥미로운 사연을 알게 되어서 공유합니다. 2024년 예능 프로그램 <유퀴즈 온 더 블록>에서 찾은 내용입니다. 과거 SK와이번스 감독직을 내려놓은 김성근 감독님이 아주 재밌는 광고를 하나 찍습니다. 대한민국 사람들은 웬만하면 기억할 겁니다. 핫초코 미떼 광고입니다. 텅 빈 야구 경기장에서 초등학생 꼬마가 '아~ 야구하고 싶다.' 라고 말하면 김성근 감독님이 '나도요.'라고 말하는 참 재밌는 광고입니다.

이때 이 8살 꼬마가 광고 각본상, 야구장에서 달리는 장면이 있었다고 합니다. 이를 지켜본 김성근 감독님이 이 꼬마가 달리기를 제법 잘하고,

기본이 되어 있어서 야구를 해도 좋겠다고 말을 했다고 하죠. 그리고 이 꼬마는 당시 누구인지 잘 몰랐던 한 낯선 야구 감독님의 한마디를 듣고 야구를 시작합니다. 그렇게 그는 신일고 에이스를 거쳐 NC다이노스라는 프로 구단에 4라운드 지명을 받고 입단하게 됩니다. 다들 아시겠지만, 프로가 된다는 것은 바늘구멍 뚫기인데, 이 대단한 일을 해낸 겁니다.

이 이야기를 들으면서 든 첫 번째 생각은 우리 인생이 드라마보다 더 드라마 같다는 거였습니다. 광고를 찍으러 간 꼬마가 전직 야구 감독님의 말 한마디로 야구를 시작해서 결국 프로 야구 선수가 되다니 이 얼마나 드라마 같은 일입니까. 이 드라마 같은 사건을 진로라는 관점에서 생각해 보면, 이 꼬마의 진로를 이끈 것은 관심과 애정을 갖고 지켜봐 준 사람의 한 마디였습니다. 이 꼬마는 평소에도 운동을 좋아하고 자주 달렸을 겁니다. 8년 동안, 이 달리기에 대해서 아무도 이야기해 주지 않았는데, 이 꼬마를 유심히 지켜본 김성근 감독의 말로 인생이 바뀌게 된 거죠. 그저 돈을 벌기 위해서 광고 촬영을 온 다른 어른이었다면 아마, 이 꼬마의 달리기에 전혀 관심을 두지 않았을 겁니다. 그렇다면 이 꼬마의 미래는 송두리째 바뀌었겠죠.

우리 아이를 누가 가장 애정 어린 시선으로 보고 있을까요? 당연히 우리 부모들일 겁니다. 우리가 아이들에게 해 주는 한마디의 말, 하나의 행동이 아이의 미래에 분명히 영향을 줄 겁니다.

저도 아이들을 좀 더 잘 보려고 합니다. 잘 보고 아이의 미래에 도움이 되는 한마디를 꼭 해 주고 싶네요.

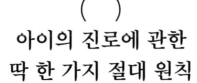

아이의 진로에 관한
딱 한 가지 절대 원칙

세계적인 기업 메타의 CEO인 마크 저커버그의 부모님은 두 분 모두 뉴욕의 의사였습니다. 아버지인 에드워드 저커버그는 뉴욕의 치과 의사 였습니다. 어머니인 카렌 캠프너 저커버그는 정신과 의사였습니다. 일 반적인 기준으로 마크 저커버그는 금수저가 맞습니다.

흥미로운 점은 마크 저커버그가 어린 시절에 컴퓨터 프로그래밍에 관 심을 보일 때 아버지가 적극적으로 이를 지지한 점입니다. 치과 의사지 만 기술에 관심이 많았던 아버지의 영향으로 마크 저커버그는 프로그램 에 관심을 가지게 되었고, 아버지는 아들에게 프로그래밍을 직접 가르 치기도 했고, 소프트웨어 개발자를 고용해서 과외를 하기도 했습니다.

그 결과 마크는 12살 때 ZuckNet이라는 네트워크 소프트웨어를 개발했습니다. 이 소프트웨어는 아버지의 치과 진료소와 집에서 서로 통신할 수 있게 해주는 간단한 인트라넷이었습니다.

만약, 아들이 성인이 되어 세계적인 빅테크 기업의 수장이 된다는 결말을 알고 있다면 모든 부모가 아이들에게 프로그래밍을 가르칠 겁니다. 하지만 미래가 보장되지 않은 상태에서 의사 부부가 아이가 좋아하는 컴퓨터를 계속 만지작거리게 한 것은 대단히 용기 있고 지혜로운 결정이었다고 생각됩니다.

마크의 부모가 존경스러운 이유는 아이가 좋아하는 것을 찾아 주고, 적극적으로 지지해 주었다는 겁니다. 당연히, 시대의 변화를 완전히 예견하고 내린 결정이 아닐 거예요. 아이가 컴퓨터 프로그래밍에 관심을 보였기 때문에 그것을 존중하고 지지해 준 것입니다.

[부모는 아이가 좋아하는 것을 존중하고 지지한다.]

이것은 아이의 진로와 관련해서 절대 원칙이라고 생각됩니다. 그리고 이것은 부모만이 할 수 있고, 부모가 꼭 해야 하는 역할입니다. 어느 것 하나 쉽지는 않습니다. 아이가 좋아하는 것을 발굴해야 하고, 찾았다면 적극 지지해야 합니다. 집에 가만히 있다고 해결되는 일도 아닙니다.

그래서 부모의 어깨가 무겁지만, 이것이야말로 우리가 해야 할 역할이라고 생각하면 지금 당장 밖으로 나가야 할 것 같습니다. 도서관에 가서 책 한 권만 더 읽어도 분명 가만히 있는 것보다 훨씬 도움 될 겁니다. 아참, 나갈 때 스마트폰 놔두고 가는 것 잊지 마시고요.

좋아하는 일을 하는 사람들은
공통점이 있습니다

50년대생인 제 아버지는 전형적인 베이비 부머 세대입니다. 한국의 경제 성장에 큰 역할을 한 세대죠. 아버지가 사회 활동을 하실 때는 철강, 석유, 조선, 자동차 산업 등 한국의 중화학 공업이 비약적으로 성장하던 때입니다. 공부를 잘하셨던 아버지도 이쪽 분야에서 일을 하셨습니다. 배를 만드셨고, 소방차 등도 만드셨던 걸로 기억합니다. 사실 아버지가 무슨 일을 하셨는지는 정확하게 모릅니다. 막연하게 아버지가 이 일을 천직으로 생각하지 않으셨다는 것쯤은 알고 있습니다. 아버지께서는 제가 초등학생 때쯤에 관련 일을 그만두셨거든요. 너무 좋았다면 누가 뜯어말려도 평생 하셨겠죠?

아버지는 결국 다시 배를 만들러 가셨습니다. 그때가 제가 20대였던 걸로 기억합니다. 집 형편을 고려했을 때 아버지는 결국 돈을 다시 벌러 가신 것 같습니다. 사실 이 부분도 잘 모릅니다. 아버지가 하시는 일을 저에게 신나서 상세하게 말씀하신 적이 없거든요.

현재, 아버지는 모든 일에서 은퇴하시고 고향에서 농사를 짓고 계십니다. 상업적 목적 없이 주민센터에서 분양하는 땅을 받아, 부지런히 농사를 짓고 계십니다. 정말 작은 밭이지만, 관련해서 수업도 들으시며, 정말 신나서 농사를 지으십니다. 저는 이제 느낍니다. 아버지는 농사를 정말 좋아하십니다. 정말 좋아하는 것은 옆에서도 느껴집니다. 진심은 통하니까요.

저의 아들은 기차를 좋아합니다. 아들에게 기차와 관련해서 물어보면 신이 나서 술술 말합니다. 새로 나온 청룡 열차에 관해 물어보고, 서해금빛열차, 동해산타열차처럼 특이한 열차에 대해 모르는 척 물어보면 아이는 신이 나서 술술 이야기합니다. 아들이 정말 기차를 좋아한다는 것을 바로 알 수 있습니다.

아버지와 전화 통화를 하면서 일부러 농사에 대해 여쭤봅니다. 감자는 어떻게 심어야 하는지, 왜 감자와 고구마는 비슷하게 생겼음에도 다른 방식으로 심어야 하는지를 일부러 여쭤봐요. 아버지는 옆에서 엄마가 말리지 않으시면 1시간도 넘게 이야기하실 기세입니다. 좋아하기 때문이죠. 저의 아들이 기차를 좋아하는 것이나, 아버지가 농사를 좋아하는 것이나 똑같이 느껴집니다. 무언가를 진심으로 좋아하는 사람의 모습은 비슷하다는 것을 새삼 깨닫습니다.

아버지의 아버지인 저의 할아버지는 일찍 돌아가셨습니다. 아버지가 대학 때쯤 돌아가셨다고 합니다. 아버지도 아버지가 많이 그리우시겠죠? 아버지가 아버지 없이 그 역할을 하시느라 고생하셨다는 생각을 자주 했습니다. 아버지도 부모가 처음이었을 테니까요.

제가 만약 아빠의 아빠였으면 아들이 자연을 좋아하고, 식물을 사랑하는 것을 눈치챘을 겁니다. 그리고 대학을 갈 때도 중공업이 아니라 농업 관련 학과로 진학을 고민했을 겁니다. 당시에 수재들은 모조리 중공업 분야에 진출해서 돈도 잘 벌고 잘 나갔지만, 아이가 농사를 좋아하면 농사를 지어야죠. 아버지도 결국 별로 안 좋아해서 하던 일을 그만두셨잖아요. 세상이 원하는 것을 쫓아가는 게 정답은 아닙니다. 아버지는 공부도 잘하셨으니 농업 분야에서 한 획을 그을 수도 있지 않았을까 하는 생각을 합니다.

뒤늦게라도 아버지께서 좋아하는 일을 하셔서 참 다행입니다. 아무도 시키지 않았는데 늦은 나이에 매일 밭에 나가서 고생스럽게 농사일을 자처하신다는 것 자체가 좋아하신다는 것을 증명합니다. 좋아하는 일을 하는 사람을 지켜보는 것은 참 기분 좋은 일입니다. 솔직히 저는 농사도 기차도 별로 안 좋아합니다. 저는 농사가 적성에 안 맞더라고요. 하지만 아버지가 농사를 좋아하시니까 저도 농사를 좋아하는 겁니다. 우리 아들이 기차를 좋아하니까 저도 기차를 좋아하는 겁니다. 그런 겁니다.

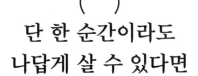

단 한 순간이라도
나답게 살 수 있다면

돌아가신 애플의 전 CEO 스티브 잡스는 '죽음은 최고의 발명품'이라는 명언을 남겼습니다. 맞습니다. 누구에게나 죽음은 다가옵니다. 우리 중 누구도 영원히 살 수 없습니다.

죽음이 다가온다는 사실, 인생은 유한하다는 사실을 알게 된 이후에 각자의 반응은 다를 것입니다. 누군가는 불안에 떨 겁니다. 그래서 아무것도 못 할 수 있습니다. 누군가는 마지막 쾌락을 추구할 겁니다. 인간은 기본적으로 쾌락을 추구하고, 고통을 피하려는 본능이 있으니까요. 만약 여러분은 죽음이 다가온다면, 무엇을 하고 싶으신가요?

저는 인생이 유한하다면 단 한 순간만이라도 나답게 살고 싶습니다. 저에게 인생은 나다움을 찾아가는 여정처럼 느껴지기 때문입니다. 자본주의 사회에 태어나서 경제 활동을 하는 것은 중요합니다. 하지만 우리나라 최고 부자가 된다고 해도 세계 최고 부자가 되는 것은 아닙니다. 돈을 버는 것에는 끝이 없습니다. 그렇다면 평생 그것을 쫓고 싶지 않습니다. 물론 그럴 수 있는 능력도 없습니다. 저는 저답게 살고 싶습니다. 그건 저도 도전해 볼 만하다고 생각합니다. 단 한 순간만이라도 그렇게 살 수 있다면 내가 나로 태어난 의미를 달성했다고 확신합니다.

살아가며 반드시 나다운 것이 무엇인지에 대한 고민이 필요합니다. 우리가 엄마의 뱃속에서 10달을 지내다가 세상에 나왔을 때는 똑같은 조건으로 태어납니다. 벌거벗은 채로, 아무것도 모른 채로 세상에 나오게 되죠. 출발선은 모두가 똑같습니다. 거기서부터 나다움을 찾는 여정이 시작됩니다. 책을 읽고, 세상을 경험하고, 나의 마음속을 들여다보면서 나다움을 찾아 나갑니다. 가볍게는 옷을 입는 것도 나다운 것의 표현이죠. 누군가는 아주 신경 써서 자신의 개성을 옷으로 표현하기도 합니다. 누구나 나다움에 대한 욕심이 있습니다. 지금 도로를 보세요. 다양한 자동차들이 거리에 돌아다닙니다. 저 비싼 쇳덩어리를 살 때 우리는 많은 고민을 합니다. 그리고 결국 내가 사고 싶은 차를 삽니다. 그렇게 세상에는 참 많은 종류의 자동차가 돌아다닙니다. 제조사도 다르고, 형태도 다르고, 기능도 다르고, 색깔도 다릅니다. 저라면 절대로 안 살 것 같은 자동차들을 다른 사람들은 수천만 원, 수억 원을 주고 구매합니다. 각자에게 나다움은 다르기 때문입니다.

저는 하루를 살더라도 나답게 살면 그것이 내가 쫓을 수 있는 궁극적인 가치라고 생각합니다. 그래서 나다운 것에 대한 고민은 계속되어야 합니다. 우리가 태어나는 순간 많은 것이 이미 정해져 있고, 많은 것이 제약된다고 생각하지만 실제로는 그렇지 않습니다. 바로 지금, 이 순간 산책을 좋아한다면 거리로 나가면 됩니다. 지금 밖으로 나갈지, 가만히 앉아서 독서를 할지, 누워서 잘지를 우리는 결정할 수 있습니다. 우리는 우리의 하루에 엄청난 결정권을 갖고 있습니다. 그 결정권을 바탕으로 나답게 살 궁리를 오늘도 해 봅니다.

Part
3

첫 번째 교육 이야기

선행 이야기

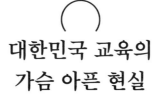

대한민국 교육의
가슴 아픈 현실

이 책에서는 교육에 대한 이야기를 많이 다룰 수밖에 없습니다. 대한민국에서 부모가 아이를 키우는데 10의 에너지를 사용한다면, 그중에 적어도 8은 교육에 쓰고 있을 겁니다. 어떤 집에서는 10의 에너지를 몽땅 교육에 올인하기도 할 겁니다.

갈수록 아이들이 더 일찍, 더 많은 공부를 하는 식으로 교육의 방향이 흘러가고 있습니다. 이는 많은 동계를 통해서 증명되고 있습니다. 대표적으로 통계청이 매년 발표하는 사교육비는 해마다 증가하면서 역대 최고치를 경신하고 있습니다. 앞으로 이런 경향은 더더욱 심화할 것으로 생각합니다.

이 현상이 안타까운 것은 이런 상황에 대한 부담과 피해가 고스란히 다음 세대인 아이들에게 전해지기 때문입니다. 어려서부터 공부에 올인하며 달려가는 극상위권 집단이 생기면 결국 이들을 변별하기 위해 이들이 치르는 시험의 난도가 높아져야 합니다. 대표적으로 상대평가인 고등학교 내신 시험이 어려워져야 하고, 수능 시험이 어려워져야 합니다. 그리고 한 번 어려워진 시험의 난도는 낮아지기 어렵습니다. 왜냐하면 기출 문제들을 바탕으로 다음 해의 수험생들이 훈련에 가깝게 공부하기 때문에 그들을 변별하기 위한 다음 해의 시험은 더 어려워져야 하거든요. 그리고 그 시험으로 공부하는 다음 해의 수험생들은 더 괴물 같은 역량을 갖추게 되고, 그들이 치르는 시험은 그런 어마어마한 역량을 갖춘 아이들을 변별해야 하는 식입니다. 그렇게 고등학교 내신, 수능은 20년이 넘는 세월 동안 어려워지고 있습니다. 수능 영어 강사로서 이제는 한계에 다다랐다고 생각합니다. 더 이상 어려워지기도 힘든 상황까지 왔습니다.

이런 상황에서 2023년, 정부에서는 수능의 킬러 문항을 없애겠다고 발표했습니다. 하지만 그 결과는 어땠나요? 수능은 전혀 쉬워지지 않았습니다. 오히려 어려워졌다는 평가를 받았고, 현재도 킬러 문항을 없애기 전보다 시험이 더 어려워진 느낌입니다. 그 이유는 간단합니다. 여전히 극상위권을 변별해야 하기 때문입니다. 킬러 문항 몇 개를 없애는 바람에 변별을 위해서 그에 준하는 준 킬러 문항들이 다수 등장했고, 각종 다양한 방법으로 변별을 위한 노력을 시도하는 느낌을 받습니다.

요즘, 극상위권이 공부해야 하는 양은 더더욱 늘어나고 있습니다. 가령 의대를 목표로 한다면, 일찍 공부를 시작하는 것만으로는 부족하고, 수능을 2번 이상 봐야 하는 상황입니다. 전국의 의대를 정시로 합격하는 학생 가운데 현역의 비중은 20%밖에 되지 않습니다. 아마 점점 이 비율도 더 줄어들 겁니다. 수년을 더 공부하는 N수생이 정시에서 유리할 수밖에 없기 때문입니다.

더 큰 문제는 극상위권을 변별하기 위한 이 시험에, 최소 절반 이상의 학생들은 아예 도전하지도 못한다는 겁니다. 저는 이게 더 큰 문제라고 생각합니다. 초등에서부터 허겁지겁 공부하는 아이들이 늘고 있습니다. 그런 아이들은 빠르면 초등 고학년, 늦어도 중학생이 되면 공부와 많이 멀어집니다.

대한민국의 교육열은 점점 높아지고 있지만, 그것은 부모의 욕심이 과열되고 있다는 의미이지, 아이들이 힘 있게 공부하고 있다는 의미는 아닙니다. 그 솔직한 이야기를 지금부터 하려고 합니다.

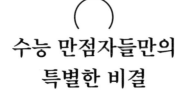

수능 만점자들만의
특별한 비결

비둘기 미신pigeon superstition은 심리학자 버러스 프레더릭 스키너B.F. Skinner의 연구에서 비롯된 용어로, 행동주의 심리학의 중요한 개념 중 하나입니다. 스키너는 1948년에 비둘기를 대상으로 한 실험을 통해 이 개념을 제시했습니다.

실험의 내용은 상당히 흥미롭습니다. 비둘기들을 박스에 넣고, 일정한 시간 간격으로 먹이를 제공했습니다. 먹이는 비둘기의 행동과는 무관하게 주어졌습니다. 시간이 지나면서 비둘기들은 먹이가 주어질 때 자신들이 어떤 행동을 하고 있었는지를 연관 짓기 시작했습니다. 예를 들어, 어떤 비둘기는 머리를 왼쪽으로 돌리고 있었고, 또 다른 비둘기는 날개를 퍼덕이는 행동을 하고 있었습니다. 비둘기들은 자신들이 특정 행동을 할 때 먹이가 주어진다고 믿게 되었고, 그 행동을 반복하기 시작했습니다. 이렇게 비둘기들의 미신이 만들어집니다. 그리고 비둘기들이 들어 있던 박스는 각기 다른 행동을 하는 미신이 생겨 버린 비둘기들로 가득하게 됩니다. 먹이는 그냥 주어지고 있었는데 말이죠.

우리는 기본적으로 사회 현상의 인과 관계를 찾으려고 합니다. 수능 만점을 받은 학생이 다니는 학원이 전국 뉴스에 나오는 것이 그런 식입니다. 우연하게도 수능 만점을 받은 2명의 학생 모두 같은 학원에 다녔습니다. 대박 아닙니까? 전국에서 이 학원에 문의가 쏟아졌습니다. 실제로 있었던 일이죠.

그런데 이상한 점이 있죠. 수능 만점자를 배출한 그 학원의 재원생들은 모두 입시에 성공했을까요? 당연히 아니겠죠? 그러면 그들이 입시에 실패한 원인은 개인 사정인가요? 수능 만점자들의 만점 비결이 학원이라는 것도, 그 학원에서도 공부를 못한 아이들의 이유는 개인 사정이라는 것도 모두 우리가 상상한 것에 불과합니다. 과학적으로 검증된 것은 아무것도 없습니다. 그냥 우리가 믿고 싶은 대로 믿는 겁니다. 우리가 지금 박스 속의 비둘기와 비슷합니다.

다른 어떤 분야보다 교육계의 현상은 그 원인을 파악하기 어렵습니다. 고3인 아이가 성적이 잘 나오고 있다면 그것이 물려받은 인지 능력 때문인지, 엄마 때문인지, 아빠 때문인지, 신생님 때문인지, 친구 때문인지, 과외를 해서인지, 학원 때문인지, 자기 주도적 학습을 했기 때문인지, 좋은 공부 습관이 있어서인지, 최신 유행 게임을 멀리해서인지 뭔지 아무도 모릅니다. 위에 열거한 모든 요인이 복합적으로 영향을 미쳤기 때문이겠죠. 학생 본인도 자기가 왜 공부를 잘하는지 모릅니다. 그저 열심히 했을 뿐이죠.

그러니, 원인을 분석하면서 항상 비둘기의 미신을 생각해야 합니다. 저도, 여러분도 인과 관계를 주관적으로 해석하고 있을 가능성이 높습니다. 그래서 더 본질적이고 근원적인 이유를 분석해야 합니다.

비둘기 박스 안의 한 비둘기가 주변을 잘 지켜보고 고민했다면 깨달았을 겁니다.

"뭐야! 다 다르게 행동해도 먹이가 나오잖아?"

그리고 가만히 있어도 먹이가 나오는 것을 보면서 현상의 근원적 이유에 다가갔을 겁니다. 멈추어 돌아봐야 합니다. 비둘기의 미신을 물리치고 공부를 잘하는 아이들, 그들의 가정에서 어떤 일이 있었는지를 차분히 들여다봐야 합니다.

그렇게 들여다본다면 적어도, 정답을 찾을 순 없더라도 결코 비둘기의 미신에 휘둘리지 않게 될 겁니다.

정보와 열정이 만드는 착각

유튜브의 등장으로 교육 정보가 넘쳐나는 세상입니다. 교육 분야가 전문가라는 자격증이 따로 없다 보니 정말 많은, 소위 전문가들이 자신의 이야기를 합니다. 저 또한 그중 한 명인 것 같습니다. 명문대를 보내는 방법, 공부를 잘하는 방법, 시험을 잘 보는 방법들에 대한 수많은 정보가 존재합니다. 그리고 이런 정보들을 취하다 보면 잘할 수 있을 것이라는 장밋빛 미래가 그려집니다. 마음속에 뜨거운 무언가가 생겨납니다. 그 마음이 자녀가 아닌 부모에게 생긴다는 것이 맹점이긴 하지만요.

저는 정보와 열정이 잘할 수 있다는 착각을 만들어낸다고 생각합니다. 정보와 열정이 효과를 보는 것은 시작하는 용기를 부여하는 데까지입니다. 공부와는 동떨어진 삶을 실던 학생이 이런 정보를 접한 뒤, 나도 할 수 있을 것으로 생각하며 공부를 시작한다면 이 정보는 효과가 있는 거겠죠.

시작이 반이라는 말은 나머지 반까지를 채워야 결과가 나온다는 겁니다. 시작하는 것조차 너무나 어렵기 때문에 시작이 절반을 차지하지만, 나머지 절반은 노력으로 채워야 합니다.

작심삼일이라는 말은 시대를 초월한 명언입니다. 우리는 성장하고 싶어 합니다. 그러기 위해서는 변해야 합니다. 어제와 다른 하루를 살아야 합니다. 하지만 어제와 다른 작은 습관 하나를 만드는 것도 엄청나게 어렵죠. 그렇게 우리는 어제의 모습으로 점점 돌아갑니다. 그리고 삼 일만 지나도 우리는 어느 순간 어제처럼 살고 있습니다. 그렇게 변화는 일어나지 않습니다.

공부를 제대로 하기 위해서는 분명 어제와는 다른 루틴을 만들고 유지해야 합니다. 이 과정이 지독하게 어렵다는 사실을 인지해야 합니다. 스마트폰에 신경 쓰느라 공부를 어려워하는 학생이 있다면 스마트폰을 멀리하고 공부해야 합니다. 공부할 때만이라도 스마트폰을 끄거나, 가방 속에 집어넣어야 합니다. 하지만, 이 간단하고 너무나도 쉬운 행동을 아이는 하지 못합니다. 기존 습관은 그만큼 강력합니다.

스마트폰 하나를 끄지 못하는 상태에선 세상에 있는 수많은 공부법이 소용없습니다. 스마트폰을 끄지 못한다는 것은 내가 과거의 습관에 매여 있다는 의미이고, 그렇게는 변할 수 없습니다.

정보와 열정은 공부를 시작하도록 도와준다. 딱 거기까지입니다. 그 다음에는 또 다른 싸움이 기다린다는 사실을 명심해야 합니다.

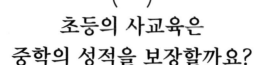

초등의 사교육은
중학의 성적을 보장할까요?

누군가가 교과서만 보고 수능 만점을 받았다고 합니다. 사람들은 기본적으로 이 말을 믿으려고 하지 않습니다. 하지만 사실입니다. 스스로 공부해서 극상위권이 되는 학생들이 존재합니다.

초등학생이 선행 교육을 통해 수능 영어 1등급을 받고, 고등 수학 과정을 해내는 것은 거짓말일까요? 아니요. 이것도 전국의 극소수 학생이 실제로 해내고 있는 일이라고 생각합니다. 지금 거짓말을 하는 사람은 없습니다. 하지만 문제는 대중이 극소수의 사례를 일반화하면서 본인 가정의 선행 학습에 속도를 더하며 벌어진다고 생각합니다.

어떤 부모에게 2개의 선택지를 줍니다. 한쪽은 아무리 불안해도 꾹 참으면서 아이가 교과서만 가지고 현행 속도대로 공부하는 길입니다. 다른 한쪽은 아이를 학원에 보내면서 진도를 나가는 선행 학습을 시키는 겁니다. 당연히 후자 쪽은 부모의 불안이 많이 줄어듭니다. 그렇기에 다수의 가정에서 선행 학습을 시킵니다.

문제는 결국 성공하는 이는 극소수라는 겁니다. 기본적으로 중학교만 되어도 A등급은 절반 이하로 줄어듭니다. 평균적으로는 30% 내외가 중학교에서 A등급을 받습니다. 그렇다면 나머지 70%는 무엇을 잘못했을까요? 사실 크게 잘못한 것이 없을 수 있습니다. 원래 공부는 누구나 잘할 수 있는 것이 아닙니다. 기성세대의 학창 시절을 떠올려보면 반에서 공부를 잘하는 학생은 소수였습니다. 지금도 공부를 잘하는 학생은 소수입니다.

다만 중학교에서 A등급을 못 받는 학생 중에서도 E등급을 받으면서 공부와 완전히 멀어지는 학생들이 많다는 것은 분명한 문제입니다. B나 C등급을 받으면서 꾸준히 일관되게 공부하는 것은 괜찮습니다. 하지만 각 과목에서 E등급을 받으면서 공부와 완전히 멀어지는 학생들이 적게는 30% 수준에서 많은 지역은 70% 수준까지도 존재합니다.

초등 자녀를 둔 80% 이상의 가정에서 국·영·수 사교육을 시키고 있는 세상입니다. 하지만 중학교에서 소수만이 A등급을 받고, 그보다 많은 인원은 E등급을 받고 있습니다. 개인적으로 이런 상황이라면 초등에서 대다수가 실시하고 있는 교육에 대해 의심해 볼 필요가 있다고 생각합니다. 왜냐하면 초등의 선행 학습이 교육의 효과를 어느 정도 보장한다면, 중학교 성적 분포는 지금과 매우 달라야 합니다. 대부분이 공부를 제대로 하고 있다면 A, B, C에 대다수 인원이 몰려야 합니다. 그리고 D, E에는 극소수만이 분포되어야 합니다. 중학교는 절대평가이기 때문에 본인이 공부만 하면 E등급이 나올 수 없고, 게다가 교육에 정성까지 쏟았다면 더더욱 E등급이 나오지 않아야 합니다.

거짓말을 하는 사람은 없는 것 같지만, 지금 아이들이 공부하는 모습, 받는 성적은 뭔가 단단히 잘못되었습니다. 그 이야기를 계속해 보겠습니다.

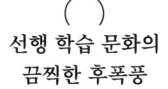

선행 학습 문화의
끔찍한 후폭풍

현재 수능에 대해서 많은 논의가 이루어지고 있습니다. 개인적으로 느끼는 가장 큰 문제점은 시험이 너무 어렵다는 겁니다. 이 시험의 난도는 교육과정을 훌쩍 벗어나 있습니다. 교육과정이 가장 잘 반영된 것은 교과서인데, 수능에서 변별을 위한 문항들의 수준은 교과서를 아득히 넘어섭니다.

누가 이 시험을 어렵게 만들었을까요?

저는 우리 기성세대의 책임이라고 생각합니다. 다른 가정보다 조금이라도 더 빨리 경쟁에서 우위를 점하기 위해, 야금야금 일찍 공부를 더 많이 시키는 과정에서 선행 학습 문화가 생겼습니다. 그리고 현재, 대한 민국은 세계 1위 수준의 선행 속도를 가지고 있습니다. 이 과정에서 타고난 공부 자질이 좋은 아이들이 실제로 엄청난 극상위권이 되고, 이들을 변별하기 위해서 시험이 지나치게 어려워졌습니다.

2023년, 정부 차원에서 킬러 문항에 대한 문제를 제기한 것은 이런 맥락에서였습니다. 하지만 결과적으로 수능 시험은 쉬워지지 않았습니다. 오히려 어려워졌다는 평가도 받았습니다. 왜? 극상위권을 변별해야 하기 때문입니다. 킬러 문항 2개가 없어졌다면 준 킬러 문항 5개가 등장해야 합니다. 그래야 시험이 변별력을 확보하기 때문입니다. 어떤 정책이 등장해도 이런 상황에 반전을 주기는 어려울 겁니다.

아이들은 이 어려운 시험을 대비하기 위해서 너무 이른 나이에 발달 단계와 수준에 맞지 않는 공부를 하고 있습니다. 공부가 제대로 되지도 않고, 성장과 발전에 필요한 경험들도 제대로 못 하고 있습니다. 초등의 경우는 독서만 제대로 해도 살아가는 데 큰 어려움이 없는데, 국·영·수를 공부하느라 독서를 못 한다는, 말도 안 되는 이야기들이 돌아다닙니다. 하지만 초등 아이들이 공부하는 모습을 보면 이 말이 이해되기도 합니다. 학원 숙제를 하느라 새벽까지 공부하는 아이들이 전국에 다수 존재하니까요.

시험이 쓸데없이 어려워지면서 상위권은 이 수준을 맞추느라 아이도 고생, 가정에서도 고생입니다. 더 큰 문제는 결국 90% 정도의 아이들은 이 수준을 따라가지 못합니다. 초등 자녀를 둔 가정에서는, 불안을 자극하는 마케팅 때문에 자녀에게 이런저런 교육을 시키지만 중등, 고등으로 진학할수록 공부가 어렵다는 것을 깨닫게 됩니다. 그렇게 다수의 가정이 고등 이후에 공부도, 부모-자녀 관계도, 추억도 모두 잃게 됩니다.

이 모든 문제의 원인이 기성세대가 가진 불안감, 이기심이라고 봅니다. 이것이 딱히 정책이나 제도로 수정할 수 없는 부분이라서 앞으로도 이런 시대가 이어질 것으로 생각합니다. 어쩔 수 없는 현실이라면 우리 아이들이 이 와중에 모든 것을 잃지 않도록 각 가정에서 지혜롭게 아이를 키울 필요가 있습니다.

부모의 욕심으로, 원치 않는
극한의 경쟁을 해야 하는 아이들

1994년에 처음 시행된 수능은 2024년까지도 그 시스템을 유지하고 있습니다. 이 시험을 대비하기 위해서 빠르면 초등에서부터 아이들은 공부하고 있습니다. 제가 생각하는 수능 시험의 가장 큰 특징이 하나 있습니다.

'수능 시험은 한 번 어려워지면 다시는 쉬워질 수 없다는 것'입니다. 부모 세대가 입시를 준비했던 20년 전을 생각하시면 안 됩니다. 입시 공부가 남의 도움을 좀 받으면 성과가 나온다고 생각하는 것도 20년 전의 난도를 바탕으로 한 생각일 수 있습니다. 바로 이어서 알아보겠지만, 입시는 20년 전보다 말도 못 하게 어려워졌습니다. 이는 대한민국의 교육 환경과 수능 시험이 합쳐진 결과입니다.

수능 시험은 변별의 목적을 달성해야 합니다. 주요 과목은 상대평가 방식을 따릅니다. 상대평가는 전체의 상위 4%가 1등급을 받습니다. 수험생들이 공부를 열심히 하는 만큼 시험은 어려워집니다. 마치 자석의 같은 극끼리의 만남과 비슷합니다. 수험생들이 열심히 공부하면 할수록 시험은 같은 극의 자석처럼 도망을 갑니다. 그렇게 시험이 점점 어려워집니다.

한 번 어려워진 시험은 쉬워지기 어렵습니다. 그 이유는 기출 문제를 바탕으로 다음 해에 시험을 치르는 수험생들이 대비하기 때문입니다. 기출 문제가 어렵게 출제가 되었다면 다음 해에 수능을 준비하는 수험생들은 그 기출 문제를 바탕으로 훈련합니다. 그 과정에서 더 많은 공부를 해야 합니다. 높은 난도의 문제들에 필요한 개념과 적용 능력을 기르기 위해서 더 오랜 시간 동안 공부해야 하는 것이죠.

문제는 이들이 치르는 수능 또한 변별의 목적을 수행해야 하는 겁니다. 전년도보다 공부를 더 많이 한 수험생들을 변별하기 위해서 시험은 또 한 번 어려워집니다. 그리고 이 어려워진 시험을 다음 해의 수험생들이 대비하며, 그들은 또다시 더 높은 수준에 도달하게 됩니다. 그리고 그들을 변별하기 위한 시험은 더 어려워지는 식입니다.

영어 과목의 경우, 이미 그 난도가 극한까지 높아진 상황입니다. 수년 전부터 수능 영어에서 다루는 지문 중에서 가장 어려운 수준은 미국의 대학교 1학년 이상의 학생들이 소화할 수 있는 수준입니다. 인문, 사회,

자연, 과학, 문학, 예술과 같은 다양한 분야의 원서나 그와 비슷한 수준의 글감들을 거의 그대로 가져와 지문으로 활용하고 있습니다. 이것보다 더 난도가 높아질 수는 없는 상황입니다. 여기서 더 전문적, 학술적인 글을 찾고자 한다면, 석박사 논문 정도를 인용해야 할 텐데 그것은 쉽지 않은 일이죠.

수능 시험의 난도는 끝까지 올라간 상황입니다. 이 시험에 대비하기 위해서 학생들은 초등에서부터 공부합니다. 그리고 그들을 변별하기 위해서 시험은 갖은 방법을 만들어내고 있습니다. 영어의 경우, 보기를 까다롭게 만든다거나, 함정을 넣는다거나 하는 식으로 어떻게든 이들을 변별하기 위해 노력합니다.

그러면서 수능은, 대학에서 학습할 수 있는 소양을 기른다는 애초의 목적에서 점점 멀어지고 있는 느낌입니다. 이것은 교육 당국만의 문제는 아니라고 생각합니다. 변별해야 하는 상대평가의 시스템과 부모 세대의 욕심이 합쳐져서 이런 상황이 만들어졌습니다.

참 안타까운 상황입니다. 이 상황에서 최대의 피해자는 과거보다 공부를 너무 많이 해야 하면서도, 원하는 결과를 얻는 것이 쉽지 않고 무엇보다, 원치 않는 극한의 경쟁을 해야 하는 아이들입니다.

입시로 인해 잃게 되는
부모·자녀 사이의 기회비용

기회비용Opportunity Cost은 선택의 결과 때문에 포기하게 되는 다른 기회 중 가장 효용 있는 것의 가치를 의미합니다. 이는 자원을 특정 방식으로 사용함으로써 다른 방식으로 사용할 수 없게 되어 발생하는 비용을 나타냅니다. 한정된 자원을 배분하기 위해서는 반드시 기회비용을 따져봐야 합니다. 입시에도 기회비용이 있습니다. 아이들과 부모가 함께 하는 시절은 한 번 지나가면 되돌릴 수 없습니다. 공부하는 데 시간 투자를 했다면 함께 할 수 있었던 다른 경험은 기회비용이 됩니다.

입시의 기회비용이 점점 커지고 있습니다. 시험이 점점 어려워지니, 공부에 더 많은 시간을 투자해야 하기 때문입니다.

시험이 얼마나 어려워졌는지 함께 살펴봅니다. 부모인 우리도 과거에 다들 열심히 공부했을 겁니다. 하지만 우리가 공부했던 수준은 현재와는 비교도 되지 않을 만큼 쉬웠습니다. 00학번 계십니까? 제가 00학번 시험지를 꺼내 오는 이유는, 제가 01학번이기에 고3 때 00년도 수능으로 공부했기 때문입니다. 또 하나의 이유는 제가 치렀던 01년도 수능은 물수능으로 유명해서 지금 보여드리는 문제보다 훨씬 더 쉬웠습니다. 00년도 수능 영어 문제를 2개 가지고 와 봅니다. 당시에는 이 정도 문제들이 난도 이슈가 없는 표준적인 문제였습니다.

---

25. Let's say you are driving across the desert. You are running out of gas. Finally, you approach a sign, reading FUEL AHEAD. You relax, knowing you will not be stuck there. But as you draw nearer, the words on the sign turn out to be FOOD AHEAD. Many people have experiences in which their wishes change what they see. In other words, we see what we _____.

① draw　　② approach　　③ read　　④ forget　　⑤ desire

---

27. For a long time, people have believed that photographs tell us the truth; they show us what really happened. People used to say "Seeing is believing," or "Don't tell me, show me," or even "One picture is worth a thousand words." In courts of law, photographs often had more value than words. These days, however, matters are not so simple. Photographs can be changed by computer; photographs are _____ _____.

① very valuable   ② always acceptable

③ better than paintings   ④ clearer than ever

⑤ sometimes false

　요즘도 그렇지만 과거에도 '빈칸 추론'이라고 불리는, 빈칸을 채우는 문제가 가장 어려웠습니다. 하지만 지금 이 문제들은, 영어를 좋아하시는 분이라면 지금 당장 풀어도 풀 수 있을 정도로 쉽습니다. 현재로 따지면 중학교 수준입니다. 혹시 이것도 어렵다고 느끼신 분이 계실까요? 그렇다면 수능 영어 수준을 아시면 깜짝 놀라실 겁니다.

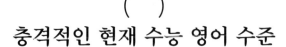

충격적인 현재 수능 영어 수준

교육 정보가 넘쳐나는 세상입니다. 문제는 정말 제대로 정확한 내용을 들여다보지 못한 채, 정보만으로 교육 플랜을 짜는 가정이 늘어나고 있는 겁니다. 수능 영어를 대비한 로드맵을 짜려면 수능 영어를 한 번은 제대로 봐야 할 겁니다. 이를 확인하지 않은 채로 초등에서 수능 영어는 끝내야 한다는 남의 말만 믿고 아이의 공부를 재촉한 가정도 있을 겁니다. 왜 초등에서 수능 영어를 끝낼 수 없는지를; 이 한 장의 글로 정리합니다. 아래 문항은 2021년 3월 고3 모의고사 34번입니다. 20년 전의 수능과 한 번 비교해 보세요.

34. The meritocratic emphasis on effort and hard work seeks to vindicate the idea that, under the right conditions, we are responsible for our success and thus capable of freedom. It also seeks to vindicate the faith that, if the competition is truly fair, success will align with virtue; those who work hard and play by the rules will earn the rewards they deserve. We want to believe that success, in sports and in life, is something we earn, not something we inherit. Natural gifts and the advantages they bring embarrass the meritocratic faith. They cast doubt on the conviction that praise and rewards flow from effort alone. In the face of this embarrassment, we _____

_____. This can be seen, for example, in television coverage of the Olympics, which focuses less on the feats the athletes perform than on heartbreaking stories of the hardships and obstacles they have overcome, and the struggles they have gone through to triumph over injury, or a difficult childhood, or political turmoil in their native land.

* meritocratic: 능력주의의 ** vindicate: (정당성을) 입증하다

① suspect perfectly fair competition is not possible

② inflate the moral significance of effort and striving

③ put more emphasis on the results than on the process

④ believe that overcoming hardships is not that important

⑤ often appreciate the rewards earned through natural gifts

이 글은 미이클 샌델Michael J. Sandel 교수의 책 <공정하는 착각> 내용 일부입니다. 이 책에서 교수는 능력주의를 비판합니다. 한 개인의 성취가 자신의 노력에 기인한 것으로 생각하면, 자신의 성취는 당연시되고, 자신과 같은 성취를 하지 못한 이들의 노력 부족을 지적하게 되는데 이래서는 안 된다고 교수는 말합니다. 그 내용을 이해해야, 위의 글을 우리말로 이해하고 빈칸을 채울 수 있습니다.

체감되시나요? 20년 전과는 비교도 안 되는 수준으로 수능이 어려워졌습니다. 지금의 수능 영어는 영어 이전에 우리말 수준이 더 중요합니다. 고등학생이 <공정하다는 착각> 수준의 글을 읽고 이해할 수 없으면 이 문제는 영어 이전에 우리말로도 풀리지 않습니다. 과거보다 독서량이 현저히 줄어들고, 스마트폰의 짧은 영상에 아이들이 빠져들고 있는 세상에서, 이 미션은 대다수의 아이에게 불가능한 과제일 겁니다.

다시, 입시의 기회비용

다시 입시의 기회비용 이야기를 합니다. 현재의 입시는 이와 같은 수준입니다. <공정하다는 착각>을 영어로 읽어내야 수능 영어에서 1등급에 도전할 수 있습니다. 전국 2% 수준의 아이들만 이 과업을 달성할 수 있습니다. 이것이 수능 영어 1등급 비율로 이어집니다.

영어 유치원부터 영어 교육에 막대한 돈을 쏟아부어도 왜 수능 영어 1등급을 받을 수 없는지 이제는 이해되실 겁니다. 독서를 하지 않고, 사고력을 키우지 않으면 초보적인 수준의 영어를 공부하는 것으로는 수능 영어에 필요한 역량을 갖출 수가 없습니다.

게나가 엉어보다 수학이 어렵고, 수학보다 국어가 어렵습니다. 영어 하나만 해도 이렇게 무시무시한 수준을 자랑하는데, 수학, 국어가 더 어려운 상황입니다. 탐구 과목이라고 하여 수월하지 않습니다.

이 입시에서 극상위권이 되어, 의대 진학과 같은 원하는 결과를 얻기 위해서는 막대한 기회비용이 발생합니다. 전국의 누군가는 초등에서부터 의대를 목표로 모든 것을 포기하고 공부하고 있습니다. 실제로 의대에 입학한 분들의 인터뷰를 보면 초등 때부터 공부로 달리고, 중학교에서부터는 정말 아무것도 안 하고 공부만 했다고 이야기합니다. 그 시간 동안 할 수 있었던 모든 경험이 기회비용이 됩니다.

입시는 상대평가이기 때문에 전국의 어디에서 누군가 이런 식으로 초등에서부터 모든 기회비용을 감수하고 입시를 위해서 공부하면, 이 경쟁에서 이기기 위해서는 우리 가정에서도 이런 식으로 공부해야 합니다.

저는 선택을 고민해야 할 때라고 생각합니다. 정말 모든 것을 포기하고 공부하거나, 공부를 적당히 하면서 다른 것들도 챙기는 것 사이에서 선택이 필요합니다. 개인적으로는 기회비용을 따져 봅니다. 현재의 입시판을 바라볼 때 초등에서부터 달려가는 것이 극상위권으로 가는 길인 것에 어느 정도 동의합니다. 그렇다면 초등에서부터의 수많은 경험이 기회비용이 될 겁니다. 저는 이 기회비용이 아깝습니다. 그래서 차라리 천천히 가려고 합니다.

모든 선택에는 책임이 따릅니다. 적당히 놀기도 하면서 극상위권이 되는 길은 없습니다. 남들은 피 터지도록 공부하는데 여가를 즐기면서 공부까지 잘하기를 바라는 것은 비현실적인 바람입니다. 오히려 현실적인 이야기는 이런 상황에서 기회비용까지를 고려해서 우리 가정에 맞는 선택을 할 필요성이라고 생각합니다.

입시의 기회비용이 너무 커져 버렸습니다. 초등에서부터 입시를 위해서 달려야 하는 인생을 개인적으로는 아이에게 주고 싶지 않습니다. 돌아보면 어른들 누구도 목표를 향해서 모든 것을 팽개치고 달리고 있지 않습니다. 워라밸일과 삶의 균형이라는 말이 괜히 나온 것이 아니겠죠. 적당히 일하고 적당히 여가를 즐기는 겁니다.

아이들도 적당히 공부하고, 적당히 행복하면서 그렇게 가면 좋겠습니다. 이것이 저의 선택입니다.

현행을 따라가는 가정에서
생각할 수 있는 최악의 결과

현재 대한민국 상황을 고려하면 '선행이 맞다!' '아니다. 현행이 맞다!'며 한쪽 주장만 할 수는 없는 상황이라고 생각합니다. (사람들은 재능이라고 말하지만 어쨌든) 교과서만 보고도 수능 만점이 여전히 나오고 있습니다. 그리고, 선행이 아이에게 좋은 결과만을 안겨 주는 것은 절대로 아닙니다. 초등학생의 25%는 공부를 많이 해 우울한 감정을 느낀다고 보고되고 있고, 실제로 마음에 문제가 있는 수준까지 증상이 진행되기도 합니다. 그래서 각 가정에서 판단이 더 어렵다고 생각합니다.

어느 한쪽을 택하기로 했다면 그 길의 장점은 살리고, 단점은 줄이는 쪽으로 진행해야겠죠. 저는 꼼꼼하게 현행하는 길을 갑니다. 이것은 철저한 개인의 주관이니 참고만 부탁드립니다. 저희 집은 아이들이 현행만 하기에도 버거워하기 때문입니다. 학교 수업을 모두 이해하고, 학교에서 내주는 과제를 수월하게 해결하고, 진단, 단원 평가에서 100점을 척척 받지 않습니다. 그래서 현행에 대부분의 시간을 사용하고 있습니다. 저희 집처럼 현행하는 가정에서 일어날 수 있는 최악의 결과는 무엇일까요?

성적이 안 나오는 것이 최악의 결과가 아닙니다. 나중에 성적이 나오지 않았을 때 선행하지 않았기 때문에 성적이 안 나온다고 생각하는 마인드가 최악의 결과입니다. 물론, 부모가 그런 생각을 할 수는 있겠죠. 하지만, 이 생각이 새어 나와서 아이에게 전해지면 아이도 그렇게 생각할 겁니다. 고등학교에서 성적이 안 나오는 아이가 초등에서 선행을 안 한 것을 원망하고 있으면 한 걸음도 나아갈 수가 없습니다. 과거로 돌아갈 수도 없고, 인생을 2번 살 수도 없는데 초등 때를 후회하고 있으면 공부를 어떻게 합니까. 그리고 솔직히 이런 원인 분석은 과학적으로 증명된 것이 전혀 없는 순전한 자기 생각일 뿐입니다. 왜요? 현행을 하고도 원하는 성적을 받는 아이들이 전국에 즐비하기 때문입니다.

현행을 하기로 마음을 먹었다면, 몇 가지 체크포인트를 생각해 봅니다. 일단 초등에서부터 정말 꼼꼼하게 현행을 100% 따라가야 합니다. 시간적 여유가 있는 만큼 현행을 철저하게 따라가야 합니다. 선행이 판을 치는 대한민국이지만 아이들은 초3부터도 공부를 어려워합니다. 초

4, 초5 상황은 더 잘 아실 겁니다. 현행을 다 이해하고 선행으로 날아가는 아이는 대한민국에 분명히 있겠지만, 그게 내 아이가 아니라면, 우리 가정은 내 아이만 바라봐야 합니다.

중등이 중요합니다. 중학교에서 현행을 철저하게 따라가면서 A등급을 자신의 노력으로 받아야 합니다. 그것을 위해서 노력해야 합니다. 남의 도움으로 받는 A등급은 그 의미가 점점 약해집니다. 중학교에서 B등급을 받고도 마음이 급해서 선행을 합니다. 저는 철저하게 반대합니다. 이 어설픈 대비는 고1이 되면 박살이 납니다. 중학교 시험 범위나 난도는 고1 대비 연습 게임도 안 되는 수준입니다. 시험에서 100점을 받는다는 것은 진도만의 문제가 아닙니다. 수업을 듣고, 정리하고, 복습하고, 예상 문제를 생각해 보는 식으로 시험을 대비하는 과정을 배우는 겁니다. 이 과정을 제대로 거쳐서 100점을 받았다면 고등의 시험도 도전해 볼 수 있을 겁니다. B등급 이하를 받았다면 진도의 문제가 아니라 시험 대비 과정에 구멍이 다수 있다는 것인데 이걸 그냥 무시하면 고등에서는 성적이 나올 수가 없습니다.

현행과 선행 둘 사이에서 너무 고민할 필요가 없다고 생각합니다. 현행을 하기로 마음먹었다면 정말 꼼꼼하게 성실하게 현행 공부를 해야 합니다. 대부분의 경우, 공부를 충분히 안 하는 것이 문제가 되거든요.

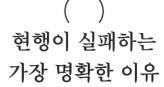

현행이 실패하는
가장 명확한 이유

선행으로 대표되는 사교육에 대한 담론에서 다양한 이야기가 나올 수밖에 없는 것은 개념 정의가 확실하지 않기 때문입니다. 아이의 감정을 살피면서 차곡차곡 앞서가는 선행은 결과가 나옵니다. 하지만 아이의 수준에 맞지 않고, 겉핥기식으로 선행을 하는 것은 아무 의미가 없습니다. 이름은 똑같지만, 알맹이가 전혀 다른 겁니다.

현행에서도 비슷한 일이 일어나는 것 같습니다. 학원을 보내지 않고, 집에 있는 것으로만 현행을 정의한다면, 이렇게 해서는 원하는 결과가 나올 확률이 거의 없습니다. 여기에 더해서 집에서 텔레비전을 보고, 스마트폰을 하며 놀면서 시간을 보낸다면 공부와는 영영 멀어집니다. 내내 놀다가 때가 되면 공부하리라 생각하는 현행 방식이 있더라고요. 이것은 공부에 있어서는 방임이라고 봐야겠죠.

현행은 장점이 있습니다. 아이 수준에 맞추어서 감정을 살피면서 공부할 수 있습니다. 주로 부모와 공부하면서 아이는 안정감을 느낄 것이고, 부모가 공부한다는 것은 집안 구조와 분위기가 달라지는 효과가 있기에 아이 공부에 무조건 긍정적인 효과를 낳습니다. 단, 집에서 공부할 때는 공부 시간을 최대한 확보해야 합니다.

산술적으로 하루 2시간 이상 매일 12년을 공부하면 1만 시간이 누적됩니다. 학원을 초등에서부터 2~3개 다니는 아이들은 1만 시간을 훌쩍 넘는 시간을 공부하는 셈이죠. 이 시간의 차이는 무시무시한 결과를 가지고 옵니다. 노력한 만큼 결과에서 차이가 나는 것이 공정한 이치일 겁니다.

가정에서 순수하게 공부하는 순공 시간을 2시간 이상 채우기 위해서는 내내 공부해야 합니다. 1만 시간이라는 것이 한 과목에 필요한 시간이라면 국·영·수·사·과 5과목을 생각하면 하루 10시간을 공부해야 합니다. 압니다. 너무 많죠. 하루 10시간의 순공 시간을 채우는 초딩이 누가 있겠습니까. 10시간을 채우지 못하더라도 내내 공부해야 합니다. 스마트폰 보고 놀고, TV 보면서 놀 수 있는 시간은, 계산해 보면 나오지 않습니다.

하루에 최소 4시간 이상을 공부하기 위해서 초중고 12년간 노력하지 않았다면, 사실 공부 시간이 부족해서 결국 공부를 못할 가능성이 매우 높습니다. 무엇을 하더라도 일정 시간 이상의 노력을 하는 것은 기본 중의 기본이니까요.

맹목적 선행은
아이에게 최악입니다

부모님들이 가장 궁금해하실 질문이라고 생각합니다. 시기별로 어디까지 선행을 해야 할까요? 무조건 더 많이 앞서가면 좋은 걸까요? 이 책에서 내내 이야기하지만, 중학교에서부터 공부와 멀어지는 비율이 최소 30% 수준입니다. 많게는 70% 가까이 되는 아이들이 중학교에서 최하 등급을 받는 지역도 있습니다. 빨리 가려고만 해서는 '아차' 하면 중학교에서 공부 관련해 아이가 손댈 수 없는 상태에 빠지게 됩니다.

시기별 진도에 관한 생각은 다양할 수 있다고 생각합니다. 하지만 이 상황에서 우리는 절대적인 진리에 가까운 원칙을 명심해야 합니다. 바로, 현행이 완벽한 상태에서 선행을 해야 한다는 것이죠. 이 단순하고 묵직한 사실을 잊기 때문에 공부에 문제가 생기는 겁니다. 학교에서 배우는 진도도 다 따라가지 못하는 아이가 선행을 하면 이해를 제대로 할 수도 없고, 이해할 수 없는 수준의 공부를 하니 공부가 답답하고 어려워집니다. 아이의 공부 흥미를 떨어뜨리는 가장 손쉬운 길이 아이 수준보다 훨씬 높은 난도의 학습을 하는 겁니다.

초등학교에서 현행을 완벽하게 한다는 것은 학교에서 실시하는 크고 작은 시험에서 모두 100점에 가까운 점수를 받는 것을 의미합니다. 초등에서는 정식 시험은 치르지 않지만 그래도 쪽지시험, 진단평가, 단원평가 등 다양한 시험을 담임 선생님께서 실시하십니다. 초등에서 사교육 참여율이 85%에 육박한 현재 상황을 고려하면 이 현행 진도를 다루는 시험에서 80% 정도는 100점을 받아야 하겠죠? 하지만 현실은 완전히 다르다는 것을 아실 겁니다. 모르시면 아이에게 물어봐야 합니다. 전국적인 수준의 극소수의 학군지를 제외한, 전국 대다수 지역의 초등학교에서는 진단평가에서 100점을 받는 아이들이 소수입니다. 성적이 매우 매우 낮은 아이들도 다수입니다. 그들은 공부에 질려 버렸고, 공부를 싫어하는 아이들입니다. 공부를 꽤 많이 하고 있음에도 불구하고 100점 만점에 20점도 안 되는 점수를 받곤 합니다.

아이들은 초등에서 매 시험 100점에 도전해야 합니다. 그리고 선생님의 인정과 칭찬은 아이의 노력에 충분한 보상이 됩니다. 이 성공 경험이 아이에게 노력의 힘을 깨닫게 하고, 자존감을 높입니다.

숭능에서는 일단 내신에서 전과목 A등급에 도전해야 합니다. 상식적으로 고등 선행을 하는 아이가 중학교 시험에서 A등급을 못 받는다는 것은 이해하기 어려운 일입니다. 물론 교육열이 높은 지역의 학교 시험 문제는 다소 꼬여 있기는 합니다. 정형화된 스타일이 없는 편이라서 대비가 수월하지 않은 문제들이 분명 있습니다. 하지만 그런 상황을 감안하더라도, 90점은 넘어야 합니다. 왜냐하면 까다로운 시험에서조차 본인 역량으로 A를 받을 수 있어야 고등 이후를 도모할 수 있기 때문입니다. 진리를 다시 한번 기억해 봅니다.

"현행이 완벽해야 선행을 할 자격이 있다."

상위 1%의 아이
= 순자산 30억의 부모

공부에 대한 정보와 책이 쏟아지는 시대입니다. 이 시대를 사는 부모들은 어쩔 수 없이 공부를 공부하는 사람들이 됩니다. 아는 것이 많다 보니, 자녀의 공부에 적극 개입하게 됩니다. 이렇게 시간과 노력을 투자하는 것에는 분명 목적이 있을 겁니다. 원하는 대학에 입학하는 것이 목표라면, 그 목표가 얼마나 달성하기 힘난한 것인지를 반드시 인지해야 합니다. 2023년에 치러진 수능 영어 1등급의 비율은 4.71%였습니다. 이 중에서 절반 이상을 차지하는 N수생들을 제외하면, 현역 1등급은 2% 수준입니다. 전국에서 2%의 학생들만이 수능 영어에서 1등급을 받습니다. 수능 영어 1등급은 100점 만점에 90점을 넘은 수험생들에게 부여됩니다. 그 비율이 전국에서 2%입니다. 2024년 6월 모의고사에서는 1.47%의 학생들이 영어 1등급을 받았습니다. 일부 N수생까지 시험에 응시한 것을 감안하면, 현역 1등급의 비율은 1%가 되지 않은 겁니다. 영어가 수학이나 국어 과목보다 만만한(?) 것은 맞습니다. 다른 과목들은 영어보다 더 어렵습니다. 수험생들에게 가장 만만한 영어 과목 1등급을 받기 위해서는 전국에서 1% 안에 들어야 합니다. 지금 수능 영어 1등급을 목표로 하고 있다면 아이들에게 전국 상위 1%에 들기를 바라고 있는 겁니다.

부모와 자식 간의 관계를 역지사지로 생각해 봅니다. 만약 자식이 부모가 전국 상위 1%에 들어야만 부모로 인정하고 존경하는 상황을 가정해 봅시다. 자산으로 생각해보겠습니다. 현재 전국에서 자산 규모로 전국 상위 1%에 들기 위해서는 순자산 30억 정도가 필요합니다. 순자산은 부채를 제외한 자산을 의미합니다. 빚 없이 30억이 있어야 전국에서 1%에 들 수 있습니다.

다시 이야기로 돌아가서, 자녀가 부모가 30억의 자산을 형성해야만 부모라고 인정하고, 열심히 돈을 벌라고 매일 잔소리를 하면 어떨까요? 열심히 한다고 원하는 대로 돈이 척척 벌리는 것이 아닙니다. 운도 따라야 하고, 시기도 잘 맞아야 하고, 하여튼 30억은 전국에서 1%만이 달성할 수 있는 목표입니다. 대다수는 이를 달성하지 못합니다.

이 힘든 목표를 위해서 하루하루 일하는 것도 억울한데, 자녀가 부모가 돈을 못 번다고 무시하고 잔소리하면 얼마나 화가 날까요. 자식이 남보다 미울 겁니다. 응원과 격려를 보태도 모자랄 판국에 아무런 도움이 안 되는 잔소리나 하는 자식을 어떤 부모가 원하겠습니까?

다시 이야기를 뒤집어 봅니다. 아이들이 어려서부터 입시를 염두에 두고 공부하고 있다면 그들은 전국 상위 1% 수준까지를 목표로 하면서 공부하고 있는 겁니다. 99%가 실패하는 그 도전을 하는 데 가장 필요한 것이 뭘까요? 역지사지로 한 번 고민해 볼 필요가 있습니다. 적어도 잔소리는 전혀 필요가 없을 겁니다.

초중등에서의 실패를
부모가 절대 겁낼 필요 없는 이유

초등에서 선행을 시키는 부모의 근원적 심리는 '불안'일 겁니다. 뒤처지지 않고, 한 번에 시험에서 원하는 성공을 하길 바랍니다. 실패가 두려우니까요. 그런데 이는 현실을 제대로 인식하지 못한 마음이라고 생각합니다.

고등학교에 입학하고서 비로소 본격적인 입시가 시작됩니다. 이때의 상황을 상상해 봅니다. 3월에 모의고사를 실시합니다. 모의고사는 기본적으로 상대평가입니다. 상대평가에서 1등급은 전국 4% 수준입니다. 96%는 1등급을 받지 못합니다. 4월에는 중간고사를 실시합니다. 앞으로 내신이 5등급제로 바뀌게 된다면 내신 1등급의 비율은 기존 4%에서

10%로 늘어나게 됩니다. 1등급의 비율이 2.5배로 늘어났지만, 그럼에도 1등급이 아닐 확률이 90%입니다. 우리는 숫자를 바탕으로, 합리적인 사고를 해야 합니다. 그래야 현실에 대한 객관적인 인지가 됩니다. 고등학교에서 우리 아이를 기다리는 현실은 다음과 같습니다.

- 모의고사의 경우 1등급일 확률 4%, 1등급이 아닐 확률 96%
- 내신의 경우 1등급일 확률 10%, 1등급이 아닐 확률 90%

이 숫자를 고려하면 우리는 무엇을 대비해야 할까요? 우리 아이는 1등급이 아닐 확률에 대비해야 합니다. 그것이 비율을 고려한 합리적인 판단입니다. 성공만을 바라보면서 달려가서는 실패에 대한 대비가 되지 않습니다. 더 정확히는 1등급을 받지 못했을 때도 다시 일어날 수 있는 용기와 능력을 갖추어야 합니다.

전국의 대다수 가정에서는 고등학교 입학과 동시에 원하는 성적이 안 나옵니다. 이것이 실패는 아니지만, 원하는 성적이 나오지 않았을 때 공부에 대한 의지가 꺾이는 것은 실패가 맞습니다. 하지만 원래 그럴 수 있는 것이니 실망하지 않고 도전해야 합니다. 실패해도 꺾이지 않는 마음이 필요합니다. 아무렇지 않게 툴툴 털고 일어나야 합니다. 그런 준비를 지금부터 해야 합니다.

지금 아이에게 필요한 것은 잡초 같은 근성입니다. 실패에서 배우고,

다시 앞으로 나아가는 그런 태도가 필요합니다. 초중등에서 크고 작은 실패는 아이에게 백신으로 작용하여 실패에 대한 면역을 만들 겁니다. 예방주사는 아프지만 큰 병을 막아 줍니다. 초중등에서의 실패를 겁낼 이유가 없습니다. 실패를 거쳐 성공합니다. 실패는 성공의 어머니가 맞습니다.

지금, 아이는
12년간 매일 공부할 준비가 되어 있나요?

초등 의대반에 대해서 들어 보셨을 겁니다. 초등에서부터 극도의 선행을 하여 의대 입시를 준비하는 커리큘럼을 진행하는 겁니다. 의대에 들어가는 것은 현재 상식을 초월할 정도로 어렵습니다. 특히 현역 고3이 수능 성적으로 의대에 들어가는 것은 더욱 어렵습니다. 의대를 준비하는 최상위권 N수생들이 너무나도 많기 때문입니다. 정시로 입학하는 의대 입학생 중 80%가 N수생이라는 조사 자료가 있습니다. 앞으로 N수생의 비율은 더더욱 늘어날 것으로 예상됩니다. 이런 상황을 고려하면 더더욱 초등에서부터 입시를 위해서 한 발이라도 먼저 달려가야 하는 것이 마땅하다고 생각할 수 있습니다.

이런 사고 실험을 제안해 봅니다. 입시 전문가 100명을 모아 놓고 블라인드 테스트로 초등 의대반이 의대 합격을 보장할 수 있는지를 물어보면 어떤 답들을 할까요? 철저한 익명성이 보장된다면 그들 중 누구도 초등 의대반이 합격을 보장할 수 있다고 말하지 않을 겁니다. 입시 경쟁의 치열한 정도를 알고 있는 전문가라면 초등에서의 공부가 입시의 결과를 보장한다고 절대로 말할 수 없습니다. 다만 이렇게는 말할 수 있겠죠. '초등 의대반이 의대 입시에 아예 도움이 안 된다고 말하기는 어렵다. 분명 그중에서 의대 입시에 성공하는 학생들이 배출될 것이다. 하지만 그 소수의, 성공의 결정적 변인이 초등 의대반이라고 보기는 어렵다. 교육의 결과에는 다양한 변인들이 작용하기 때문이다.'

의대 입시를 비롯해 현재 입시의 가장 큰 특징은 경쟁이 굉장히 치열하다는 겁니다. 초등에서 남들보다 약간 더 앞서는 정도로는 경쟁에서 우위를 점할 수 없습니다. 적어도 초중고 12년간 주변보다 더 많이, 더 집중해서 공부해야 합니다. 아이가 12년 동안 공부를 멈추지 않을 궁리를 해야 합니다.

저는, 입시는 마라톤이라는 비유를 자주 드는데, 점점 정상적인 마라톤도 아니고 100KM 이상을 뛰는 울트라 마라톤이 되고 있습니다. 시험이 점점 어려워지니, 극상위권들은 공부를 점점 더 많이 합니다. 그렇기에 그들을 변별하기 위해, 더더욱 시험은 어려워집니다. 이런 악순환이 반복되고 있습니다. 기성세대의 욕심을 제어할 수 있는 수단이 없는 상황이기에, 사회의 산업 구조가 변화하며 대학의 서열이 무너지고, 세상이 바뀌기 전까지는 이런 경향은 지속될 것이라고 봅니다.

입시의 치열한 정도는 초중고 부모님들의 상상 그 이상입니다. 그 치열한 입시를 통과하기 위해서는 외부의 조력, 선행 그 이전에 학생 스스로가 12년간 쉬지 않고 공부할 각오가 되어 있어야 합니다. 여러분, 12년입니다. 12년간 무언가를 매일 쉬지 않고 해야 한다면 당연히 그에 걸맞은 각오와 다짐이 필요할 겁니다.

지금, 아이는 12년간 공부할 준비가 되어 있나요?

실패를 겁내는 자녀는
결국 도전을 멈추게 됩니다

어느 순간 '엄마표 교육'이 고유명사가 된 것 같습니다. 특히 아이가 어릴 때 엄마가 직접 가르치는 것을 엄마표라고 명명하고 있습니다. 이에 대해서는 다양한 의견이 있는 것으로 알고 있습니다. 엄마가 가르쳐도 된다는 의견과 전문가에게 위탁해야 한다는 의견이 있습니다. 저는 조금 다른 이야기를 하고 싶습니다.

주변에 엄마표로 성공하신 분들이 다수 있습니다. 하지만 엄마표로 교육하다가 아이의 공부도, 아이와의 관계도 망친 가정들도 다수입니다. 제가 생각하는 엄마표 교육의 본질은 자녀의 눈높이에 맞추어서 애정 어린 교육을 하는 겁니다. 엄마와 아이들이 한 팀이 되어 크고 작은 교육의 성과를 내는 가정들을 들여다보면 공부만 한 것이 아닙니다. 책에 담지 않고, 우리가 모두 볼 수 없어서 그렇지, 그분들은 모두 자녀를 정말 사랑했습니다.

자녀가 피아노를 치면 엄마가 1호 팬이 됩니다. 자녀가 운동하면 엄마가 제일 옆에서 지켜봐 줍니다. 그들은 여행을 같이 가고, 대화하고, 모든 것을 함께 합니다. 이것이 엄마표 교육의 밑바탕이 되는 겁니다.

자녀 입장에서는 자신을 믿고 사랑해 주는 엄마와 공부하는 것이 행복할 겁니다. 엄마에게 고마울 겁니다. 그리고 엄마는 이렇게 공부해 주는 자녀에게 고마워합니다. 엄마표 교육을 진행하면 아이의 수준에 딱 맞는 교육을 할 수 있습니다. 자신을 세상에서 제일 사랑하는 엄마와 눈높이 교육을 하니, 공부가 잘될 겁니다.

그렇다면 어떤 경우에 엄마표가 실패할까요? 엄마가 높은 기대를 하고, 자녀의 공부를 끌고 갈 때 비극이 시작됩니다. 엄마가 자녀 옆에 바짝 붙어서 사사건건 잔소리하며, 자녀가 높은 성과를 공부에서 보여주기를 기대하면 자녀는 불안해서 제대로 공부할 수 없을 겁니다. 저는 엄마의 전문성이 떨어져서 교육에 실패하는 경우보다 엄마의 지나친 기대 때문에 아이가 공부를 거부하게 되는 일이 더 많을 것으로 생각합니다.

엄마는 자녀에게 공부만을 강요합니다. 엄마는 자녀가 줄넘기를 잘

해도 기뻐하지 않고, 학교에서 크고 작은 상을 받아와도 그것이 공부와 무관하다면 기뻐하지 않습니다. 오로지 공부를 잘할 때만 엄마는 반응합니다. 이런 환경 속에서 아이는 힘있게 공부할 수 없습니다.

초중고 12년간 공부하면서 내내 앞서가는 것은 불가능합니다. 누가 옆에서 도와준다고 해서 앞서갈 수 있는 것은 딱 초등학교 저학년 때까지라고 생각합니다. 초등 고학년 과정만 되어도 스스로 공부를 할 수 있어야 배우는 내용을 제대로 이해를 할 수 있습니다. 이때 제일 필요한 것은 부모의 격려와 응원입니다. 이런 따뜻한 응원을 받으면서 아이들은 '도전'하는 겁니다. 한 번에 이해를 못 해도 괜찮다고 부모가 말을 해 주니, 두 번 세 번 도전하면서 결국 이해합니다.

부모가 높은 기대를 하고 있으면 자녀는 부담스러워서 도전을 제대로 할 수 없습니다. 실패했을 때 엄마가 실망하고 좌절하면 자녀는 실패를 겁내게 됩니다. 실패를 겁내는 자녀는 결국 도전을 멈추는 길을 택할 겁니다.

100점을 받아야 엄마가 기뻐하는데, 100점을 받을 자신이 없다면, 자녀가 택할 수 있는 선택은 아예 공부를 안 하는 겁니다. 도전하지 않으면 실패도 없다는 심리죠. 자녀를 세상 누구보다 사랑하는 엄마의 장점을 백분 살려서 엄마표 교육을 진행해보시면 좋을 거 같습니다. 저는 그 교육은 충분히 효과가 있을 것으로 생각합니다.

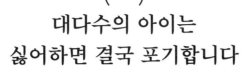

대다수의 아이는
싫어하면 결국 포기합니다

2022년, 필즈상을 수상하며 수학 분야에서 세계적으로 업적을 공인받은 허준이 교수가, 기자 간담회에서 한국의 수학 교육에 관해서 이야기한 내용을 통해 우리가 지금 실시하고 있는 교육의 방향에 대해서 생각하게 됩니다.

기   자: 수학 포기자가 왜 만들어지는가?

허 교수: 경쟁에서 이겨야 하고, 완벽해야 하는 것을 목표로 공부하는 것이 문제다. 학생들이 과감하게 자기 마음이 이끄는 대로 폭넓고 깊이 있게 공부할 것을 권한다.

기　자: 한국의 초, 중, 고 학생들이 수학 공부를 많이 해서 탈인지, 적게 해서 탈인지?

허 교수: 사람들의 생각과는 달리 한국 학생들이 다른 문화권의 학생들보다 더 준비되었다는 느낌은 받지 않는다. 한국 학생들은 좁은 범위를 실수 없이 풀어내는 것에는 능하지만 폭넓게 깊이 생각하는 면에서는 준비가 되어 있다는 느낌을 받지 않는다.

기　자: 교수님은 부모로서 아이와 어떻게 수학 공부를 하시는지?

허 교수: 하루에 한 문제를 아이가 만들어오면 내가 문제를 푼다. 아이는 학교에서 배운 내용을 바탕으로 문제를 만든다.

허준이 교수는 수학을 사랑합니다. 그래서 하루 종일 수학에 대해 생각하고, 현재 거주하는 지역도 수학자들의 커뮤니티에 가까워서 만나면 수학 이야기를 한다고 합니다. 그들은 돈을 주지 않아도 수학을 평생 공부할 텐데 돈까지 주니까(교수님들이시니까요!) 너무 행복하다고 말합니다. 그렇게 허준이 교수는 수학을 사랑하는 마음을 바탕으로 하루 종일 수학 생각만 하며 난제를 하나하나 해결해 왔습니다.

그가 생각하는 수학 교육의 본질은 적어도 선행이 아닐 겁니다. 수학 개념을 폭넓고, 깊이 생각하는 것이 수학의 매력이자 본질입니다. 인터뷰에서 한국의 학생들이 그런 면에서 약하다고 이야기합니다.

여기에 반론이 있을 수 있습니다. 한국의 입시는 기계적인 훈련이 필요하다, 수학의 본질과 무관하게 수능을 위해서 그렇게 훈련해야 한다고 주장하실 수 있습니다. 맞는 말씀입니다. 다만 이 이야기는 12년간 수학 공부를 멈추지 않고 할 수 있는 극소수의 아이에게 적용되는 이야기입니다. 물론, 분명히 수학이 싫은데도 엄청난 훈련량을 바탕으로 수학을 잘하는 아이들도 있을 겁니다. 하지만 이런 사례가 일반화될 수 있을까요?

주변을 보세요. 초등학교에서 분수를 배우면서 수학이 싫다고 말하고, 최소공배수, 최대공약수를 배우며 수포자가 되겠다고 아이들이 말합니다. 싫어하면 오래 하기 어렵습니다. 그들이 왜 수학을 싫어하게 되었는지를 생각해봐야 합니다. 어쩌면 괜히 미리 배워서 싫어할 수 있습니다. 싫어해도 반복적으로, 기계적으로 수학은 공부해야 한다고 말하면서 수학을 강요했기 때문에 싫어할 수 있습니다.

공부를 싫어하면서도 잘하는 아이는 전국적으로 극소수입니다. 대다수의 아이는 싫어하면 결국 안 하고 포기하게 됩니다. 우리 아이는 극소수에 속할까요? 대다수에 속할까요?

'이것'만 지켜도 우리 아이는 상위 8%가 됩니다

입시에 있어서 언제까지 무엇을 끝낸다는 접근을 버릴 것을 추천합니다. 특히 초등에서 수능 영어 수준을 만들어놓고, 중학교에서 수학을 집중적으로 선행한 뒤, 고등학교에 입학해서 승승장구하는 전략은 전국의 1% 수준에서만 가능할 겁니다. 수능 영어 1등급이 현역 1~2% 수준이니까요. 전국의 고3 학생 중 1~2%만 1등급을 받는 시험을 초등에서 마스터한다는 것이 말이 안 됩니다. 그것을 해내는 아이들이 있겠죠. 영재, 천재는 어느 분야에나 있으니까요. 하지만 그 사례를 보며 쫓아가다가는 대다수의 가정에서 빠르면 초등 고학년, 늦어도 중학교에서는 공부 진도가 꽉 막혀 버릴 겁니다. 현재에도 다수의 가정에서 일어나고 있는 일입니다.

교육의 목표가 높을수록 입시는 마라톤에 가깝습니다. 단거리 경주라면 후딱 빨리 뛰고 끝을 내버리겠지만, 마라톤을 뛰기 위해서는 인내심이 더 많이 필요합니다. 입시는 빨리 끝낼 수 없습니다. 지루할 것이고, 고통스러울 겁니다. 많이 참아야 할 겁니다. 그걸 해낼 수 있는 아이만이 결실을 얻을 수 있을 겁니다.

선행의 진도는 결코 입시에서 아이의 실력 지표가 될 수 없습니다. 퍼센트로 이야기하면 됩니다. 인서울의 주요 대학에 입학하는 것을 목표로 하시나요? 전국에서 최소 상위 10% 이내, 권장 상위 5% 정도 안에 들면 됩니다. 그렇다면 무언가는 전국 상위 5% 안에 들어야 합니다. 우리 가정에서 교육비를 전국 상위 5% 수준으로 투자하든, 아이의 재능이 전국 상위 5% 안에 들든 하여튼 우리 가정의 뭔가가 전국 상위 5% 수준이어야 합니다.

진도로 전국 상위 5% 안에 드는 것은 효과적인 전략이라고 생각하지 않습니다. 이건 실체가 없기 때문입니다. 초등에서 수능 영어 수준까지를 마스터했다는 이야기는 주변에서 너무 많이 들리는데, 결국 고3 때 전국에서 1~2%만이 수능 영어 1등급을 받습니다. 다수의 경우, 초등 때 했던 이야기는 결국 거짓말입니다. 수능 영어 1등급은 너도나도 받을 수 있는 것이 아니고, 입시에서의 성공도 그렇게 만만한 것이 아닙니다.

적어도 무언가가 전국 상위 5% 수준일 때 그에 상응하는 결과가 나올 겁니다. 그런데 저와 같이 평범한 가정에서는 우선 자산이 전국 상위 5%가 아니고, 교육비를 쓴다고 해도 그 정도로 쓸 수 없습니다. 그러면 결국 습관, 루틴, 노력, 열정, 투지와 같은 것으로 경쟁할 수밖에 없습니다.

쓸쓸한 결말이라고 생각하시겠지만, 희망적인 연구 결과가 있습니다. 새해 결심을 연말까지 지키는 사람들의 비율은 전체 중 어느 정도일까요? 저는 언젠가부터 새해 결심 자체를 안 하는 것 같습니다. 연말까지 갈 것도 없이 어느 순간 그 결심이 흐지부지되는 경우가 워낙 많아서 그냥 결심 자체를 안 하고 삽니다. 미국에서 주로 이 연구를 하는데, 몇몇 연구의 결과들의 평균치는 약 8%입니다. 새해에 결심한 것을 연말까지 지키는 사람들의 비율이 8%라는 말이죠.

그렇다면 새해를 맞이해서 제대로 공부하겠다는 결심을 연말까지 지켰다면 집단 내에서 상위 8% 안에 든 것입니다. 이를 12년간 꾸준히 지킨 학생들의 비율은 이보다 더더욱 적을 겁니다. 초중고 12년 동안 꾸준히 자신과의 약속을 지킨 학생들의 비율이 전국 상위 5% 수준이 아닐까요.

사교육 없이
아이를 과학고에 보낸 어머니의 비결

엄마표로 아이에게 훌륭한 교육을 제공한 분들의 책이나 인터뷰 영상을 보면서 느끼는 점이 있습니다. 그분들은 공통적으로 아이들을 정말 사랑하고, 아이와의 유대가 정말 강했습니다. 어느 부모나 아이를 사랑합니다. 하지만 그 사랑이 강제적인 교육으로 이어지면 갈등이 시작됩니다. 하지만 엄마가 주도하여 성공적인 교육의 결과를 낸 가정을 들여다보면 엄마의 사랑을 바탕으로 아이가 스스로 공부를 한 경우가 대부분이었습니다.

이런 믿음에 확신을 더한 것은 <내 아이를 위한 사교육은 없다>의 저자인 김현주 작가님과의 인터뷰였습니다. 사교육 없이 아이를 과학고에 보낸 것을 소재로 책을 내신 김현주 작가님의 생각에 공감하여 인터뷰 제안을 드렸고, 그렇게 함께 이야기를 1시간 넘게 나누게 되었습니다.

책의 내용 중에는 포함되지 않았지만, 김현주 작가님이 그간 쓰신 책들을 보다가 <내 아이의 배낭여행>이라는 책을 알게 되었고, 이 부분이 흥미로워서 언제 어디로 배낭여행을 가셨는지를 질문드렸습니다. 듣게 된 답은 예상을 뛰어넘는 것이었고, 저는 그 답에 무릎을 '탁' 쳤습니다. 작가님의 가족은 아이가 어렸을 때부터 함께 세계를 여행했고, 그 목적지 중에는 인도도 포함되어 있었습니다. 초등의 아이와 함께 온 가족이 인도를 여행 갔다는 사실만으로도 저는 이 가족의 힘을 바로 인지할 수 있었습니다.

여행에 관심이 있는 분들은 알 겁니다. 인도 여행은 난도가 높기로 유명합니다. 나라마다 고유한 특성이 있지만, 아무래도 인도로 여행을 가게 되면 우리와는 다른 문화로 인해서 겪게 되는 어려움이 있습니다. 그리고 이 어려움이 결국 여행을 힘들게 만드는 요인이 됩니다. 더구나 보통, 여행을 힘들어하는 초등 자녀를 동반한 인도 여행은, 웬만한 가정에서는 시도하기 어려운 것일 겁니다.

인도만 가신 게 아닙니다. 이집트 이야기도 나오고, 상상도 하지 못한 이야기들이 쏟아집니다. 그리고 깨닫게 됩니다. 이 정도의 여정을 함께한 가족의 끈끈한 유대는 정말 강력할 겁니다. 아이는 이 경험을 통해서 성장했을 겁니다. 부모를 믿고 한 팀이 되어서 세계를 누볐을 겁니다. 든든한 부모를 믿고 아이는 공부를 했을 겁니다. 인도 여행까지 다녀온 아이가 수학 문제 하나에 그렇게 짜증을 내거나 힘들어하지 않겠지요.

물론, 사교육을 안 시키는 것만으로는 어떤 교육의 성과도 보장할 수 없습니다. 학원을 안 가고 아이가 집에서 스마트폰만 내내 붙잡고 있다면 차라리 학원에 가서 한 글자라도 공부하는 편이 훨씬 아이에게 좋을 겁니다. 아이가 집에 있는데 온 가족이 각자 할 일만 하고, 스마트폰 화면만 들여다보고 있다면 함께 모여 있을 이유가 없습니다. 이때 아이는 어디 가서 공부라도 좀 하는 편이 나을 겁니다.

결국, 사교육을 안 시키는 것이 본질이 아닙니다. 사교육을 줄이면서 확보된 시간에 가족이 하나가 되어서 소중한 경험을 쌓을 때, 그 힘으로 아이는 성장하는 겁니다. 엄마표로 교육에 성공하신 분들은 아이를 정말 사랑했습니다. 이걸 잘못 이해해서 엄마가 마녀처럼 아이를 공부로 잡으면 아이는 멀리 도망가 버릴 겁니다.

책이나 강연으로 내용을 정리하는 과정에서 교재, 강의, 커리큘럼, 공부법 등이 부각이 되지만, 사실 그 밑바탕에 깔린 자녀를 사랑하는 마음, 존중하는 태도, 자녀와 함께 한 수많은 경험이 자녀를 성장시킨 자양분이었음을 잊어서는 안 됩니다.

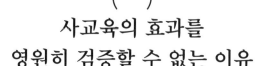

사교육의 효과를
영원히 검증할 수 없는 이유

현행과 선행 사이에서 고민하는 이유는, 지금의 선택을 나중에 후회할 수 있기 때문입니다. 현행을 하는 가정에서는 나중에 성적이 안 나올 때 학원을 일찍 가지 않은 것을 후회합니다. 선행을 하다가 아이가 공부와 멀어진 가정에서는 아이의 정서를 읽지 못한 것을 후회합니다. 정반대의 경우도 있죠. 현행을 해서 입시에서 성공하는 아이, 선행을 해서 원하는 결과를 얻는 아이가 있습니다. 매년 약 40만 명이 입시를 치릅니다. 그들의 인생을 들여다보면 얼마나 다양한 사례가 있겠습니까. 우리가 상상할 수 있는 거의 모든 경우의 수가 그 안에 있을 겁니다. 그걸 알면서도 우리는 계속 선행과 현행 사이에서 고민합니다.

우리가 궁금한 것은 하나죠. 사교육은 과연 효과가 있을까. 자기주도 학습이 좋다는 것을 알면서도, 주변에서 학원으로 성공한 것 같은 아이의 사례를 보게 됩니다. 그래서 머리가 터질 것 같은 겁니다.

저는 사교육의 효과는 영원히 검증하지 못할 것으로 생각합니다. 왜냐하면 한 사람이 인생을 2번 살아야 이 효과를 정확하게 검증할 수 있거든요. 가령 이런 식입니다.

사교육을 어려서부터 빡세게 받은 나

&

사교육을 받지 않고 자기 주도적으로 공부를 한 나

사교육의 효과를 검증하기 위해서는 나머지 조건은 모두 똑같도록 유지해야 합니다. 학창 시절 과학 시간에 배운 통제 변인에 해당합니다. 사교육의 시행 여부를 제외하고는 그 사람 인생의 나머지는 똑같아야 사교육의 효과를 검증할 수 있습니다. 부모님, 친구들, 학교, 사는 지역, 성장하면서 겪는 경험들, 읽은 책, 본 영화 등등 모든 조건이 똑같기 위해서는 한 사람이 같은 인생을 2번 살아야 합니다. 영화에서나 가능한 일이죠. 그래서 우리는 사교육의 효과를 영원히 알 수 없을 거라는 겁니다.

우리가 일상적으로 하는 비교는 과학적으로 기본조차 갖추지 못한 겁니다. 아래의 사례들을 통해서는 사교육의 효과를 검증할 수 없습니다.

- 사교육을 받고 서울대에 입학한 A군
- A군과 같은 사교육을 받고 서울대에 입학하지 못한 B양
- 자기 주도적으로 공부해서 서울대에 입학한 C군
- 자기 주도적으로 공부하려 했지만, 서울대에 입학하지 못한 D양

4명의 각각 다른 학생들은 사람도 다르고, 살아 온 인생도 다릅니다. 모든 것이 다른 4명의 학생에게는 수많은 요인이 교육의 결과에 영향을 미쳤을 겁니다. 각각의 개별 사례만이 존재할 뿐이지, 우리는 이들을 비교하면서 결코 특정 변인의 효과를 정확하게 알기 어렵습니다.

교육에는 너무나도 많은 것들이 영향을 미칩니다. 선생님을 잘 만나서 공부에 동기부여를 받기도 하고, 선생님 때문에 공부를 안 하기도 합니다. 부모님이 공부에 도움을 주기도 하고, 공부를 망치기도 합니다. 이런 상황에서 우리는 교재, 강의, 사교육이 교육의 결과를 만들 수 있다고 적어도 맹신해서는 안 된다고 생각합니다. 그 효과는 누구도, 아무도 앞으로도 영원히 검증하지 못할 테니까요.

수능 영어가 어려워질수록
아이는 더더욱 독서를 해야 합니다

수능 영어 1등급 비율은 전국 4% 수준입니다. 최근의 모의고사에서는 수능 영어 1등급이 1%대로 형성되어서 충격을 주기도 했습니다. 수능 영어 1등급은 앞으로도 4%~5%대에서 형성될 것입니다. 사실, 여기에 함정이 있습니다. 수능에서 영어 과목은 절대평가 방식이기 때문에 학생들이 영어를 잘할수록 시험의 난도는 높아집니다. 이는 대한민국의 교육 시스템이 만들어낸 기형적 구조입니다.

상대평가 방식이라면 시험은 적절한 난도만 유지하면 됩니다. 물론 이 경우도 세부적으로는 시험의 난도에 따라서 100점끼리도 점수가 다르게 다시 산정되는 문제가 있긴 합니다만, 그래도 절대평가에 수반되는 문제보다는 낫다고 개인적으로 판단합니다. 설대평가라는 것은 원래 일정 기준만 통과하면 인원, 비율에 상관없이 등급을 부여할 수 있어야 합니다. 중학교에서 쓰이는 절대평가 방식이 그러합니다. 중학교의 A 등급 비율은 학교별로 차이가 큽니다. 그리고 그것이 문제가 되지 않습니다. 90점만 넘으면 최고 등급을 비율에 상관없이 부여할 수 있습니다. 이것이 정상적인 절대평가 방식입니다.

문제는 수능과 절대평가는 전혀 안 어울린다는 겁니다. 수능은 학생을 변별해야 합니다. 그래서 1등급 비율을 일정하게 제한해야 합니다. 수능 영어의 경우는 1등급 비율이 10%가 넘는 것을 원하지 않습니다. 실제로 1등급 비율이 10%가 넘었던 때에 전국적으로 비난 여론이 있었습니다. 그래서 출제 측에서는 1등급 비율을 7% 내외로 맞추려고 은근히 노력하고 있습니다. 문제는 학생들이 영어를 잘할수록 시험이 어려워져야 1등급 비율이 제한된다는 겁니다. 그렇게 수능 영어는 점점 더 어려워지고 있습니다.

저는 이 시스템이 참 안타깝습니다. 어떤 지점에서는 수능 영어가 학생들의 영어 실력에 도움이 될 수 있는 정도의 난도를 갖게 될 겁니다. 하지만 이내 다음 해의 학생들을 변별하기 위해서 시험은 더 어려워질 겁니다. 그러면 누구에게도 별다른 도움이 되지 않는 너무 어려운 영어 시험이 될 수 있습니다. 이것이 수능 영어가 가진 슬픈 숙명이라고 생각합니다.

그럼에도 저는 현실적으로 각 가정에서 이 시험을 대비하기 위한 조언을 해드려야 합니다. 이 시험을 피해 갈 수 있는 가정은 거의 없으니까요. 수능 영어가 어렵다는 것은 지문이 기본적으로 어려운 것을 말합니다. 그리고 지문이 어렵다는 말은 그 지문의 소재, 주제가 어렵다는 겁니다. 이 지문을 우리말로 놓고 봐도 어렵습니다. 결국 학생의 문해력이 관건입니다. 중학생 중에서 수능 영어의 우리말 해설을 시원하게 이해할 수 있는 학생은 소수일 것이라 생각합니다. 특히 중학교 영어와 수능 영어를 비교하면 결정적 차이는 영어가 아니라 우리말에서 납니다. 우리말로 비교도 안 되는 어려운 수준을 수능 영어에서 다룹니다.

초등에서부터 독서 습관을 만들고, 계속해서 책을 읽고, 시대가 아무리 바뀌어도 텍스트를 붙잡는 것이 수능 영어를 대비하는 가장 기본적인 대책입니다. 바라건대, 중학교 때는 소위 벽돌책이라고 불리는 두꺼운 책에 도전해야 합니다. 저는, 초등부터 영어에만 너무 많은 관심이 쏠리고 있다는 인상을 받습니다. 하지만 수능 영어를 생각한다면 비밀은 우리말 독서에 있음을 명심해야 합니다. 궁금하시다면, 수능 영어 문제를 검색하셔서 우리말 해석을 한 번 읽어보세요. 지금 우리 아이가 왜 도서관을 가서 독서를 해야 하는지 알 수 있으실 거에요.

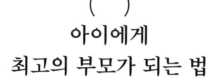

아이에게
최고의 부모가 되는 법

강연장에서 종종 메모와 편지를 받습니다. 한 아이가 적어 준 편지가 기억이 납니다. 자기 엄마를 공부하는 엄마로 만들어주셔서 저에게 고맙다는 메시지를 담고 있었습니다. 저는 항상 강연의 마지막에 부모로서 함께 성장할 것을 강조하거든요.

이 어머님께서는 아이의 공부에 관심이 엄청 많으셨는데, 아이의 공부 동기부여를 위해서 스스로 공부하는 길을 택하셨다고 합니다. 한국사능력검정시험을 준비하셨는데, 막상 준비해보니 떨리기도 하고, 공부가 잘 안되기도 하면서 아이를 제대로 이해하게 되셨다고 합니다. 아이에게 훨씬 더 공감하게 되셨을 것이고, 감시자나 감독이 아니라 아이와 공부 파트

너가 되셨을 겁니다. 아이 입장에서는 이런 엄마가 얼마나 반가웠을까요.

공부하는 엄마는 아이에게 최고일 수밖에 없습니다. 무엇보다 공부하며 하루하루 발전하는 엄마의 모습을 보고, 아이는 공부에 대해서 긍정적인 인식을 형성합니다. 매일 아침, 또는 저녁에 책을 읽으면서 힐링하는 부모가 있다면 아이에게 책은 힐링의 도구일 겁니다. 그렇게 그 아이가 책에 관심을 두고 독서를 시작할 수 있을 겁니다. 정반대로 책 한 권도 안 읽는 집에서는 부모가 책에 대해서 무관심할 것이고, 아이도 기본적으로 책에 무관심할 수밖에 없습니다. 아이가 책을 안 읽으면 공부를 잘할 수가 없습니다. 교과서, 문제집도 일종의 책이니까요.

아이들은 부모의 모든 것을 지켜보고 있습니다. 가족들이 주말마다 삼겹살을 구워 먹으면서 행복한 시간을 보낸다면, 그 기억을 바탕으로 아이는 커서도 주말에 고기를 구워 먹으며 힐링을 할 겁니다. 주말마다 자연으로 나가서 논 기억이 있는 아이는 커서도 자연을 사랑하게 될 겁니다.

아이들이 공부를 좋아해야 오랜 시간 동안 공부를 할 수 있습니다. 억지로 참으면서 하는 공부는 초등 고학년만 되어도 한계를 드러냅니다. 중학생이 되면 공부를 포기하게 될 겁니다. 좋아해야 오래 할 수 있습니다. 당장 결과가 나오지 않더라도 좋아하면 오랫동안 시간과 노력을 들일 수 있습니다. 공부를 좋아하고, 직접 공부하는 부모는 아이에게 최고의 동기부여이자 자극이 될 겁니다.

Part
4

두 번째 교육 이야기

공부의 본질

아이가 공부를 잘하기 위해
반드시 필요한 2가지

현재 초등학교의 사교육 참여율은 85%에 육박합니다. 매년 신기록을 경신하면서 막대한 사교육비가 교육 현장에 투입되고 있습니다. 그럼에도 그 효과가 중학교까지 지속되지 않습니다. 학교별, 지역별로 차이가 있지만, 절대평가 방식인 중학교의 A등급 비율은 약 30% 수준입니다. E등급도 이와 비슷하게 30%~50%까지를 차지합니다. 이 수치가 초등에서의 교육열과 전혀 맞지 않습니다. 초등에서부터 교육에 열을 올리는데 A등급을 최소 절반 정도가 받는 것도 아니고, 게다가 A등급만큼이나 60점 미만에 해당하는 E등급의 비율이 높으니까요. 이 부분에 대해 부모라면 반드시 고민해야 합니다. 막연한 선행, 진도는 교육의 성과로 이어지지 않기 때문입니다. 남들 하는 대로만 한다면 우리 아이는 A등급을 받을 확률만큼이나 E등급을 받을 확률도 높습니다. A등급을 받으면 참 좋겠지만, 그러기 위한 근거가 있어야 할 겁니다. E등급을 받는 아이가 E등급을 받고 싶어서 받는 것이 아닙니다.

공부를 잘하기 위해서는 크게 2가지가 반드시 필요합니다. 첫 번째, 강력한 목적의식이 필요합니다. 목적이 있다는 것은 고통을 참을 수 있음을 의미합니다. 청년들 사이에 유행하는 바디 프로필 사진을 찍으려는 사람은 치킨, 피자를 거뜬히 참을 수 있을 겁니다. 매일 혹독하게 근육을 만들 겁니다. 근육을 만드는 과정은 기본적으로 근육에 상처를 내는 고통의 과정입니다. 이들은 목적이 있기에 기꺼이 그 고통을 참습니다. 마라톤을 목표로 하는 사람은 매일 혹독한 달리기 훈련을 참을 겁니다. 이게 참 신기합니다. 목적이 없는 사람에게 달리기를 시키면 일종의 처벌이 될 수 있습니다. 과거, 학창 시절에 뭘 잘못하면 운동장을 뛰곤 했습니다. 그것은 벌이었습니다. 팔굽혀펴기도 처벌의 일종으로 쓰이곤 했습니다. 하지만 목적이 있는 이들에게 이것은 운동이 됩니다. 자기가 알아서 팔굽혀펴기를 근육이 찢어지도록 하고, 달리기를 합니다. 목적의식은 고통을 내 것으로 만듭니다.

공부도 마찬가지입니다. 공부를 잘하고 싶은 마음은 100% 모두 갖고 있습니다. 하지만 그들 중 고통을 참을 의지가 없는 이들은 공부를 잘

할 수 없습니다. 공부에 수반되는 고통이 뭘까요? 스마트폰을 참는 겁니다. SNS를 자제하는 겁니다. 친구와의 유대도 약해질 수 있습니다. 외로움과 싸워야 할 수 있습니다. 오랜 시간 앉아 있으면 허리도 아프고 눈도 아픕니다. 손목도 저립니다. 무엇보다 공부하는 시간만큼 여가를 즐기지 못합니다. 그런 여가의 기회비용이 계속 발생합니다. 그 고통을 참아내야 공부를 할 수 있습니다. 이 고통을 감내하지 않고 적당히 놀면서, 스마트폰을 즐기면 절대 공부를 잘할 수 없습니다.

혹시 목적의식이 없다면 탁월한 공부 습관이 무기가 될 수 있습니다. 가령 어떤 전공을 할지를 결정하지 못했지만, 일단 공부를 잘하기 위해서 남들보다 훨씬 더 열심히 공부할 수 있습니다. 꼭 마라톤 대회를 목표로 하지 않더라도 언제든 대회를 나갈 수 있도록 몸 상태를 만드는 식입니다. 주변보다 더 열심히 공부하면 당연히 성적이 올라갈 겁니다. 더 많이 공부하고, 더 집중하는 공부 습관, 루틴을 갖고 있다면 목적의식이 약해도 됩니다. 그런데 사실 이 경우에도 목적은 있는 셈이죠. 주변보다 공부를 더 잘해 두는 겁니다. 입시가 상대평가라는 사실을 잘 파악하고 있는 거죠.

목적의식이 있거나, 좋은 공부 습관이 있거나. 둘 중 그 어느 경우에도 해당하지 않는다면 상대평가에서는 밀릴 수밖에 없습니다. 초중등에서 이루어지는 모든 교육이 이 2가지를 보장하지 않습니다. 단순히 진도를 나가는 것은 전국의 80% 이상의 가정이 시도하고 있는 것으로, 결코 경쟁력이 될 수 없습니다.

적게 공부하고 높은 성적을 바라는 건 욕심입니다

교육의 본질이라는 말을 제가 자주 사용합니다. 본질이라는 말보다 더 좋은 말이 없다고 생각하기 때문에 최대한 이 말을 조심스럽게 사용하려고 노력합니다. 그러면서 자연스럽게 본질이 무엇인지에 대해서 고민합니다.

제가 생각하는 본질이라는 것은 두 가지 조건이 충족되어야 한다고 생각합니다. 첫째로 누구나 들으면 고개를 끄덕일 정도로 당연해야 합니다. 그리고 또 하나의 조건은 실천하기가 어려워야 한다는 것입니다. 제가 생각하는 본질의 가장 대표적인 예시는 다음과 같습니다.

'덜 먹고 더 운동해야 한다.'

너무 당연한 이야기인데 이걸 평생 못 지킵니다. 많이 먹었으면 운동해야 합니다. 하지만 너무 많이 먹으면 그 칼로리를 운동으로도 다 소모하지 못합니다. 운동을 안 할 거면 정말 적게 먹어야 합니다. 뭐라도 하나는 제대로 지켜야 하는데 우리는 둘 다 못 지킬 때가 많습니다. 저도 많이 먹고 운동은 그보다 적게 하는 사람 중 한 명입니다. 적게 먹고 운동해야 한다는 사실에는 깊이 공감하면서도 이걸 실천하기가 어렵습니다. 저는 이런 것이 본질에 가깝다고 생각합니다. 그렇다면 교육의 본질은 무엇일까요?

　'학원을 보내지 않고 집에서 공부한다.'

　이것은 본질이 될 수 없습니다. 학원을 안 보내는 것은 지금 당장 할 수 있는 겁니다. 학원에 전화해서 안 보내면 됩니다. 너무 쉽잖아요. 돈도 아끼고 좋죠. 다만, 이것은 실천이 너무 쉬운 관계로 교육의 본질에서 탈락입니다.

　'학원을 보내지 않고, 스마트폰을 쓰지 않으며, 집에서 내내 공부한다.'

　이 정도가 되면 본질에 가까워집니다. 실천이 꽤 어렵기 때문입니다. 스마트폰을 쓰지 않으려면 아이와 기약 없는 싸움을 해야 합니다. 온 가족에 합세해야 합니다. 게다가 공부까지 내내 하려면 이건 매일매일 전쟁일 겁니다. 이 정도는 돼야 본질이라고 볼 수 있습니다.

하지만, 본질을 지킨 이들은 원하는 결과를 얻을 겁니다. 적게 드시고 운동 많이 하신 분들은 몸짱이 되실 겁니다. 그건 자연의 섭리입니다. 몸 짱이 안 될 리가 없습니다.

아이가 스마트폰을 안 쓰면서 스스로 집에서 내내 공부에 집중하면 원하는 성적이 나올 수밖에 없습니다. 다만, 본질을 아는 것과 실천은 완전히 다른 이야기라는 것을 명심해야 합니다. 또는 본질을 잊은 채로 다른 더 편한 방법만 찾는 것도 경계해야 합니다.

다이어트를 결심한 사람이 많이 먹고 운동은 안 하기 위해서 자꾸 다른 방법을 찾습니다. 아시겠지만 본질을 벗어난 방법들은 올바른 길이 아닙니다. 공부를 결심한 학생이, 적게 공부하면서도 수월하게 원하는 결과를 얻고자 방법을 고민하고 있다면 본질을 지키라고 말해주고 싶네요.

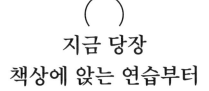

지금 당장
책상에 앉는 연습부터

뉴스에서 잊을만하면 은행 직원이 고객의 돈을 빼돌린 사건을 접하게 됩니다. 흥미로운 점은 이들이 하나같이 빼돌린 돈으로 '투자'를 했다는 것입니다. 100억 원을 빼돌려서 해외로 도피하는 식으로 도망을 가는 것이 아니라 선물, 주식 등에 투자합니다. 이들은 이 목돈으로 돈을 벌고 소리소문없이 원래대로 돈을 돌려놓는 완전 범죄를 꿈꿨던 겁니다. 그러나 뉴스 보도에 따르면 이들은 대부분의 돈을 1주일도 안 돼서 잃습니다. 왜 그럴까요? 저는 이를 생각과 실천 사이의 차이를 깨닫지 못한 결과라고 봅니다.

100만 원으로 주식 투자를 할 때, 내가 투자한 종목이 10% 상승하면

10만 원을 벌 수 있습니다. 투자해 보신 분들은 잘 아시겠지만, 10%의 수익은 대단한 겁니다. 1년 예금 이자가 3% 내외인 것을 생각하면 1년에 벌 수 있는 돈의 3배 이상을 단기간에 번 것입니다. 이때 아쉬움이 들 겁니다. 100만 원이 아니라 1천만 원을 투자했다면 100만 원을 벌 수 있었고, 1억을 투자하면 1천만 원을 벌 수 있었을 거라는 아쉬움이 생깁니다. 100억의 10% 수익이면 10억을 순식간에 버는 겁니다. 10억이면 웬만한 이들의 인생을 바꿀만한 돈입니다.

그들은 그렇게 100억 원을 써서 단기간에 수익을 내고 돈을 아무도 모르게 원래 돌려놓으려고 했을 겁니다. 그래서 해외로 도피하지 않고 몰래 빼돌려 투자한 겁니다. 하지만 그 결과가 어떻게 됐죠? 보통은 1달도 되지 않아서 수백억을 모두 잃습니다. 왜요? 생각만 한 것과, 현실에서의 실천은 큰 차이가 있기 때문입니다.

청년들도 이런 생각을 할 수 있습니다. 아끼고 아껴서 100만 원을 모아 투자를 해서 20% 이상의 수익이 나면 더 큰 목돈이 아쉬울 수 있습니다. 하지만 만약 1억 원으로 투자한다면 이런 수익을 낼 수 없습니다. 큰돈으로 투자해 본 경험이 없기 때문입니다. 1억 원을 투자한 그 즉시 10%의 상승이 아니라 하락을 경험했다고 해 보죠. 하루 만에 1천만 원을 잃을 수 있습니다. 다음날 또 하락한다면 일주일도 안 되어서 수천만 원의 손해를 경험하게 됩니다. 100만 원으로 투자했을 때 -10%는 10만 원에 불과합니다. 10만 원이라는 손해는 감수할 수 있기 때문에 기다릴 수 있었지만, 1천만 원의 손실은 버티기 어렵습니다. 그래서 결국 손해를 감수하고 주식을 매도 합니다. 이를 손절이라고 하죠. 그렇게 100억 원이라는 목돈을 빼돌린 직원은 고객의 돈을 모두 잃은 겁니다.

인생에서 한 번도 경험하지 않은 일을 상상은 할 수 있지만, 실천하는 것은 완전히 다른 문제입니다. 공부도 비슷합니다. 누구나 공부를 잘하는 자신의 모습을 상상할 수는 있습니다. 하지만 실천은 완전히 다른 문제입니다. 1시간 내내 집중하고, 하루 10시간의 순공 시간을 확보하는 모습을 상상할 수는 있으나 막상 책상에 앉아 보면 10분도 집중하기 어렵습니다. 10시간 동안 책상에 앉는 행위 자체가 지루하고 견디기 어려울 수 있습니다. 스마트폰을 만지작거리면 시간이 금방 가겠지만, 순공 시간에서 스마트폰 사용 시간은 제일 먼저 빼야 하는 시간입니다. 게다가 스마트폰이 손 닿는 거리에 있다면 내내 집중력이 빠져나가고 있어서 제대로 공부를 할 수 없습니다.

스마트폰 없이 책상에 앉아서 1시간 집중하는 것이 얼마나 어려운지는 그 행동을 해 본 사람만이 알 수 있습니다. 공부를 실제로 꾸준히 실천한 학생들만이 공부를 제대로 할 수 있습니다. 방법만 찾아다니면서 책상에 앉는 훈련을 하지 않으면 영영 공부를 할 수 없습니다. 중학교에 진학하고, 고등학교에 입학하면 공부가 잘되리라는 것도 환상이죠. 배우는 내용이 어려워지면 도망가고 싶지, 달려들 용기가 생기지 않습니다. 생각만 할 것이 아니라 지금 당장 책상에 앉는 연습을 시작해야 합니다.

절대로 몰라서
못 하는 게 아닙니다

여러분의 최애 음식은 무엇인가요? 저의 최애 음식은 부끄럽게도 돈가스입니다. 저의 어머니께서 정성으로 저를 키우셨는데 아들은 어쩌다 보니 아직도 과자, 돈가스를 좋아하는 소위 초딩 입맛을 갖고 있습니다. 처음에는 저도 어른스러운 입맛을 갖기 위해 노력해 보았지만, 이제는 인정하게 됩니다. 저는 돈가스를 좋아합니다.

배고픈 날에는 어김없이 돈가스가 먹고 싶습니다. 1만 원 정도면 기름지고 바삭한 돈가스를 소스에 콕 찍어서 배부르게 먹을 수 있습니다. 솔직히 다른 어떤 음식보다 돈가스는 먹고 나서 포만감이 대단합니다. 물론 그만큼 살이 찌겠지요.

배가 고픈 날, 특히 힘든 날 점심시간에 저는 정신적 사투를 벌입니다. 돈가스를 먹고 싶은 마음이 굴뚝 같이 올라오면 이 마음과 싸웁니다. 그냥 돈가스를 먹으면 되지 않냐고 생각하시겠지만, 이 마음이 매일 올라오니, 돈가스를 매일 먹으면 저는 건강을 잃을 겁니다. 그래서 웬만하면 참았다가 가끔 먹으려고 노력합니다.

돈가스보다 비빔밥이 건강할 겁니다. 비빔밥보다 샐러드가 건강할 겁니다. 이걸 모르는 것이 아닙니다. 너무 잘 압니다. 과자 한 봉지가 500칼로리 정도입니다. 과자 하나를 살 때도 칼로리를 따져 봅니다. 500칼로리면 헬스장에 가서 1시간 넘게 운동해야 합니다. 러닝머신에서 1시간 걷고, 뛰어도 500칼로리를 소모하는 것은 쉽지 않습니다. 과자 한 봉지를 먹는 데는 5분밖에 안 걸리는데 말이죠. 5분의 쾌락을 1시간의 운동과 바꾸는 것은 너무 억울한 일입니다. 억울하면 과자를 안 먹으면 됩니다. 건강에도 안 좋고, 1시간이나 운동해야 하는 그 과자 한 봉지를 내려놓으면 됩니다. 집어 들었다면 손을 때리면서 내려놓아야 합니다. 하지만 내려놓지를 못합니다. 돈가스 가게 앞을 서성이다가 결국 들어가서 먹게 되는 것처럼요.

결국, 우리는 몰라서 못 하는 것이 아닙니다. 공부에서도 비슷한 접근이 필요합니다. 더 좋은 교재, 강의, 학원에 대한 정보를 끝없이 갈구하는 세상입니다. 저는 더 기본적인 것들을 지키기 위한 노력이 선행되어야 한다고 생각합니다. 스마트폰을 멀리하고, 독서를 하고 있나요? 매일 집중해서 공부하기 위해서 노력하고 있나요? 하루에 최대한 많은 시간을 공부하기 위해서 일상을 루틴화하고 있나요? 남들보다 더 많이 공부하고 더 열심히 공부하는 것은 기본 중의 기본입니다. 남들보다 더 열심히 공부하고, 더 많이 공부했는데도 성적이 나오지 않는다면 다른 방법을 들여다봐야 할 것입니다.

하지만 적게 공부하고, 가벼운 노력으로도 높은 성적을 받기를 바라는 마음으로 교육 정보를 찾고 다니고 있다면 그 끝에는 아무것도 없을 가능성이 높습니다. 사실 나는 공부를 위해서 무엇을 해야 하는지 잘 알고 있습니다.

지금 하는 그 게임을 꺼야 합니다.
지금 손에 든 스마트폰을 내려놓아야 합니다.
지금 놀러 나가려던 그 엉덩이를 의자에 다시 붙여야 합니다.

이 마음과 우리는 평생 싸우는 겁니다. 저는 어제도 돈가스를 먹었습니다. 오늘도 먹으면 사람이 아니라는 생각으로, 오늘은 결코 안 먹을 겁니다. 저는 평생 돈가스와 싸울 운명입니다.

결국 부모의 태도가
아이의 한계를 결정짓습니다

성적은 재능일까요? 유전일까요? 분명히 유전의 영향이 어느 정도 있다고 말하는 연구들도 존재하고, 후천적인 노력의 중요성을 강조하는 연구도 존재합니다. 현시점에서는 둘 다 중요한 것으로 잠정 결론을 내린 상태입니다.

유전적 요인이라는 것은 물려받은 인지 기능을 말합니다. 후천적 노력은 교육 환경, 부모가 만들어내는 가정환경을 의미합니다. 그리고 이런 환경 속에서 학생이 기울이는 노력이 성적이라는 결과에 복합적으로 영향을 미칩니다.

어느 학생이 수능 만점이라는 대단한 결과를 만들어냈을 때 선천적, 후천적 요인이 복합적으로 영향을 미쳤을 겁니다. 문제는 이 결과에 대한 개개인의 해석이 굉장히 자의적이라는 겁니다. 누군가는 이 결과를 재능 덕분이라고 말합니다. 부모가 공부를 잘했기 때문에 자식도 공부를 잘했다는 식입니다. 부모가 명문대 출신이 아니라면 조부모, 친척까지를 뒤져서라도 공부를 잘했던 사람을 찾아냅니다. 사실 성적에서 유전의 영향을 완전히 배제하기는 어렵습니다. 연구의 결과도 물려받은 인지 능력이 성적에 영향을 준다고 말하고 있고, 경험적으로도 주변에 공부 잘하는 집안을 만나게 됩니다. 분명 유전은 성적에 영향을 주고 있습니다. 하지만 여기서 함정은 이런 생각 끝에 나는 재능이 없으니까 노력해도 안 된다고 생각하는 겁니다.

특히 공부를 처음 시작하는 시기에, 공부에 노력을 기울여도 결과가 나오지 않을 때 재능을 탓하게 됩니다. 해도 안 된다는 한탄을 하는 겁니다. 그렇게 자신의 재능을 탓하면서 노력을 더 이상 하지 않고, 다른 사람의 성취는 모두 재능 때문이라고 여기는 것이 캐롤 드웩Carol Dweck 교수가 <마인드셋>이라는 책에서 말한 고정형 사고방식입니다. 교수는 성장형 사고방식Growth Mindset과 고정형 사고방식Fixed Mindset을 통해서, 사람들이 자기 자신과 능력에 대해 가지고 있는 신념이 어떻게 학습과 성취에 영향을 미치는지를 설명합니다. 즉, 개인이 가지는 신념이 학습, 성취에 큰 영향을 미치는 것이죠.

고정형 사고방식을 가진 사람들은 자신의 지능, 재능, 능력이 타고나며 변하지 않는다고 믿습니다. 특정한 특성을 가지고 태어나기 때문에 노력이나 학습을 통해 개선할 수 없다고 생각합니다. 그들의 특징은 다음과 같습니다.

고정형 사고방식을 가진 사람들의 특징 :
- 실패를 개인의 한계로 여깁니다.
- 도전과 실패를 피하려는 경향이 있습니다.
- 노력보다는 천재성이나 재능을 강조합니다.
- 비판에 민감하고 실패를 두려워합니다.
- 다른 사람의 성공을 위협적으로 느낍니다.

반면 성장형 사고방식을 가진 사람들은 자신의 지능, 재능, 능력이 노력과 학습을 통해 발전할 수 있다고 믿습니다. 이들은 도전과 실패를 성장의 기회로 봅니다. 그들은 다음과 같이 생각합니다.

성장형 사고방식을 가진 사람들의 특징 :
- 실패를 학습과 성장의 기회로 봅니다.
- 도전을 즐기고, 실패를 통해 배웁니다.
- 노력과 전략의 중요성을 강조합니다.
- 비판을 받아들이고 개선의 기회로 삼습니다.
- 다른 사람의 성공을 영감으로 받아들입니다.

고정형 사고방식을 가진 학생은 공부를 잘할 수 없습니다. 성장형 사고방식을 갖추는 것은 성취를 위한 필수 조건입니다. 그리고 부모가 만드는 가정환경은 아이가 어떤 마음가짐을 갖게 되는지에 결정적인 영향을 줍니다.

만약 부모가 아이의 실패에 실망하고, 좌절하면 아이는 실패를 두려워하게 됩니다. 부모의 비판은 다음 도전을 망설이게 만듭니다. 타인의 성공을 질투하면서 점점 마음의 문을 닫을 겁니다. 성장형 사고방식을 기르기 위해서는 부모가 실패를 성장의 기회로 생각해야 합니다. 또한 아이가 스스로 노력해서 하나하나 성취할 수 있도록 기다려줘야 합니다.

최근의 선행 문화는 성장형 사고방식을 기르기에 절대적으로 불리합니다. 세상이 정한 진도를 우리 아이가 따라가지 못할 때 부모는 불안해집니다. 아이가 문제를 틀리는 것에 불안을 느끼고 아이를 비판하게 됩니다. 부모가 생각하는 진도가 선행이다 보니, 아이를 기다려줄 여력이 없습니다. 빨리 진도를 빼서 다음 과정으로 나가야 한다고 생각하면 아이가 문제를 고민할 시간을 줄 수가 없습니다. 같은 개념의 문제를 반복적으로 틀리고, 어려운 문제를 못 푸는 것은 원래 그러한 것인데 이 과정을 기다릴 수가 없습니다. 아이는 이를 느끼고 엄마의 기대에 맞추고 비판을 피하고자 답지를 몰래 베껴 옵니다. 화장실에 가서 답지를 몰래 보고 얼른 문제를 맞힙니다.

이런 과정을 통해서는 절대로 성장형 사고방식을 가질 수 없습니다. 이미 연구를 통해서 검증된 소중한 마음가짐을 갖출 수 있는 기회를 맹목적 선행이 빼앗아 가고 있습니다. 물론 남들보다 몇 년 앞서서 공부를 제대로 하면 분명 상대평가인 입시에서 유리한 점이 있을 겁니다. 하지만 그 목표를 달성하기 위한 과정이, 고정형과 성장형 사고방식 중에서 어떤 것을 기르고 있는지 반드시 점검해야 합니다.

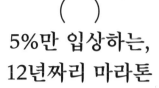

5%만 입상하는,
12년짜리 마라톤

공부의 목적을 찾는 것은 쉽지 않습니다. 하지만 저는 반드시 고민해야 하는 문제라고 생각합니다. 과거보다 현재 아이들이 훨씬 더 오랜 시간 동안 어려운 내용을 학습하고 있기 때문입니다. 부모 세대들은 지금의 아이들처럼 오랜 시간 공부하지 않았습니다. 초중등 내내 놀다가 고등학교 입학해서야 입시 공부를 바짝 한 세대입니다. 길어야 3년 정도 공부했습니다. 여기에 발끈하는 분이 계실 겁니다. '아닌데요! 저는 학군지에서 태어나서 정말 빡세게 공부했는데요!' 이런 분도 있겠죠. 하지만 하나 놓치고 계신 것은, 수능은 94년도 이후로 지금까지 계속해서 어려워졌다는 점입니다. 부모 세대보다 지금 아이들은 무조건 더 어려운 수준으로 전 과목을 공부하고 있습니다.

한 아이의 인생을 생각해봅시다. 초1 때부터 공부라는 것을 합니다. 학생의 본분이 공부라는 부모의 생각 아래에서 밥 먹고 자는 시간 빼고 계속 공부만 합니다. 하루 10시간 정도는 공부합니다. 학원 2~3개만 다녀도 하루 10시간은 거뜬히 공부에 투자하게 됩니다. 초1 때부터 하루 10시간씩, 그렇게 이 아이는 초중고 12년간 공부해야 합니다. 이 행동에 목적이 없어도 되는 걸까요?

인간의 모든 행동에는 동기가 있습니다. 지금 제가 이렇게 책을 쓰는 행위도 동기가 있습니다. 여러분이 이 책을 읽고 계신 이 순간에도 동기는 작용합니다. 이유 없이 이 책을 제가 쓰고 있지 않을 것이고, 여러분이 읽고 있지 않을 겁니다. 그렇다면, 아이들은 공부의 동기가 있을까요?

동기가 없이도 공부를 잘하는 경우가 있겠죠. 이건 마치 아무런 동기가 없는데 마라톤 완주를 할 수 있는 사람이 있다는 말과 같은 겁니다. 타고난 미친 재능이 뒷받침되어 동기도 없고, 훈련도 별로 안 하는데 마라톤 완주가 가능한 사람이 세계 어딘가에는 있을 겁니다. 하지만 대부분은 마라톤이라는 달성이 어려운 과업에 도전하기 위해서는 명확한 동기가 있어야 하고, 훈련도 많이 해야 합니다. 그래도 완주할 가능성이 낮습니다.

여기에서 관건은 현재 대한민국 입시가 마라톤인지 단거리 경주인지 여부입니다. 만약 50미터 달리기 경주라면 동기가 없어도, 훈련하지 않아도 잠깐 뛰고 끝날 수도 있을 겁니다. 마라톤은 동기가 확실하고 훈련한 이늘만 완주를 할 수 있습니다.

수능 영어 1등급 비율은 전국 5% 내외입니다. 95%는 수능 영어 시험에서 90점을 넘지 못합니다. 수학, 국어는 영어보다 더 어렵습니다. 제일 어려운 것이 국어 과목이라고 하죠. 전국 5%에 드는 것보다 수학, 국어가 더 어렵다는 말이 되겠네요. 그들 시험은 상대평가이니까 전국 4% 이내에 들어야 1등급을 받을 수 있습니다.

어떤 달리기 대회가 있는데 전국의 수십만 명 중에서 5%만 입상할 수 있고, 95%는 탈락합니다. 이 달리기 대회는 단거리 대회일까요? 마라톤일까요? 단거리라면 누구나 쉽게 완주가 가능할 겁니다. 하지만 입시는 마라톤입니다. 마라톤을 뛰기 위해서는 단단한 각오가 필요하고 훈련이 필요합니다. 입시를 단거리로 생각하며 접근하는 방식 때문에 중학교에서부터 공부를 포기하는 아이들이 속출합니다. 지금 각 가정에서 교육에 접근하는 방식에 대해서 점검해 볼 필요가 있습니다.

강제로 시켜서 하는 공부가
통하지 않는 이유

책 <죽음의 수용소에서>의 저자 빅터 프랭클Viktor Frankl은 오스트리아에서 태어난 유대인 의사였습니다. 그는 세계 2차대전 때 나치 강제 수용소에 끌려가서 자신이 겪은 일을 바탕으로 삶의 의미를 찾는 책을 집필했습니다. 의사라는 사회적으로 명예가 높은 지위에서, 수용소의 수감자로 한순간 신분이 바뀌어 버린 그는 수용소에서 어떤 삶의 의미를 찾았을까요? 빅터 프랭클은 자신의 책에서 자신이 의미를 부여한 고통은 이겨낼 수 있다고 말합니다. 환경을 바꿀 수 없다면 자신의 태도를 바꾸어서 고통에 의미를 부여하는 식입니다. 그렇게 삶의 의미를 찾아야 우리는 비로소 살아나갈 이유를 찾게 됩니다.공부의 목적을 찾아야 한다는 이야기는 제가 꾸준히 책과 강연을 통해서 강조하는 부분입니다. 제 논리는 다음과 같습니다. '현재 입시 상황을 고려하면 적당히 공부해서는 성과가 나오지 않는다. 대다수의 가정에서는 남들보다 지독하게 더 노력해서 공부를 더 많이 하는 것만이 결과를 가져올 것이다. 그렇다면 대다수의 학생에게 공부는 고통에 가깝다. 그 고통을 남이 강요한 것이라면 참을 수 없을 것이다. 요즘 아이들은 그런 것을 참고 견디는 세대가 아니다. 결국, 아이들은 자신이 의미를 부여한 고통만을 참을 수 있을 것이다. 그렇게 공부라는 고통에 의미를 부여한 아이들이 입시에서 원하는 결과를 얻을 것이다.'

그렇게 거창한 이야기는 아닙니다. 하루 10시간 정도를 스마트폰을 쓰지 않고 공부에 집중할 수 있는지를 물어보는 겁니다. 이것을 스스로 기꺼이 할 수 있는 아이라면 공부에 의미를 부여한 겁니다. 공부하는 것이 내내 힘들고 고통스럽기만 하다면 아직 공부에 의미 부여가 되지 않은 겁니다.

우리의 삶은 늘 고통이 함께합니다. 지금 이 글도 어디 고상한 곳에서 쓰고 있지 않습니다. 새벽은 새벽인데 시계를 보면 졸릴 것 같아서 일부러 시계를 안 보면서 글을 쓰고 있습니다. 저는 아마 밤새 이 글을 쓸 것 같습니다. 졸립니다. 자고 싶습니다. 그걸 참고 이 글을 쓰는 것은 고통입니다. 이 고통을 기꺼이 참을 수 있는 이유는 이러고 있는 이유가 있기 때문입니다. 목적은 고통에 의미를 부여합니다.

만약 제가 쉴 것 다 쉬고, 놀 것 다 챙겨서 놀았으면 아무런 일도 성취하지 못했을 겁니다. 고통을 참고 꾸역꾸역 일했기 때문에 결과물이 나옵니다. 이것을 고상하게 고통에 의미를 부여했다고 말하고 싶습니다.

적당히 공부해서는 원하는 결과가 나오지 않습니다. 전국 5% 이내의 인서울 주요 대학교 입학을 목표로 한다면, 전국에서 지금 상위 5% 이내에 들 만큼 열심히 공부하고 있어야 합니다. 타고난 재능이나 주변 환경이 전국 5% 수준이 아니라면 나는 더더욱 노력해야 합니다.

과연 우리 아이는 이런 식으로 공부하고 있을까요? 쉽지 않은 문제입니다. 부모의 잔소리로 해결되는 문제도 아닙니다. 그래서 더욱 부모의 고민이 깊어집니다. 한 가지는 확실합니다. 공부하려고 하다가도, 누가 시키면 하기 싫습니다. 인간에게는 누구나 자유 의지가 소중하거든요. 시켜서 하는 공부는 절대 통하지 않습니다.

무엇보다 자녀가
스스로 공부의 목적을 찾게 해야 합니다

대한민국에 태어나서 참 좋을 때가 있습니다. 와이파이가 잘 터져서 인터넷을 마음껏 쓸 수 있어서 좋습니다. 그리고 치킨을 먹을 때 행복합니다. 이런 치킨이 세계 어디에도 없다고 하죠. 달콤하고 부드러운 치킨을 간단하게 배달하여 먹을 수 있는 대한민국에 살아서 행복합니다. 그런데 똑같은 재료인데 닭가슴살이라는 것도 있습니다. 주로 다이어트를 결심하고 식단을 관리할 때 먹는 그 퍽퍽한 닭가슴살이요. 만약 여러분 눈앞에 치킨과 닭가슴살이 놓여 있다면 어떤 것을 선택해서 드시겠어요?

지금 개인이 처해 있는 상황에 따라서 선택이 다를 겁니다. 저는 치킨을 선택할 겁니다. 그리고 맛있게 먹겠죠. 그런데 누군가는 퍽퍽한 양념이 되지 않은 닭가슴살을 스스럼없이(?) 집어 들 겁니다. 도대체 왜! 이들은 닭가슴살을 먹는 걸까요?

이들에게는 목표가 있을 겁니다. 누군가는 건강이 안 좋아서 기름진 음식을 먹을 수 없을 겁니다. 누군가는 보디빌딩 대회를 앞두고 몸을 만드는 중이라서 치킨을 먹어서는 안 될 겁니다. 누군가는 평소에 몸 관리를 철저하게 해서 치킨을 안 먹을 겁니다. 이들은 자신의 목표가 있기에 거뜬히 치킨을 참아 낼 겁니다.

저는 딱히 그러한 목표가 없기에 '참을' 수가 없습니다. 목표가 간절한 만큼 인간은 참아 낼 수 있습니다. 우리가 무언가를 이루기 위해서 노력하는 과정은 대부분 참는 겁니다. 달콤하고 수월한 길이 절대로 목표 달성으로 이어지지 않습니다. 몸짱이 되고 싶으면 기름지고 달콤한 음식을 참아야 합니다. 힘든 운동도 참고 해야 합니다. 달리기를 한다면 다리가 아프고 폐가 찢어지는 것 같은 고통을 참아야 합니다. 적당한 정도로 운동해서는 몸짱이 될 수 없습니다. 기본적으로 근육을 키우기 위해서는 근육에 손상을 내는 것이 첫 단계입니다. 무거운 무게를 들면서 근육 섬유에 손상을 입히면 염증 반응이 일어나면서 손상된 조직을 치유하려고 합니다. 이 과정에서 위성 세포라고 불리는 근섬유 주변에 위치한 줄기세포가 활성화되어서 근섬유와 융합됩니다. 이때 근육 섬유가 굵어지면서 알통이 생기는 겁니다. 상처를 주고 치유하는 과정이 근육을 만듭니다. 지금 몸짱인 이들은 모두 스스로 고통을 선택한 사람들입니다. 목표가 있었기에 스스로 고통을 선택한 거죠.

공부는 고통일까요? 쾌락일까요? 공부를 시작하는 모든 이들에게 공부는 일단 고통입니다. 스마트폰을 참아야 하고, 좋아하는 게임을 참아야 하고, 여가 활동을 포기하고 참아야 합니다. 놀고 싶고, 눕고 싶고, 자고 싶은데 공부해야 합니다. 이것은 고통이 맞습니다. 이걸 참을 수 있는 명분, 목적이 있어야 합니다.

몸짱이 되려는 의지가 강하면 무거운 무게를 들 겁니다. 더 큰 고통을 참을 수 있는 겁니다. 그리고 이 행동은 결과로 이어집니다. 가벼운 무게를 드는 이는 몸짱이 될 수 없습니다. 근섬유에 손상이 가해지지 않으니까요.

공부를 한다는 것은 고통을 참는 과정입니다. 이 고통을 참을 명분이 강한 학생이 이 게임에서 승자가 될 수밖에 없습니다. 공부의 목적을 찾는다는 것은 이상적인 이야기가 아닙니다.

아이들이 공부를
시켜서 하고 있다는 명확한 증거

저는 학생들 강연을 잘 진행하지 않습니다. 아직 강의 실력이 부족하여 공부를 싫어하는 아이들이 공부에 흥미를 갖도록 하는 것이 쉽지 않습니다. 달콤한 말로, 또는 재미있는 이야기로 공부하자고 유혹하고(?) 싶지만 제가 생각하는 공부라는 것은, 그렇게 간단한 문제가 아니기 때문에 그런 방식도 쓰고 싶지 않습니다. 그럼에도 학교 강연을 주기적으로 진행합니다. 그리고 묵직한 돌직구를 강연 시작부터 날립니다.

"여러분은 공부를 위해서 스마트폰을 버릴 수 있나요?"

대다수의 아이는 말도 안 되는 이야기라고 생각할 겁니다. 공부하면서 쌓이는 스트레스를 스마트폰으로 풀어야 한다고 생각할 겁니다. 하지만 공부하면서도 스마트폰을 쓸 수 있는 자격이 있는 학생은, 이미 원하는 성적이 나오고 있는 학생들 뿐입니다. 중학생인데 전 과목에서 100점을 받고 있다면, 설령 스마트폰을 사용하고 있더라도 공부에는 영향을 주고 있지 않은 겁니다. 그러면 사용해도 됩니다.

하지만 공부는 잘하고 싶은데, 원하는 성적이 나오지 않아서 고민인 학생이 스마트폰을 포기할 수 없다는 것은 말이 안 됩니다. 스마트폰 사용 자체가 공부에 악영향을 주고 있을 텐데, 그 사실을 알면서도 포기하지 못하는 겁니다. 이건 공부를 잘하고 싶지 않은 겁니다. 공부를 잘해야만 하는 명확한 목표가 없는 겁니다. 이 말이 이상하게 들릴 겁니다. 그런 분들은 저에게 이렇게 질문하시겠죠. '누구나 공부를 잘하고 싶은 것 아닌가요?'

아닙니다. 무언가를 목표로 한다는 것은 그 목표를 달성하기 위해서 수반되는 고통을 감수할 수 있음을 말합니다. 태릉 선수촌에서 올림픽 금메달을 목표로 훈련하는 선수가 어떤 고통을 감수해야 할까요? 기름진 음식을 마음껏 먹지 못할 겁니다. 상상을 초월하는 훈련의 고통을 참아 내야 할 겁니다. 세계 어딘가에서 누군가 자신보다 더 큰 고통을 참으면서 훈련해낸다면 그 선수에게 질 겁니다. 원칙적으로는 세계에서 제일 큰 고통을 참는 사람이 세계 1위가 되는 겁니다.

세계 1등이 되고 싶다는 마음은 훈련의 동기가 될 수는 있지만, 결국은 훈련에서 고통을 참아 내야 성과로 이어집니다. 공부를 잘하고 싶다는 마음은 누구나 갖고 있습니다. 하지만 이것이 스마트폰을 참는 행동으로 이어지지 않는다면 변화는 일어나지 않습니다. 공부를 잘하고 싶다고 아무리 외쳐봐도 그건 실체가 없는 것입니다. 그 마음이 정말 강하다면 남들이 놀 때 공부할 수 있어야 합니다. 친구들이 놀러 갈 때도 학교에 남아서 공부할 수 있어야 합니다. 주말에도, 명절에도 혼자 책상에 앉아 공부해야 합니다. 외롭고 고통스러울 겁니다. 하지만 공부를 잘하기 위해서는 공부를 많이 하는 것이 기본 중의 기본입니다. 공부를 많이 하는 것은 쾌감보다는 고통에 가깝겠죠.

지금 내 손에 있는 스마트폰을 끌 수 있는, 가방에 넣을 수 있는 용기가 없다면 공부의 동기에 대해서 다시 한번 고민해 봐야 합니다.

자신의 의지로 행동하는 것의 결과

작년부터 올해까지 300회 가까운 강연을 진행했습니다. 전국의 강연장에서 정말 많은 부모님과 학생들을 만났습니다. 제가 기억하기로는 강연장에서 만난 수천 명의 어머님 중에서 단 한 분도 졸거나 딴짓하지 않으셨습니다. 하지만 학교 강연의 경우, 모든 학생이 강연 내용에 집중하지 않습니다. 제가 더 재밌게 강의하면 더 많은 학생이 제 말에 귀를 기울이겠지만, 제 강연이 그렇게 재미가 있는 편은 아닙니다. 하지만 조금 덜 재미있어도 부모님들은 제 강연 내내 집중하십니다. 자신의 의지로 행동하는지 여부는 큰 결과의 차이를 불러옵니다.

제 강연을 억지로 오시는 부모님들은 없습니다. 아버님들의 경우는 어머님의 명령(?)으로 오시는 경우가 더러 있기는 합니다. 그런 분들은 강연 초반에 약간 집중도가 떨어지는 편입니다. 하지만 이내 강연에 집중하십니다. 왜일까요? 자녀 교육에 관심이 없는 아버님은 없기 때문입니다. 듣다 보면 우리 아이가 생각이 나고, 아이에게 도움이 될까 싶어서 강연 내용에 이내 집중하시게 됩니다. 어머님들은 말할 것도 없습니다. 강연의 모든 내용에 공감하시고, 고개를 끄덕여주십니다. 제가 마치 굉장한 강연자가 된 것 같은 착각을 하도록 만들어주시는 최고의 청중이 어머님들이십니다. 어머님들이야말로 아이들 교육을 생각하시는 마음으로 강연장에 자발적으로 오십니다. 순도 100%의 자유 의지입니다. 그렇게 오신 분들은 강연이 2시간이든 3시간이든 거뜬히 집중하십니다.

학생 강연, 특히 전교생이 억지로 동원된 강연의 경우는 어려움이 많습니다. 생각해 보면 학생들은 죄가 없습니다. 학교 강연은 학생들이 사연을 신청해서 가는 것이 아닙니다. 주로 선생님들께서 아이들을 위해서 공부법 특강을 마련해 주십니다. 그런데 아이들 입장에서는 이런 강연을 원한 적이 없습니다. 그리고 그 시간에 강당에 모이는 것도 강제된 것입니다. 게다가 공부에 관심이 적거나, 이미 포기했거나, 반감을 품는 학생들에게는 제가 하는 말들이 모두 기분 나쁘게 들릴 겁니다. 그러니 강연장 분위기가 좀 어렵습니다.

같은 공간에서, 같은 이야기를 해도 자신이 원해서 온 분들은 강연에 집중하고 공감하지만, 누가 시켜서 온 경우에는 강연 내용에 관심 두지 않습니다. 스스로 무언가를 하는 것이 내내 중요한 이유입니다. 이 책을 여러분의 생각으로 읽고 계신다면 흥미롭게 읽고 계실 겁니다. 바로 이 느낌입니다. 저는 제가 원해서 책을 쓰고 있고, 여러분은 여러분이 원해서 이 글을 읽고 있습니다. 이 느낌이 중요한 겁니다. 결과에 상관없이 이 순간은 내가 결정한 것이기 때문에 만족스러운 감정을 줍니다.

자녀의 공부 동기에 대해
부모가 고민해 봐야 하는 이유

저의 학창 시절의 마지막은 IMF위기로 불리는, 대한민국의 외환부족으로 인한 대기업들의 부도 사태, 국가의 위기로 기억됩니다. 1997년 말에 시작된 이 경제 위기는 저의 고등학교 시절과 겹칩니다. 당시에 어려운 가정들이 많아서 고2 때 가야 할 수학여행을 가지 않고 근처 수련원으로 갔던 기억이 납니다.

당시에는 공부를 하느라 서로 속 깊은 이야기까지를 할 기회가 많이 없었지만, 저희 집만큼이나 다른 집들도 참 어려웠을 것으로 생각합니다. 부유한 아이들보다는 집안 형편이 어려운 아이들이 많았을 겁니다.

예전 일이니, 저도 이야기를 꺼내 보면, 저희 집도 나름 어려웠던 걸로 기억합니다. 물론 전국에 저희 집보다 어려운 집들이 너무나도 많았을 겁니다. 말 그대로 먹을 것이 없고, 찢어지게 가난한 집이 당연히 있었을 겁니다. 그런데 고통은 주관적입니다. 다른 사람의 고통과 관계없이 내가 지금 힘들면 그것이 나에게는 고통인 겁니다. 저는 집안에 돈이 없는 것은 둘째치고, 돈 문제로 친척들이 수시로 행패를 부리는 그런 환경 속에서, 제가 세상에서 제일 불행하다고 생각하면서 학창 시절을 보냈습니다. 그런데 대학에 와보니 누구나 저 정도의 힘든 시절들을 보냈더군요. 어려서 한 치기 어린 생각이지만, 어쨌든 당시의 어린 저는, 우리 집이 나에게 밝은 미래를 부여할 수 없다는 것쯤은 알 수 있었습니다.

저는 무서워서 공부했습니다. 제가 세상을 조금 더 알았다면, 사업적 아이디어도 구상하고, 세상을 더 넓게 바라봤겠지만, 공부만을 했던 모범생 과였기 때문에 일단 공부를 열심히 했습니다. 나에게 특별한 재능도 없는 것 같은데 공부라도 잘해서 소위 명문대에 들어가야 할 것 같다고 생각했습니다.

제가 강연을 다니면서 아이들에게 좋아하는 일, 진로를 꼭 찾으라고 외치지만, 우습게도 저는 진로에 대해서 전혀 고민하지 않았습니다. 일단 당시 400점 만점이던 수능 시험에서 최대한 400점 가까이 받으면 사정이 나아질 것이라 믿었습니다. 공부하는 기계처럼 공부했습니다. 문제집을 기계처럼 풀고 채점하며 공부했습니다.

돌이켜 생각해보면 진로에 대해서 조금 더 고민해 보지 못한 아쉬움은 남지만, 가난은 최고의 학습 동기가 되었습니다. 가난은, 인간의 욕구를 다섯 단계로 구분한 매슬로우 욕구 5단계에 따르면, 가장 기본적인 욕구인 생리적 욕구, 안전의 욕구에 해당합니다. 집안에 돈이 없으니, 인간의 가장 기본적인 욕구가 발동하여 공부할 수 있었습니다. 어쩌면 지금보다 참 공부하기 좋았던 세상인 것 같습니다.

평균적으로 현재는 과거보다 물질적으로 훨씬 풍요로워졌습니다. IMF 외환 위기를 겪기는 했으나 이후 꾸준히 대한민국의 GDP는 상승했습니다. 최근까지도 코로나19 팬데믹 시기를 제외하면 꾸준한 성장세를 유지하고 있습니다. 우리는 계속해서 물질적으로 풍요로워지고 있는 사회에 살고 있습니다. 적어도 학교에서 무상 급식을 제공하니까 굶을 일은 없습니다. 과거에는 도시락을 못 싸 오는 그런 안타까운 일들도 있었죠.

그렇다면 현재를 살아가는 아이들은 어떤 동기로 공부할까요? 어떤 이유로 책상에 하루 10시간씩 앉아 있을 수 있을까요? 명문대 입학? 돈과 명예? 정말 이 동기가 가난이라는 동기만큼, 또는 그 이상 강력할 수 있을까요?

가난했기에 했던 그 공부는 서글펐지만 간절했습니다. 놀 것을 다 놀면서 공부하지 않았습니다. 남들보다 한 글자라도 더 보기 위해서 노력했습니다. 지금 우리 아이들이 하는 그 공부는 그만큼 간절할까요? 공부의 동기에 대해서 한 번 멈추어 고민할 때입니다.

학생이라면 당연히 공부해야 하는 시대는 이미 지나갔습니다

학생의 본분이 공부라고 생각하시나요? 그렇다면 아이들이 기꺼이 치열하게 공부해 주어야 하는데 그런 아이들은 소수입니다. 적어도 중학생 이상의 자녀가 원하는 성적을 받고 있지 못하고 있다면 공부의 동력이 없는 상태입니다. 학생의 본분인 공부를 제대로 하지 않고 있는 것이죠.

과거와 현재, 크게 달라진 점이 있습니다. 과거에는 부모, 교사의 권위가 강했습니다. 어른의 한마디에 아이들은 공부했습니다. 강제로 야간 자율학습을 했고, 선생님은 큰 몽둥이를 들고 복도를 걸어 다니시면서 공부하는 아이들을 감독했습니다. 떠들다가 걸리면 크게 혼나고 두들겨 맞기도 했습니다. 그런 분위기 속에서 공부라는 것을 하긴 했습니다. 어른을 어려워하던 시대이다 보니 학생의 본분이 공부라고 어른이 말씀하시면 어느 정도 학생들도 수긍하고 공부를 했습니다.

하지만 이제 초등학교 저학년만 되어도 공부를 왜 해야 하는지를 어른에게 되묻습니다.

어　른: 공부해! 이건 학생의 의무야.

아　이: 왜요? 그런 의무가 어딨어요? 어디 적혀 있어요?

어　른: 아니. 원래 그런 거야. 공부 열심히 해야 좋은 대학 가지.

아　이: 좋은 대학 왜 가는데요?

어　른: 그래야 하고 싶은 일을 할 수 있어.

아　이: 제가 하고 싶은 건 마인크래프트게임의일종 하루 종일 하는 건데요.

어　른: 아니, 게임을 하면 안 되지.

아　이: 왜 안 되는데요?

어　른: ...

장담합니다. 초2만 되어도 아이는 한 마디도 지지 않을 겁니다. 진다는 것은 사실 어른의 권위에 수긍하는 것인데, 요즘 아이들은 그렇지 않습니다. 저희 집 아이들도 크게 다르지 않습니다. 시대가 변했습니다.

그렇다면 공부를 왜 해야 하는지를 어른이 아이에게 강요할 수 없다는 겁니다. 설득하고 회유해야 합니다. 궁극적으로 자신이 공부해야 하는 이유에 대해 스스로가 스스로를 설득하고, 이를 납득한 아이들만 공부할 겁니다.

실제로 그런 아이들이 마지막까지 힘 있게 공부하고 있습니다. 시키지 않아도 치열하게 공부하는 아이들은 시대를 초월하여 존재합니다. 지금도 전국에는 주변에서 말려도 본인의 꿈을 위해서 공부에 열과 성을 쏟는 아이들이 있습니다. 부모라면 아이들이 공부의 목적을 스스로 찾을 수 있도록 고민할 필요가 있습니다. 학생이라면 당연히 공부해야하는 그런 시대는 이미 지나갔습니다.

지금 자녀의 인생에는
어떤 목적지가 입력되어 있나요?

우리는 하루를 정말 힘있게 살고 있나요? 아이들은 하루하루 최선을 다해서 공부하고 있을까요? 저는 이것이 절대 쉽지 않다고 생각합니다. 무언가를 달성하는 과정은 고통을 수반합니다. 운동선수가 올림픽에서 메달을 목표로 하면 혹독한 훈련을 이겨내야 합니다. 어쩌면 누가 더 큰 고통을 참고 훈련을 소화했느냐에 따라서 결과가 결정될 겁니다. 먹고 싶은 것을 다 먹고, 쉬고 싶은 것을 다 쉬면서 세계 1등이 되는 그런 일은 없을 겁니다. 국가대표 출신 운동선수들이 자식들에게 선뜻 운동선수의 길을 권하지 않는 것은 그 과정에서 느꼈던 고통을 기억하기 때문일 겁니다.

전교 1등을 하는 학생이 남들처럼 쉬고 놀면서 성적을 유지하고 있는 것이 아닐 겁니다. 기본적으로 남들보다 공부를 더 많이 해야 합니다. 공부량을 늘린다는 것은 노는 시간을 줄이는 겁니다. 그러면 당연히 힘이 듭니다.

고통을 느끼면 우리는 왜? 라는 질문을 자연스레 떠올립니다. 고통을 참기 위한 명분이 있어야 합니다. 치과에 가서 치료받으면 고통스럽습니다. 하지만 그것을 참아야지만 충치라는 더 큰 고통을 피할 수 있습니다. 아프지만 사랑니를 뽑는 것이, 놔두는 것보다 낫습니다. 예방 주사를 맞아야 더 큰 고통을 피할 수 있습니다. 그래서 우리는 참는 겁니다.

공부하면서 느끼는 고통은 어떤가요? 공부를 잘하면 사람들이 선호하는 대학에 입학할 겁니다. 이후에 취업에서도 유리할 수 있습니다. 경제적으로도 조금 더 여유 있고, 조금 더 행복할 수 있습니다. 하지만, 그런 미래가 현재의 고통을 참을 수 있는 확실한 명분이 될까요?

자신에게 공부를 위한 명분이 있는지를 확인하기 위해서는 지금 자신이 얼마나 큰 고통을 참고 있는지를 생각해보면 됩니다. 혹시 남들이 놀 때 꼭 놀아야 하고, 공부한 만큼 스마트폰으로 힘든 마음을 달래고 있지 않나요? 그렇다면 이는 사실 제대로 공부하고 있지 않은 겁니다.

사실은 마음속에 굳이 왜 이렇게까지 공부를 힘들게 해야 하는지에 대한 의문을 품고 있을 수 있습니다. 학생이 공부를 왜 해야 하는지를 모른다는 것은 하루의 방향성이 없는 겁니다. 부모는 기본적으로 집도 치우고, 밥도 하고, 생계를 위해서 일도 해야 합니다. 이런 일은 하지 않으면 가정이 무너지기 때문에 본능적, 의식적으로 반드시 하게 됩니다. 엄마가 기분이 안 좋다고 2~3일 동안 밥을 안 하는 그런 일은 거의 없습니다. 문제는 학생들에게 이런 기본에 대한 생각이 있냐는 것입니다.

'공부를 왜 해야 하지?' '명문대 그거 꼭 가야 하는 건가?' '그냥 지금 재밌게 사는 게 낫지 않나?' 이 생각 끝에는 사실 허무함이 기다립니다. 굳이 열심히 살지 않아도 된다는 생각은 허무함으로 이어질 수 있습니다.

우리는 목적을 부여받은 채 태어나지 않습니다. 내가 만드는 겁니다. 여행을 갈 때 내비게이션에 여행의 목적지를 입력하고 차를 운행하듯 우리는 나의 하루, 인생의 목적지를 내가 설정합니다. 지금 자녀의 인생에는 어떤 목적지가 입력되어 있는지를 생각해봐야 합니다.

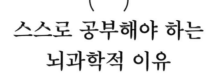

스스로 공부해야 하는
뇌과학적 이유

자기주도학습이 좋다는 것은 모든 부모가 알고 있을 겁니다. 하지만 부모 중 일부는, 이런 능력이 타고난 재능이 있는 아이들에게만 있다고 여깁니다. 그리고 또 일부는 우리 아이는 자기 주도적으로 하지 못하기 때문에 도와줘야 한다고 생각합니다. 아닙니다. 시작이 잘못되었습니다. 이를 뇌과학적으로 살펴봅니다.

인간은 쾌감을 추구하는 존재입니다. 고통은 피하고 쾌감을 추구하는 것은 모든 생명체의 본능입니다. 이는 도파민이라는 두뇌의 신경전달물질과 관련이 있습니다. 도파민이 분비되면 우리는 쾌감을 느끼면서 도파민을 유발한 행동을 갈망하고 반복하게 됩니다.

도파민이라는 물질 자체는 잘못이 없습니다. 도파민은, 도박을 하거나 마약을 할 때만 분비되는 것이 아닙니다. 우리에게 즐거움을 주는 모든 행동을 할 때 도파민이 분비됩니다. 공부를 할 때도 도파민이 분비됩니다.

공부할 때, 어느 순간 쾌감이 느껴질까요? 기본적으로 진지하게 도전 과제에 임하면, 두뇌는 이 문제 해결을 위해서 도파민을 일정 수준 분비합니다. 이렇게 공부라는 행위를 지속시킵니다. 그리고 이 문제를 성공적으로 해결하는 순간, 두뇌의 보상 시스템이 활성화가 되면서 도파민이 대량 분비됩니다. 그러면 우리는 성취감, 쾌감을 느끼면서 다음에도 어려운 문제에 도전하고 싶어집니다. 이상의 과정은 두뇌를 가진 모든 인간에게 일어나는 생물학적 과정입니다. 타고난 재능은 관련이 없습니다. 오히려 환경이 결정적 역할을 합니다. 공부보다 주변에 훨씬 더 손쉽게 도파민이 폭발적으로 분비되는 것들이 있으면 공부를 선택하지 않습니다. 이것 또한 본능입니다. 스마트폰, TV, 인스타그램, 유튜브 등등 아이들의 도파민을 10초 만에 폭발적으로 끌어내는 것들이 즐비합니다. 이 와중에 공부를 선택하는 것은 불가능에 가깝습니다.

환경을 제대로 마련한다면, 누구나 공부할 때도 도파민이 나옵니다. 마무리로 어려운 문제를 스스로 해결할 수 있도록 기다려주고 격려해주는 부모님의 인내심이 필요하겠네요. 스스로 공부를 한다는 것은 특별한 누군가에게 주어진 타고난 재능이 아님을 부모라면 열 번, 백 번 명심해야 합니다.

스스로 공부하기 위해
반드시 필요한 2가지 조건

　몰입은, 미하이 칙센트미하이Mihaly Csikszentmihalyi 교수가 연구한 개념입니다. 우리는 무언가에 몰입할 때 시간이 빠르게 흐르고, 더 오랜 시간 몰두할 수 있습니다. 몰입된 상태에서는 도파민이 분비되기 때문에 쾌감이 느껴져 더 오랫동안 해당 행위를 할 수 있습니다. 이처럼 공부를 오랜 시간 동안 제대로 하기 위해서는 몰입해서 해야 합니다.

　이때 몰입을 위해서는 2가지 조건이 필요합니다. 실력이 높은 상태에서 도전 과제가 수준이 높아야 합니다. 예를 들어 테니스를 잘 치는 사람은 자신의 호적수와 테니스를 칠 때 몰입이 됩니다. 재미도 있을 겁니다. 오랫동안 칠 수 있을 겁니다. 그러나, 몰입의 조건이 하나라도 지켜지지 않으면 몰입은 깨집니다. 테니스를 못 치는 사람은 몰입되지 않습니다. 실력이 없으면 어떤 일을 하더라도 처음엔 힘들고 재미가 없습니다. 재미있다고 알려진 게임을 하더라도 처음에는 내가 실력이 없기에 몰입되지 않습니다. 또 하나의 조건은 도전 과제의 수준입니다. 너무 쉬운 것을 하거나 너무 어려운 것을 하면 몰입되지 않습니다. 나의 수준보다 살짝 더 높은 과제를 해결할 때 몰입이 됩니다.

공부에 몰입이 되기 위해서는 실력을 높여야 합니다. 도전 과제의 수준은 세상에 워낙 좋은 교재들과 강의들이 많이 있기에, 내 실력에 맞게 쉽게 조절할 수 있습니다. 관건은 나의 실력을 높이는 겁니다. 이걸 할 수 없으면 몰입이 안 돼 공부를 지속할 수 없고, 실력을 높일 수 없으면 공부를 이어 나갈 수 없고, 결국 공부를 잘할 수 없습니다.

이런 논리라면 대다수의 학생은 초반에 큰 어려움을 이겨내야 합니다. 처음에는 누구나 실력이 부족합니다. 그래서 공부에 몰입이 되지 않습니다. 이 시기를 이겨내야만 실력이 높아지고 몰입이 되는 겁니다.

실력은 어떻게 높일 수 있을까요? 누군가는 타고난 재능 덕분에 금방 실력이 오르기도 합니다. 이것은 모든 분야에 적용되는 이야기라고 생각합니다. 타고난 재능, 자질들이 모두 다르기에 누군가는 분명히 같은 노력을 하고도 실력이 더 빨리 향상됩니다. 중요한 것은 나 자신입니다. 타고난 재능이 안 느껴진다면 다양한 방법을 이용해, 실력 향상을 위해서 노력해야 합니다. 다양한 책과 영상에서 안내하는 공부법을 적용해 보는 것도 도움이 되고, 명확하게 목표를 잡고 이를 위해 성실하게 노력하는 것도 도움이 됩니다.

명심해야 할 것은, 이 모든 과정은 실력을 높여서 몰입으로 나아가기 위한 과정이라는 겁니다. 영어든, 수학이든 100점 가까이 받을 수 있는 실력을 갖추면 공부 자체가 재밌어집니다. 그때는 목표나 이상은 필요 없을 수 있습니다. 내가 잘하기에 몰입이 되고, 성적이 오르고, 주변의 인정을 받고, 자신감이 계속 상승하면서 알아서 공부가 될 겁니다.

이 두 가지를 아는 순간
'진짜' 공부가 시작됩니다

20년 전과 달리 요즘 아이들은 어린 나이에서부터 공부를 본격적으로 합니다. 학원을 보내지 않는 저희 집에서도 초1 때부터 공부라는 것을 저녁마다 합니다. 아이들은 기본적으로 공부를 힘들어합니다. 그도 그럴 것이 초1의 아이는 앉아서 어려운 문제를 풀 수 있는 능력이 기본적으로 없습니다. 발달 단계에 맞지 않는 공부를 하고 있다는 점에서 현재 모든 아이는 억지로 공부하고 있습니다.

여기에 아이의 수준에 맞지 않는 공부를 하면 기름에 불을 붙이는 격입니다. 공부라는 행위 자체가 힘든데, 자신의 수준보다 훨씬 더 어려운 공부를 하는 과정에서 아이들은 공부와 멀어집니다. 그렇게 초등 고학년 때부터 아이들이 공부를 싫어하기 시작하고, 중등에 진학하면 공부를 완전히 손에서 놓는 아이들이 생겨납니다.

미국의 심리학자 마틴 셀리그만Martin Seligman은 인간의 행복을 고민했던 학자입니다. 그래서 그의 심리학을 '긍정 심리학'이라고 말합니다. 그가 말하는 행복한 삶의 3가지 조건이 있습니다. 첫째는 즐거움, 둘째는 몰입, 셋째는 삶의 의미입니다. 이를 공부와 연결 지어 봅니다. 일단 아이들의 공부는 처음부터 즐겁기는 어렵습니다. 주로 본능을 충족시킬 때 즐거움이 찾아오는데, 공부는 아이들의 본능을 충족시키지 못합니다. 오히려 아이들은 좋아하는 탕후루를 먹고, 친구들과 놀 때 즐거움을 느끼겠죠. 하지만, 공부도 아이에게 행복한 감정을 줄 수 있습니다. 공부가 아이에게 행복한 감정을 주기 위한 2가지 단서는 바로, '몰입'과 '삶의 의미'입니다.

공부를 잘하게 되면 몰입을 경험하게 됩니다. 몇 시간이 순식간에 지나가면서 공부 자체가 행복한 감정을 안겨 줍니다. 공부가 삶의 의미와 연결된다면 공부는 의미 있게 됩니다. 우리는 어떤 행위가 삶의 의미와 연결될 때 행복한 감정을 느낍니다. 힘들어도 매일 운동하는 사람은 운동이 자기 삶에 긍정적 영향을 준다는 것을 분명히 알고 있습니다. 그래서 사람들은 스스로 고통스러운 마라톤을 뜁니다. 행위 자체가 힘들지라도 그것이 자기 삶의 목표, 가치와 닿아 있다면 거뜬히 그 고통을 승화시킬 수 있는 겁니다.

정리하면, 공부를 하기 위해서는 몰입, 삶의 의미와 연결되어야 합니다. 매일 공부하면서 몰입의 단계로 다가가야 하고, 무엇보다 아이는 꿈을 꾸어야 합니다. 자신의 꿈과 공부가 관계가 있다는 것을 깨닫는 순간 진짜 공부가 시작됩니다. 지금 우리 아이는 어떤 꿈을 위해서 공부하고 있을까요?

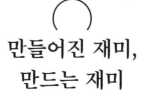

만들어진 재미,
만드는 재미

덴마크를 대표하는 장난감 레고를 아시나요? 부모라면 모를 수가 없죠? 부모님 중에 저랑 비슷한 분들이 계실 겁니다. 아이들 장난감을 하나둘 사주다가 제가 어릴 적 추억이 확 생각나면서 아이보다 더 레고에 빠져 버린 겁니다. 어릴 적의 추억은, 평생 가는 것이라는 것을 실감합니다. 아이 레고를 사면서 저도 하나 따라 사서 그걸 혼자서 밤에 조립하던 날이 기억이 납니다. 어릴 적에 아버지가 주로 레고를 사주셨는데, 그때의 생각이 나면서 아이 방에서 혼자서 울컥했던 기억이 납니다. 그 뒤로는 짐작되시죠? 레고에 푹 빠져서 좋아하는 레고를 사 모으고 조립하고 그랬습니다. 레고 수집의 끝은 집이라는 말이 있습니다. 레고는 부피가 매우 커요. 집이 좁으면 레고 때문에 집에 사람을 위한 공간이 줄어듭니다. 그래서 레고를 수집하려면 돈을 열심히 벌어서 집을 넓혀야 합니다. 레고를 위해서 창고를 대여하는 분들도 계시죠. 이 이야기를 들으시면서 레고 마니아들은 벌써 제가 진짜 마니아라는 것을 눈치채셨을 겁니다. 우리 마니아들은 레고를 제품 번호로 이야기합니다. 레고 제품마다 제품 번호가 있거든요. 그걸 외워서 번호로 제품을 이야기합니다. 저는 한때 정말 진심으로 레고를 좋아했답니다.

그러던 중 2가지 이유로 레고 수집을 멈춥니다. 첫째는 현실적으로 집이 넓지 않아서 제가 사 모으는 레고 때문에 집이 좁아지는 것이 너무 싫더라고요. 그런데 첫 번째보다 두 번째 이유가 더 큽니다. 결국 레고를 조립한다는 것은 남이 창의력을 발휘해서 만든 무언가를 설명서대로 따라서 만드는 행위입니다. 레고를 정말 모르시는 분들은 누가 레고를 조립하면 굉장한 능력이 있는 것으로 착각하시는데, 절대 아닙니다. 그냥 한두 번 조립해 보면 누구나 설명서대로 따라서 만들면 됩니다. 레고의 설명서는 지독하게 친절하답니다.

결국 남이 만들어놓은 재미를 누리는 것에 불과한 이 행위가 저에게 진짜 기쁨으로 다가오지 않는 것을 느꼈습니다. 진짜 재미는 내가 새로운 것을 만들어낼 때 찾아오거든요. 그래서 레고를 좋아하는 마니아의 끝은 창작가입니다. 자신이 원하는 것을 레고로 표현하면서 마트에서 팔지 않는 제품들을 만들어냅니다. 물론 이분들이 처음부터 창작했던 것은 아닙니다. 이들은 엄청난 수집 끝에 창작가가 된 경우가 대다수입니다.

결국, 내가 만드는 재미가 진짜 재미입니다. 공부할 때도 남이 만들어 놓은 목적을 따라간다는 것은 재미가 없을 수 있습니다. 공부를 잘하면 명문대에 들어가고, 명문대에 들어가면 남들이 선호하는 직장에 들어가고, 거기서 승진해서 돈 많이 벌고, 돈 많이 벌면 결혼도 하고, 집도 넓히고, 좋은 차도 타고. 이런 남들이 만들어놓은 길을 그대로 쫓아서 가는 것이 마치 이미 만들어져 있는 레고 조립 설명서를 그대로 따라서 조립하듯 재미가 없어질 수 있다는 겁니다.

저의 어린 시절을 다시 떠올려보았습니다. 부모님이 레고를 아주 조금만 사주셨기 때문에 저는 부품이 많이 없었습니다. 그래서 그 부품들을 이렇게 저렇게 조립해 보면서 매일 창작했습니다. 저는 레고 제품을 좋아한 것이 아니라 창작을 좋아했던 겁니다. 그래서 어른이 되어서 돈 주고 비싼 제품을 사면서도 어릴 때와 같은 그 순수한 기쁨을 느끼지 못한 것이 아닌가 생각해봅니다.

결국, 만들어진 재미는 만드는 재미를 결코 이기지 못하는 것 같습니다.

공부를 잘하고 싶은 학생들은
꼭 '이것'을 점검해야 합니다

일본을 대표하는 소설가 무라카미 하루키는 한국에서도 인기가 높습니다. 그는 달리기 사랑으로도 유명합니다. 그리고 이 달리기를 하기 위해 그가 유지하고 있는 루틴도 사람들의 관심 대상입니다. 알려진 바로는 무라카미 하루키의 하루 루틴은 다음과 같습니다.

- 새벽 4시 기상
- 5~6시간 글쓰기
- 오후에는 10km 또는 1,500m 수영 (또는 둘 다)
- 오후 9시 잠자리에 들기

그는 하루 7시간을 자고, 꼬박꼬박 운동하는 건강한 루틴을 유지하고 있습니다. 여기서 함께 이야기하고 싶은 것은 그의 순공 시간입니다. 그는 5시간 정도를 일하고 있습니다. 우리나라 수험생들이 10시간, 15시간의 순공 시간을 이야기하고 있는 것을 생각하면 상대적으로 적은 시간을 일한다고도 생각됩니다. 하지만 저는 10~15시간의 순공 시간을 신뢰하지 않습니다.

저는 젊었을 때 새벽 2시까지는 무조건 안 자고 뭐라도 하는 루틴이 있었습니다. 아무것도 가진 것 없고, 능력도 부족하니 잠을 줄이고 뭐라도 해야 한다는 생각이었습니다. 지금 생각해보면 정말 미련하고 효율도 떨어지는 전략이었습니다. 하루 4시간가량 자고 다음 날 일을 하면 집중을 제대로 할 수 없습니다. 인식하든 못하든 일의 효율은 떨어집니다. 이 떨어지는 효율을 끌어 올리기 위해서 당분을 섭취하고, 커피를 들이켭니다. 그리고 이는 몸 상태를 더더욱 떨어뜨립니다. 그리고 밤이 되면 또다시 잠을 줄이고 미련하게 일을 이어 나갔습니다.

잠을 제대로 자고 다음 날 오전에 일하면 밤에 4시간 동안 하던 일을 1시간이면 끝낼 수 있습니다. 그 효율이 최소 2배 이상이라고 생각됩니다. 잘 먹고, 잘 자고, 좋은 컨디션으로 5시간을 일하는 것은 10시간 이상 일하는 것만큼의 효과를 낼 수 있습니다.

하루를 어영부영 보내고, 그 아쉬움에 밤에 깨어 있는 그 마음을 제가 모르지 않습니다. 저도 그런 삶을 살았었기 때문입니다. 하지만 이제는 압니다. 무라카미 하루키처럼 사는 것이 훨씬 더 효과적이지만, 훨씬 유지가 어렵습니다. 건강한 루틴을 지키기 위해서는 치열한 노력이 필요하니까요.

공부를 제대로, 오래 하고 싶은 학생들이라면 루틴을 점검해야 합니다. 잘 먹고, 잘 자고, 깨어 있는 시간에 최대한 집중하는 연습을 해야 합니다. 어영부영 책상에 앉아 있는 시간이 '순공 시간'을 의미하는 건 절대 아닙니다.

초중등에서 반드시
공부 근력을 길러야 하는 이유

피트니스 센터에 가면 근육이 우락부락한 분들이 무거운 무게를 큰 소리와 함께 번쩍 드는 장면을 흔히 볼 수 있습니다. 확실히 근육이 많은 사람이 제대로 운동할 줄 알고, 그렇기에 평균적인 사람들보다 더 크고 건강한 몸을 갖고 있습니다. 이것이 근육의 힘이겠죠.

근육이 없는 사람은 운동을 수행하는 능력이 매우 부족합니다. 무거운 무게를 들 수도 없고, 주어진 운동을 제대로 수행할 수도 없을 겁니다. 운동을 잘하고 싶은 마음이 있어도 이를 수행할 수 없기에 운동을 잘할 수 없습니다. 공부에서도 똑같은 일이 벌어진다고 생각합니다.

세상에 공부를 못하고 싶은 아이는 없을 겁니다. 특히 고입 이후에 누구나 1등급을 받고 원하는 대학을 가고 싶을 겁니다. 하지만 이때 공부 근력에서 차이가 발생합니다. 똑같이 몸짱이 되고 싶어도 근력이 있는 사람이 무거운 무게로 운동을 거뜬히 할 때 근육이 없는 사람은 같은 운동을 수행할 수 없습니다. 공부를 제대로 하고 싶어도 공부 근력이 약한 학생들은 앉아서 집중해서 오랜 시간 공부를 할 수 없습니다.

공부 근력은 구체적으로 무엇일까요? 일단 앉아서 집중하며 오랜 시간 공부만을 해야 할 겁니다. 공부만을 해야 한다고 강조하는 이유는 스마트폰을 옆에 두고 공부와 멀티태스킹을 하는 것은 진짜 공부가 아니기 때문입니다. 스마트폰이 가지고 있는 중독 요소를 생각하면, 스마트폰을 멀리하면서 공부에 집중하는 것은 상당한 연습이 필요합니다.

습관이 형성되는 데에는 짧게는 60일 정도, 길게는 250일이 넘게 걸린다는 연구 결과들이 있습니다. 더 충격적인 연구 결과는 200일이 넘는 노력 끝에 좋은 습관을 만들고도, 이것이 순식간에 사라진다는 것입니다. 공감됩니다. 국가대표 운동선수 중 다수는, 은퇴 후에 몸이 후덕해집니다. 평생을 운동하면서 운동 습관을 갖고 있었을 텐데, 그 멋진 근육을 포기하고 은퇴 이후에는 맛있는 것들을 먹으며 몸이 불어납니다. 그렇습니다. 습관은 평생 유지되지 않습니다.

공부 근력을 기르기 위해서는 어린 시절부터 꾸준히 앉아서 집중하고 공부해야 합니다. 스마트폰을 멀리해야 합니다. 그리고 그 근본에는 그런 행동을 위한 마음이 정리되어 있어야 합니다. 왜 이렇게 공부해야 하는가에 대해 계속 생각을 정리해야 공부를 지속할 수 있을 겁니다.

공부 근력이 없는 공부는 지속될 수 없습니다. 근육이 전혀 없는 이는 힘든 운동을 수행할 수 없습니다. 그러니 초중등에서 공부 근력을 매일 매일 길러야 합니다.

Part
5

세 번째 교육 이야기

초등학교 이야기

초등 공부의 최우선 순위

공부를 잘하기 위해서는 참 많은 요인이 필요합니다. 우리는 복잡한 일을 처리할 때 우선순위를 이용합니다. 공부의 우선순위는 무엇일까요? 다수의 가정에서 미리 배워서 앞서가는 것을 우선순위로 하고 있지만, 제가 생각하는 우선순위는, 공부를 자신의 힘으로 계속하기 위해 필요한 것들입니다. 학교 밖에서는 알기 어려운 학교 안의 풍경들이 있습니다. 초등학교에서 아이들 모두가 수업에 집중하고 있지 않습니다. 중학교에서는 소수의 아이만 수업을 듣습니다. 고등학교에서도 비슷한 풍경이 벌어집니다. 고3에 다가갈수록 다수의 아이가 공부를 포기하고 잠을 선택합니다. 가정에서는 이 모습을 볼 수가 없죠. 학생과 교사들은 공공연하게 알고 있는 사실들입니다. 선행의 속도가 빨라지고, 더 많은 공부를 아이들에게 요구하는 이 시대에, 역설적으로 아이들은 공부와 멀어지고 있습니다.

무엇이 아이들을 공부하고 싶지 않도록 만드는지를 생각해 보면, 우선순위를 정리할 수 있습니다. 초등에서는 공부가 싫어지면 아이들은 공부하지 않습니다. 초등에서 수능까지를 대비한다는 선행이 유행하지만, 여전히 아이들은 초3만 되어도 공부를 힘들어하기 시작합니다. 처음 배우는 영어를 어려워하고, 복잡한 연산을 힘들어합니다. 초4 이후의 상황도 비슷합니다. 초등학교 5학년쯤 되어 진지하게 공부하는 상황에서 다수의 아이는 공부를 힘들어합니다. 초등에서 '수포자'라는 말도 돌아다닙니다. 초5에서 수학을 포기한다는 의미는 분수, 배수, 약수에서 수학을 포기한다는 겁니다. 입시를 위한 고차원적인 수학은 시작조차 안 한 셈인데 도대체 이 과정에서 아이들은 왜 수학을 포기하는 걸까요? 저는 수준에 맞지 않은 선행이 그 원인 중 하나라고 생각합니다. 초1 때 무리하게 초3 개념을 배우다가, 초3 때 초5 개념을 배우면서 아이들은 공부가 어렵다고 생각합니다. 1년이라도 앞서가야 한다는 부모의 심리가 반영된 이 선행 공부가 아이들이 공부를 싫어하게 만든 겁니다.

한 나라의 교육과정이라는 것은 교육 분야의 최고 전문가들이 모여 시대를 반영하고, 아이들의 발달 단계를 모두 고려하여 만든 겁니다. 교육과정은 교과서에 잘 반영이 됩니다. 그렇다면 아이들은 각 학년에서 배우는 교과서의 내용을 학습하는 것이 가장 적절합니다. 이를 무시한 채 1년, 2년 미리 학습하는 과정에서 아이들은 이해를 못 하고, 공부를 강요받으면서 공부를 싫어하게 됩니다.

초등의 최우선 순위는 공부가 싫어지지 않는 것입니다. 아이들의 수준에 맞는 공부를 해야 합니다. 하나하나 내 힘으로 공부하면서 성취감을 느껴야 합니다. 이것이 정상적이고 이상적인 공부의 과정입니다. 명심하셔야 합니다. 대다수의 아이는 현행 공부도 힘들어합니다.

입시가 마라톤인 이유

첫 자녀가 초등인 가정에서 가장 크게 실수할 수 있는 부분이 바로, 입시를 단거리 경주라고 생각하는 것입니다. 초등은 입시와 멀리 떨어져 있기에 교육의 효과를 바로 확인하기 어렵습니다. 중학생이 학원에 다닌 다면 중간, 기말고사 성적을 바탕으로 사교육의 효과를 확인할 수 있습니다. 고등에서는 말할 것도 없습니다. 하지만 초등에서는 시험을 치르지 않기 때문에 학원의 효과를 알기 어렵습니다. 게다가 초등에서 대형 학원들은 주로 선행을 하기에 더더욱 지금 공부를 제대로 하고 있는지를 알기 어렵습니다. 그렇게 초등의 사교육이 점점 늘어나고 있습니다.

초등에 또 하나의 함정이 있습니다. 앞서 나가기가 참 쉽습니다. 초등

1학년 때 두 자리, 세 자릿수 연산을 가르치고, 분수도 가르칠 수 있습니다. 심하면 초5 과정인 약수, 배수를 가르칠 수도 있겠죠. 가르칠 수 있는 이유는 딱 하나입니다. 중고등 대비 배우는 개념이 쉽기 때문입니다. 그렇게 아이들의 선행 속도는 점점 빨라지고 있습니다.

그런데 아이러니한 것은 초등학생들은 여전히 현행도 어려워한다는 겁니다. 초등 자녀가 있다면 한 번 물어보세요. 반 아이들이 몇 학년 때부터 수학을 어려워하는지, 영어 수업을 힘들어하는지요. 물어보면 아이들은 보통 초3을 이야기합니다. 초4, 초5라고도 할 겁니다.

다른 부모들 이야기를 들어 보면 초등에서 수능 공부까지도 하고 있다고 하는데 평균적인 역량의 초등학생들은 현행도 어려워합니다. 사교육은 80% 이상이 하고 있지만, 초등 교실에서는 3분의 1 정도가 현행 내용조차 벅차다고 생각합니다. 어떻게 된 일일까요? 물론 극소수의 아이는 초등에서 수능 공부를 하고 있습니다. 그리고 이해도 할 것으로 생각합니다. 하지만, 극소수의 이야기입니다. 이 아이들의 사례가 전국적으로 일반화가 되면서, 다수의 가정에서 공부의 속도를 높이려고 합니다. 그런데 정말 우리 아이가 이 속도를 따라가고 있는지, 현행 과정을 제대로 이해하고 있는지를 점검해야 합니다.

누군가는 정말 뛰어가거나 날아가고 있습니다. 하지만 우리 아이가 현행 수준을 제대로 이해하지 못했다면 우리 가정에서는 우리 아이의 속도에 맞추어야 합니다. 너무 늦지 않냐고요? 어려운 공부를 하다가 공부를 그만두는 것보다는 훨씬 낫다고 생각합니다.

초등 과정만 보면 50미터 단거리 경주 같습니다. 실제로 아이들의 진도나 역량의 차이가 크게 나는 것처럼 보입니다. 하지만 중등만 되어도 10km 마라톤으로 종목이 바뀝니다. 달리기하시는 분들은 아시겠지만, 10km 마라톤은 아무나 완주 못 합니다. 마라톤은 걷지 않고, 멈추지 않는 것이 제일 중요합니다. 포기하면 끝입니다. 중등에서 적게는 20%, 많게는 50% 이상의 아이들이 최하 등급인 E등급을 받으면서 포기합니다.

고등이 되면 종목이 정식 마라톤, 즉 42.195km를 달리는 것으로 바뀝니다. 정식 마라톤은 준비된 사람만 완주가 가능합니다. 순위, 기록, 속도 이전에 완주 자체가 어렵죠. 고등에서 열심히 하는 아이들의 비율이 10% 정도라는 이야기를 들어보셨을 겁니다. 아이들이 들으면 정말 기분 나쁜 이야기이겠지만 정말 전국의 10%는 나머지 90%보다 훨씬 더 치열하게 공부합니다. 모두가 책상 앞에 앉아 있지만, 공부 시간, 역량, 집중도를 감안하면 그들만 마라톤 완주에 도전하는 겁니다.

초등에서부터 아이가 탁월한 역량으로 치고 나가면 참 좋을 겁니다. 하지만 그렇지 않은 대다수의 가정에서는 초등에서는 현행을 꼼꼼히, 중등에서는 내신 대비 철저하게 하면서 마라톤에 대비할 것을 권합니다. 마라톤 완주, 아무나 못 합니다.

공부를 왜 하냐고 묻는
아이의 두 가지 유형

초등학교 3학년만 되어도 아이는 공부를 어려워합니다. 세상에 교육에 대한 정보는 넘쳐나지만, 대다수의 아이는 현행도 힘들어합니다. 초3이 되면서 본격적인 공부 분위기가 조성되면 아이는 학교 진도를 따라잡는 것도, 숙제를 하는 것도 버거워합니다. 그러면서 하는 말이 있죠.

"엄마, 공부 왜 하는지 모르겠어요."

이 질문에 대해서 부모가 답하기 전에 저는 아이를 두 가지 유형으로 나누어 살펴봅니다. 만약 아이가 스마트폰을 사용하지 않거나 잘 통제하면서 독서를 많이 하는 상태에서 이런 질문을 한다면 이것은 의미 있는 질문일 겁니다. 사색하고 성찰하는 아이가 공부의 목적에 대해서 진지하게 고민을 시작한 겁니다. 그렇다면 수준 높은 대화가 이어질 수 있습니다. 진로에 관한 이야기를 나눌 수도 있고, 아이의 현재 생각을 들어보는 것도 의미가 있을 겁니다.

하지만 반대로 아이가 스마트폰, 게임에 빠져 있는 상태에서 이런 말을 한다면 이것은 대화를 하자는 말이 아닙니다. 게임을 하고 싶고, 스마트폰을 내내 쓰고 싶은데 공부를 왜 해야 하는지 모르겠다는 의미입니다. 더 쉽게는 힘든 공부를 하기 싫다는 말입니다.

스마트폰을 멀리하고, 최대한 책을 가까이해야 하는 이유는 책을 읽고, 생각해야만 두뇌가 발달하고 사고력이 신장하기 때문입니다. 더 쉽게 말하면, 아이가 똑똑해져야 합니다. 똑똑한 아이, 성숙한 아이가 공부에 대해서 진지하게 고민할 수 있습니다. 이 고민이 제대로 이루어지지 않으면 나중에 직업을 얻게 되더라도 일의 의미에 대해서도 내내 깨닫지 못할 겁니다.

성공한 이들은 자기 일에 의미를 부여합니다. 그것을 통해서 자아를 실현하고 존재의 의미를 찾습니다. 세계 최고 부자들의 대다수는 죽을 때까지 일합니다. 일이 돈을 벌기 위해서 참아야 하는 그런 것이라면 그들이 일할 이유가 없습니다. 90살이 넘은 워런 버핏 할아버지는 그만 일하고 여생 동안 펑펑 놀아도 됩니다. 하지만 그분은 오늘도 출근해서 일했을 겁니다. 그것이 자기 삶 그 자체이기 때문이고, 존재의 의미이기 때문입니다. 이렇게 일을 하는 사람에게 성공과 부, 그리고 명예는 자연스럽게 따라옵니다.

자녀가 생각을 발달시키기 위해서는 스마트폰을 만지작거리고 있어서는 안 됩니다. 이것은 똑똑해질 기회를 얻지 못하는 겁니다. 책을 읽고, 생각해야 하는 그 시간, 그 모든 시간을 모조리 스마트폰이 채워 버리면 아이는 생각을 발달시키지 못합니다.

그렇게 똑똑하지 않은 아이가 공부를 왜 하는지 모르겠다고 말하는 것은 어리광, 철없는 생각에 불과합니다. 공부하기 싫어서 징징대는 소리를 포장해서 말한 것에 불과합니다. 만약 우리 아이가 이 상황에 해당한다면, 부모는 아이의 스마트폰을 멈출 수 있는 용기가 필요합니다.

학원을 여러 개 다닌다고
공부를 잘할까요?

아래 내용은 한 초등학생의 실제 고민입니다.

"학원을 1개 다니는 것도 힘든데 2개나 다녀야 해서 걱정이야. 친구들은 3개나 다녀서 공부를 잘하는데… 나는 공부가 너무 싫어…."

요즘 세상을 살아가는 초등학생들이 느낄 법한 고민입니다. 만약 이 학생이 학원을 3개, 4개 다니면 공부를 잘할 수 있을까요? 개인적으로는 불가능하다고 생각합니다. 그 이유는 공부의 본질이 모두 깨졌기 때문입니다.

공부의 본질을 거창하게 생각할 것이 없습니다. 상식적인 수준에서 공부가 싫어지면 공부를 잘할 수 없습니다. (공부 정서) 공부 습관이 없는 아이는 공부를 안 할 테니 공부를 잘할 수 없을 겁니다. (공부 습관) 공부는 기본적으로 힘들고 짜증 납니다. 공부뿐 아니라 그 어떤 일도 처음에는 못 하니까 어렵습니다. 하지만 한 번 해내면 그 경험이 다음번에도 도전하게 해 줍니다. (성취 경험) 공부의 본질을 정리하면 다음과 같습니다.

- 공부 정서
- 공부 습관
- 성취 경험

이 본질들을 바탕으로 위 초등학생의 고민을 다시 살펴보겠습니다. 이 학생은 공부가 싫다고 합니다. 공부 정서가 망가졌습니다. 아마 공부 습관은 당연히 없을 겁니다. 자신이 공부를 못 하는 이유를 학원이라고 생각하고 있는 이 학생은 자신의 노력에 대한 믿음이 없습니다. 왜 없을까요? 자신의 노력으로 무언가를 해낸 경험이 없기 때문입니다. 자신의 힘으로 자전거 타기에 성공한 아이는 인라인 스케이트에 도전할 수 있고, 인라인 스케이트까지 성공하면 그다음 도전에도 망설임이 없게 됩니다. 해낸 경험이 있기 때문입니다. 공부하는 내내 자신의 힘으로 성취하지 못하고 외부의 도움만 받으면 결국 초등 고학년, 중학생이 되어 까다로운 공부를 하는 순간 공부를 포기하게 됩니다. 이들은 보통, 고등 공부 이전에 무너집니다.

이세 해결책을 고민해 봅시다. 이 초등학생은 공부하는 수준을 확 낮추어야 합니다. 저학년 수준을 공부하더라도 수준에 맞는 공부를 매일 해야 합니다. 그렇게 하나하나 자신감을 찾아 나가야 합니다. 진도에 대한 불안을 느낄 이유가 없습니다. 어차피 이 상태로는 공부를 계속하기 어렵고, 잘하는 것은 더더욱 불가능합니다.

아이들은 참 신기합니다. 수준을 낮추어도 불안해하지 않습니다. 오히려 자신이 할 수 있는 것들에 기뻐하고 자신감을 가집니다. 아이들은 그렇게 태어났기 때문입니다. 하나하나의 성취에 기뻐하고 성장합니다.

싫어서 억지로 하는 공부는
절대로 잘할 수 없습니다

초등에서 공부하는 아이에게 제일 조심해야 할 점은, 아이가 공부가 싫어지면 다시 공부로 돌아오는 것이 정말 힘들다는 점입니다. 공부는 누구에게나 힘들다, 그러니 어떻게 좋아할 수 있느냐, 그냥 참으면서 해야 한다는 의견도 있습니다. 너무나 공감합니다. 하지만 이 논리 때문에 시켜서 하는 공부를 하면서 아이들은 우울해지고, 결국 우울해지면 공부를 계속할 수 없습니다. 이 문제를 어떻게 해결해야 할까요?

온 가족이 피자, 치킨을 먹는데 아이만 건강식을 먹으라고 하면 어떤 아이라도 싫어할 겁니다. 그렇게 내내 아이만 건강식을 먹고, 부모와 다른 가족들은 먹고 싶은 대로 맛있는 것들을 먹으면 아이는 결국 폭발할 겁니다. 환경과 습관에 관한 이야기입니다.

사실 공부를 많이 한 사람들은 공부가 나름 재밌다고 생각합니다. 하지만 그 이야기는 여기서 하지 않겠습니다. 공부는 힘든 것이라고 가정하겠습니다. 이 힘든 것을 계속하는 것을 도울 방법을 생각해야 합니다. 온 가족이 건강식으로 먹는다면, 아이는 건강식을 크게 거부하지 않을 겁니다. 습관처럼 매일 그렇게 먹는다면 아이는 건강식을 꾸준히 먹을 겁니다.

독서 문제도 비슷하게 접근이 가능합니다. 아이들을 키워보면 아이들이 생각보다 독서를 좋아한다는 것을 알 수 있습니다. 어린이 도서관에 가면 아이들은 하루 종일 책을 재밌게 읽고 있습니다. 재능이 특별한 아이들이 아닙니다. 환경이 그 아이들을 그렇게 만드는 겁니다. 만약 스마트폰과 독서 중에 선택하라고 한다면 그 아이들도 스마트폰을 선택할 겁니다. 저에게 그 질문을 해도 저 또한 스마트폰을 선택할 겁니다. 넷플릭스 드라마를 보고 싶거든요.

독서, 공부가 수월하게 일어날 수 있는 환경을 만드는 것은 부모가 대단한 욕심이 있어서가 아닙니다. 이런 환경이 아니라면 스마트폰에 빠지게 되고, 그러면 공부는 더더욱 하기 힘든 것이 됩니다. 게임이 더 재미있게 느껴질수록 공부는 더 참고하는 것, 힘든 것으로 인식됩니다. 그런 공부를 계속하면 결국 공부가 싫어지게 될 겁니다.

그리고 싫어지면 공부는 계속할 수 없습니다. 중학교 내신까지는 학원의 도움으로 끌고 간다고 해도 결국 고등에서 절대로 원하는 성적을 얻을 수 없습니다. 당연한 논리입니다. 우리는, 싫어서 억지로 하는 어떤 일을 잘할 수 없습니다. 요리를 싫어하는 분이 요리를 정말 좋아하는 분보다 더 훌륭한 요리를 만드는 것은 쉽지 않습니다. 요리는 못해도 배달 음식을 시켜 먹으면 되지만, 공부를 싫어하게 되면 이를 대체할 것은 없습니다.

초등에서 수능 영어를 끝낸다고?

2023년 수능 영어의 1등급 비율은 4.71%입니다. 수능 영어는 절대평가 방식이기 때문에 90점을 넘으면 비율에 상관없이 1등급을 받을 수 있습니다. 이 시험에서 전국의 약 5%의 학생들이 1등급을 받고 있습니다. 여기에 한 가지 사실을 추가합니다. 이 중에 절반 이상은 N수생의 차지입니다. 그렇다면 현역 고3의 영어 1등급 비율은 어느 정도일까요?

2% 수준에 불과합니다. 전국 2%의 학생들만이 영어 1등급을 받습니다. 여기에 또 한 가지 사실을 추가합니다. 전국에는 특목고, 자사고들이 있습니다. 영어를 특출나게 잘하는 아이들도 있을 겁니다. 그러면 웬만한 인문계 고등학교 고3 전교에 영어 1등급이 거의 없다는 의미가 됩니

다. 전국 2%라는 퍼센티지가 이를 증명합니다.

들리는 이야기가 아닌 숫자를 믿어야 합니다. 들리는 이야기로는 초등에서 수능 영어를 끝낸다고 합니다. 이는 틀린 이야기는 아닐 겁니다. 전국의 누군가는 초등에서 정말 그 수준에 이르렀을 겁니다. 그렇다면 정확히는, '전국에서 극소수의 역량이 뛰어난 누군가는 초등에서 수능 영어를 끝낼 수도 있다.'라고 이야기해야 합니다. 더 정확히는 초등학생이 수능을 치른 것도 아니기 때문에 이 학생이 수능 영어를 끝냈다고 말할 수도 없습니다. 최종적으로 이 학생이 고3이 되어서 수능을 치를 때 90점을 넘어야 수능 영어 1등급이라고 말할 수 있는 겁니다. 사춘기를 지나야 하고, 험악한 입시판에서 포기하지 않고, 끝까지 공부를 해내야 1등급을 받을 수 있습니다. 그러니 초등학생에게 수능 영어를 운운하는 것은 말도 안 되는 이야기입니다.

수많은 이야기를 걸러 들어야 하는 이유는 바로, 저런 낭설이 부모의 불안을 재촉하기 때문입니다. 누군가는 초등학교에서 수능 영어를 끝냈다는데, 현행도 힘겨워하는 아이를 보면 답답합니다. 불안이 생깁니다. 그리고 불안이라는 감정은 우리를 지배합니다. 그래서 아이의 수준에 맞지 않는 선행을 하게 되면서 아이는 공부 정서가 망가지고, 중학교 때 공부를 손에서 놓습니다. 현재 대한민국에서 흔히 발생하는 사례입니다.

누군가는 극도로 앞서가고 있겠지만, 반드시 명심할 사실은 그것이 절대다수가 아니라는 겁니다. 절대평가 방식인 수능 영어에서 1등급이 2%라면, 최종 결승선에서 만족할만한 결과를 얻는 가정이 전국 2%밖에 안 된다는 의미입니다. 옆집도, 그 옆집도 잘하고 있지 않습니다. 수능 영어가 워낙 어렵기 때문에 우리 모두 도전하는 마음으로 차근차근 가야 합니다.

들리는 이야기에 휘둘리지 마세요. 그 이야기를 누가 하는 걸까, 어떤 의도가 있는 걸까 의심해야 합니다. 가짜 뉴스가, 멀쩡한 사람도 죽었다고 믿게 만드는 세상입니다. 내 눈앞에 있는 것이 진실인지 의심해야 합니다. 현역의 수능 영어 1등급 비율 2%는 명확한 사실입니다. 이 명확한 사실을 기반으로 생각해 봅시다.

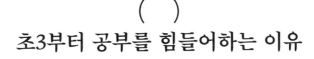

초3부터 공부를 힘들어하는 이유

초등학생 자녀가 있다면 한 번 물어보세요. 초등 아이들이 공부를 언제부터 힘들어할까요? 아마 초3 때부터 이야기가 나올 겁니다. 그러고 보면 초2까지는 아이들이 행복한가 봅니다. 제가 꽤 많은 초등학생에게 물어봤는데 초2까지는 괜찮다고 합니다. 아마 배우는 내용이 수월해서 학교생활이 행복한가 봅니다. 초3부터는 이제, 공부가 힘들다는 이야기가 나옵니다. 이 현상을 가속하는 것이 선행입니다. 초3 때 초5 것을 선행하는 과정에서 아이들은 공부를 버거워합니다.

영어는 어떨까요? 현재 미취학에서부터 영어 교육에 부모들이 신경쓰는 것을 생각하면 초등학교 영어 정도는 아이들이 씹어 먹어야 할 것 같은데 사정은 그렇지 않습니다. 소수의 아이를 제외하고는 영어 공부를 힘들어합니다.

선행을 좀 한다고 해서 아이들에게 공부가 쉬워지지는 않습니다. 대다수의 아이는 현행도 어렵습니다. 이건 과거에도, 지금도 변하지 않는 사실인 것 같습니다. 생각해보면 부모들의 학창 시절에도 공부를 잘하는 아이는 소수였고, 공부를 어려워하는 아이는 다수였습니다. 지금도 사정이 비슷합니다.

선행에 대한 정보를 발달시킨 것은 아이들이 아니라 부모들입니다. 부모들이 정보를 모으고 모아서 선행의 로드맵을 만들었는데, 이를 제대로 수행할 수 있는 아이는 극소수일 겁니다. 그렇게 아이들은 현행도 어려운데 선행까지 해야 하는 상황이 되었습니다. 현행을 제대로 하는 것은 아무리 강조해도 지나침이 없습니다.

초3 때부터 아이들이 공부를 힘들어한다면, 아이들은 결국 현행을 힘들어하는 겁니다. 어떤 과목에서 특히 어려움이 있는지를 파악해서 아이들과 저녁 시간에 꼼꼼하게 현행 진도를 따라잡아야 합니다. 그리고 이 작업을 가정에서 할 수밖에 없는 이유는, 교육 수요자인 부모들이 죄다 선행을 원하니 학원들이 주로 선행 과정을 다루기 때문입니다.

학교 진도를 힘겨워하는 아이들에게 용기를 주고, 해당 내용을 꼼꼼하게, 친절하게 알려주는 그런 학원은 드뭅니다. 그래서 이를 가정에서 기본적으로 해결해야 하는 상황이 된 겁니다. 우리 아이가 현행을 거뜬히 해내고 있다면 이 이야기에서는 자유롭습니다. 하지만 아이가 현행을 완전히 이해하지 못하고, 학교에서 내주는 과제를 힘겨워하는 상황에서 선행 진도를 나가는 것은 당연하게도 의미가 없습니다.

부모의 지혜가
더더욱 필요한 이유

점점 선행이 빨라지는 문화 속에서도 부모들은 어쩌면 진리를 알고 있을 겁니다. 공부를 못 하는 이유는 열심히 안 하기 때문입니다. 초등에서는 이 모습이 잘 드러나지 않아서 맹목적으로 교육비가 투자되고 있는 것 같습니다. 아이가 중학생, 고등학생이 되면 점점 현실을 알게 됩니다. 공부에 관심을 가지고 치열할 정도로 열심히 하는 학생은 극소수입니다. 학교에서 20년을 지켜본 결과, 하는 만큼 결과가 나오는 편입니다. 전교 1등이 웬만하면 제일 열심히 지독하게 공부합니다. 고등까지일정 수준 이상으로 치열하게 공부할 수 있는 아이들만 입시에 도전할 수 있습니다. 그렇다면 대다수는 왜 공부를 안 할까요?

공부는 결국 행동을 하는 겁니다. 책상에 앉아서 책을 펴고, 밑줄을 그으면서 개념을 익히고, 문제를 푸는 행동입니다. 지금 주변을 둘러보세요. 모두가 특정한 행동을 하고 있습니다. 누군가는 독서하고 있고, 누군가는 노트북으로 작업을 하고 있고, 누군가는 이야기를 나누고 있습니다. 우리가 하는 행동에는 이유가 있습니다. 지인과 이야기를 나누는 이유가 있죠. 독서를 하는 이유도 있습니다. 이유 없는 행동은 없습니다. 다만 아이들이 하는 공부라는 것의 이유를, 아이들은 제대로 인식하고 있지 못할 가능성이 높습니다. 고등의 아이들과 상담해 보면, 그들은 진로나 꿈에 대해서 막연한 경우가 많습니다. 본인이 뭘 해야 할지 잘 모르는 겁니다. 스스로는 뭐가 될지 잘 몰라도 일단 공부를 한다고 생각하겠지만, 사실 하고 싶은 일이 없으면 지금 당장 공부할 이유가 없습니다. 만약 공부할 이유가 확실하다면, 현재 다수의 고통을 참고 있어야 합니다.

다이어트라는 목표가 명확하면 고통스러운 운동을 해야 하고, 기름진 음식, 칼로리가 높은 음식을 피해야 합니다. 닭가슴살과 샐러드만 먹으면서 살아야 합니다. 이 고통을 참고 있는 사람만이 목표를 위해서 나아가고 있는 겁니다. 피자, 치킨을 매일 먹으면서 다이어트를 하고 있다고 생각하는 사람이 있다면 착각이죠. 스마트폰 하나도 자제할 생각이 없으면서 공부하고 있다고 생각하는 것도 비슷한 착각입니다.

우리의 행동은 상당 부분 감정에 의해서도 일어납니다. 우리의 모든 행동이 합리적이지 않습니다. 우울하거나 불안한 날은 매운 음식을 찾고, 충동구매도 합니다. 반대로 긍정의 기운이 가득한 날에는 운동도 하고 독서도 하면서 미래를 위한 행동을 할 수 있습니다. 아이들이 공부에 대한 감정이 내내 부정적이라면 공부라는 행동은 잘 일어나지 않을 겁니다. 공부는 참으면서 하는 것이고, 억지로 하는 것이라는 생각이 지배적이면 이 행동은 오래 지속될 수가 없습니다.

책상에 앉아 있다고 해서 모두가 공부하고 있지 않습니다. 헬스장에서도 누군가는 땀 흘려 운동하고, 누군가는 내내 자전거에 앉아서 스마트폰만 보고 있습니다. 같은 공간에서 같은 행동을 하는 것 같아도 그렇지 않습니다.

그러니, 아이들이 공부라는 행동을 할 수 있도록 이끌어주는 부모의 지혜가 더더욱 필요합니다.

초등 선행 교육의 함정

현재 사교육은 초등과 N수생 대상으로 가장 활발하게 이루어지고 있습니다. 특히 입시에 대한 불안감이 커질수록 초등에서부터 달려가야 한다는 불안이 생기기 때문에, 초등 시장은 갈수록 커지고 있습니다. 과거에는 초등 때 입시 공부는 전혀 하지 않았는데, 어느 순간부터 초등 고학년 때는 공부를 제대로 시작해야 한다고 하더니, 이제는 초1만 되어도 모든 가정에서 공부하는 식입니다. 전국의 어딘가에서는 미취학 아동이 미분, 적분에 도전하고 있을 겁니다.

초등의 사교육은 앞으로도 점점 늘어날 수밖에 없습니다. 저는 여기에 2가지 함정이 영향을 준다고 생각합니다. 우선, 초등은 시험을 제대로 치르지 않기 때문에 자녀의 실력을 객관적으로 알 수가 없습니다. 진단평가, 단원평가 등을 주기적으로 치르긴 하지만 이를 가볍게 여기는 가정들이 다수 있습니다. 그 결과와는 무관하게 세상에서 들려 오는 정보를 따라서 선행 진도를 나갑니다. 진단평가, 단원평가의 결과를 크게 신경 쓰지 않는다면 초등 6년은 마음껏 선행을 할 수 있는 시간이 되는 겁니다. 고등학생 자녀가 내신 9등급제에서 8등급을 받아왔는데 희망에 부풀어, 학원비를 올인하는 가정은 없을 겁니다. 현실이 제대로 인지가 되었기 때문에 보다 효과적이고 현실적인 대책을 고민할 겁니다. 초등은 명확한 시험이 없는 단계이다 보니 현재 늘어나는 초등의 사교육을 막을 방법이 없습니다.

또 하나의 함정은 초등에서 배우는 내용은 쉽다는 겁니다. 수학을 예로 들면, 초등 저학년 때는 더하기, 빼기, 곱하기, 나누기를 자릿수를 늘려 가면서 배웁니다. 그다음 과정이 분수이고, 이후 약수, 배수를 배우고 최소공배수, 최대공약수를 배워 분수를 통분하고 약분하고 그럽니다. 부모인 우리가 지금 초등 6학년 교과서를 펼쳐 봐도 모든 내용을 이해할 수 있습니다. 그런 수준을 아이들이 배우는 겁니다. 그래서 초1이 초3 내용을 선행하고, 초3이 초5를 선행하면서 진도를 쭉쭉 뺍니다. 진도를 빨리 나가야 하는 이유는 초등 고학년 때쯤에는 중학, 고등 선행을 하기 위해서일 겁니다.

여기서 문제가 발생합니다. 소수의 아이를 제외한 대다수의 아이는 현행도 힘들어합니다. 그도 그럴 것이 교육과정이라는 것은 최고 전문가들이 모여서 아이들의 인지 발달 단계를 고려해서 만든 것입니다. 초1이 초5 과정을 공부하는 것은 정상이 아니라는 겁니다. 실제로 아이들은 초5만 되어도 '수포자'라는 말을 꺼냅니다. 괜히 수학을 미리 공부하느라 힘들어서 수학에 대한 부정적인 정서가 생기고, 꼼꼼하게 학습한 것도 아니어서 초5에 등장하는 개념조차 제대로 공부를 못 하는 겁니다. 현행 과정을 꼬박꼬박 성실하게 공부하고, 선생님께 칭찬받으면서 공부하면 기쁘게 공부했을 아이들이, 괜히 어설프게 선행을 하다가 공부 정서를 망치고, 개념도 제대로 익히지 못하는 겁니다.

더 큰 문제는 중학교 이후입니다. 배우는 내용이 본격적으로 어려워지면 아이들은 더 이상 공부하지 않습니다. 중학교에서 배우는 내용은 중학생들에게 분명히 어렵습니다. 그걸 도전해야 하는데 이제는 선행도 통하지 않고, 현행을 공부할 습관도 실력도 없으니 그냥 포기하는 겁니다. 그렇게 전국의 많은 아이가 중학교에서 E등급을 받고 있습니다.

초등의 함정을 피하기 위해서는 학교에서 내주는 숙제, 진단평가, 단원평가를 절대 가볍게 여겨서는 안 됩니다. 여기서 90점 이상 고득점을 못 하는 아이들이 수두룩합니다. 진단평가에서 20점을 받는 아이도 선행을 하는 세상입니다. 20점은 20점이고, 엄마의 계획대로 선행을 해야 하는 것이지요. 중학교의 E등급의 비율을 보면 이런 가정이 다수일 것으로 생각됩니다. 현행을 꼼꼼하게 하면서 성공 경험을 쌓고, 주위로부터 인정도 받으면서 아이들은 더 어려운 과제에 도전할 수 있습니다.

학군이 좋으면
아이가 공부를 잘할까요?

학군지에 거주하지 않는 가정에서는 좋은 학원 인프라가 없어서 고민일 겁니다. 다만, 학군지에 산다고 해서 고민이 없을 수가 없습니다. 보이는 것, 들리는 것이 많으니 아이 교육이 더 고민스러울 수 있습니다.

분명 학군지에는 아이의 진도를 쭉쭉 나아갈 수 있도록 도와주는 학원 인프라가 잘 되어 있을 겁니다. 하지만 중요한 것은 내 아이입니다. 학군지에서 학원에 다니는 아이들 모두가 원하는 성과를 얻지 않습니다. 그렇다면 거기서도 공부를 못 하는 아이들은 무엇이 문제일까요? 단순히 지능, 재능의 문제일까요? 그렇게 믿고 싶은 사람들이 있을 뿐이죠.

학군지에 거주하든 그렇지 않든, 교육의 공통분모에 해당하는 것이 있다고 생각합니다. 아이가 어릴수록 이 기본기를 잊어서는 안 됩니다.

- 꼼꼼한 현행
- 공부 습관
- 규칙 준수
- 성공 경험

수업을 잘 듣고, 배운 내용을 꼼꼼하게 정리하고 이해하는 것은 고3 때까지 필요한 기술입니다. 초등 자녀에게 물어보세요. 모든 아이가 수업을 잘 듣고 있을까요? 그럴 리가 없습니다. 약 30%의 아이들은 수업에 제대로 참여하지 않는다는 소리가 들려옵니다. 아이에게 물어보면 그 지역의 사정을 제대로 알 수 있을 겁니다.

어린아이에게 필요한 것은 공부 습관입니다. 일정 시간 앉아서 집중하는 연습을 해야 합니다. 몸과 머리에 공부라는 것을 새겨야 합니다. 집안의 규칙이 필요할 겁니다. 스마트폰을 멀리하고 공부를 하는 것은 현대인들에게 쉬운 일이 아닙니다. 주변을 보세요. 어른들에게도 유혹을 멀리하며, 일하고 공부하는 것은 쉬운 일이 아닙니다.

무엇보다 아이들은 과업을 자신의 힘으로 해내면서 성공 경험을 쌓아야 합니다. 초1 때 자신의 힘으로 받아쓰기 시험에서 좋은 점수를 받는다면, 초3 때 영어 수업에 도전할 용기가 생길 겁니다. 두 자리 연산을 자기 힘으로 해낸 아이가 세 자리 연산에 도전할 겁니다. 자신의 노력으로 하나하나 해내면서 아이는 더 어려운 과업에 도전합니다. 그렇게 중학교, 고등학교까지 나아가야 합니다.

전국 어디에 있든 공부의 기본기를 고민하지 않고, 피상적으로 접근하면 결과는 나오지 않을 것으로 생각합니다. 무엇이 공부의 기본 중의 기본일지를 오늘도 고민해 봅니다.

초등 고학년에서
영문법 공부는 필수일까요?

어느 순간부터 초등 고학년에서 영문법을 배워야 한다는 의견이 지배적입니다. 그래서 초등 고학년이 되면 어김없이 자녀의 영문법 공부를 고민하게 됩니다. 저는 이 말을 누가 처음 했는지가 궁금합니다. 누가 초등 고학년에서 문법을 배워야 한다고 말을 했을까요? 일단 초등 고학년에서 영문법을 배우는 것은 교육과정과는 무관한 사항입니다. 초등 6학년 때까지 아이들은 영문법을 명시적으로 배우지 않습니다. 아마 중1을 대비하기 위해서 선행의 성격으로 초등 고학년에서 영문법을 배울 겁니다. 상황은 이해 가는데, 과연 이 주장을 누가 제일 먼저 했는지, 검증된 이야기인지를 아무도 모릅니다.

교육계의 주장들이 다 이런 식입니다. 10명이 말하고, 이 말이 퍼져서 1백 명이 말하고, 온라인 카페에 퍼져서 1만 명이 같은 이야기를 하면 정설처럼 되어 버립니다. 영어 유치원, 어학원, 커리큘럼들이 다 이런 식으로 논의됩니다. 거짓말을 하는 것은 아니라고 생각합니다. 누군가는 초등 고학년에서 영문법을 배워서 영어를 잘합니다. 하지만 당연하게도 영문법을 굳이 초등학교에서 배우지 않고도 영어를 잘하고, 수능 영어에서 원하는 성적을 받는 학생들도 다수입니다. 2023년에 약 23만 명의 아이들이 태어났다고 합니다. 23만 명의 아이들이 23만 가지로 다양하게 자라면서 얼마나 많은 사례가 있겠습니까.

영어 공부에서도 수많은 사례가 있을 겁니다. 좀 더 근본적인 것을 고민해 봅니다. 일단 영어를 좋아해야 할 겁니다. 영어뿐 아니라 공부에 대해서 싫어하기 시작하면 잘할 수 없습니다. 꾸준히 공부해야 할 겁니다. 좋아하는 감정을 바탕으로 꾸준히 매일매일 공부를 해야 할 겁니다.

좋아하는 것을 계속한다, 이 사실만큼은 명확할 겁니다. 이런 잣대로 아이를 한 번 바라봅시다. 재미있게 영어 영상을 보고 있나요? 흥미롭게 영어책을 읽고 있나요? 그렇다면, 잘하고 있는 것이죠. 아이가 읽고 있는 책의 수준이 너무 낮아서 답답하신가요? 그래서 수준을 끌어올리고 싶으신가요? 그랬다가 아이가 영어가 싫어지면 다시는 책을 읽지 않을 겁니다. 거기서 공부는 끝이 납니다.

커리큘럼, 교재, 강의는 기본이 된 다음에 충분히 적용될 수 있다고 생각합니다. 반대로 기본이 없는 상태에서는 어떤 교육도 효과가 없을 거로 생각합니다. 영어를 너무 싫어하는 아이, 공부하는 습관이 없는 아이가 영어를 잘할 수 있게 만드는 방법은 없을 겁니다.

만약 아이가 초등 고학년 때 우리말 문해력이 약하고, 영어에 대해서도 내공이 약해서 문장을 제대로 구성하지 못하는 수준이라면 영문법 공부는 독이 될 수 있다고 생각합니다. 영문법의 우리말 해설을 이해하지 못할 것이고, 예문들 하나하나가 너무 어려울 겁니다. 이때 영어가 너무 싫어져 버리면 초등에서 공부를 멈출 겁니다.

세상은 필수라는 단어를 쉽게 쓰지만, 저는 언제나 우리 아이가 기준이 돼야 한다고 생각합니다.

Ⅲ. 교육 이야기 - 초등학교

Part
6

네 번째 교육 이야기

중학교 이야기

공부는 중학교에서부터 무너집니다

과거 어느 때보다 초등, 심지어 미취학에서부터 아이들은 많은 양의 공부를 하고 있습니다. 남들보다 조금이라도 빨리 진도를 나가야 한다는 생각에 아이들은 영문도 모른 채 많은 공부를 하고 있습니다. 이 공부가 특히 초등 저학년의 경우는 인지 발달 단계와 맞지 않는다는 이야기는 일단 하지 않겠습니다. 아이들이 무리해서 공부했을 때 성과가 나오고 있는지를 냉정하게 살펴봅니다.

'중학교 E등급 비율 30~50%의 시대'

초등에서 시행되는 공부 방식은 아이들이 중학교에서 공부를 멈추도록 만들고 있습니다. 중학교는 절대평가 방식입니다. 90점 이상은 A등급, 80점 이상은 B등급을 받는 식입니다. 최하 등급인 E등급은 60점 미만의 점수를 받는 것을 의미합니다. 여기에 추가로 아셔야 할 것이 중학교 시험은 변별의 목적이 없습니다. 고등 내신과 극명하게 다른 점입니다. 고등학교는 상대평가이기 때문에 변별을 위해서 시험이 어려워야 합니다. 하지만 중학교 시험은 변별의 목적이 없습니다. A등급 비율에 대한 규정이 별도로 없기 때문입니다.

이런 상황에서 전국적으로 E등급의 비율이 낮게는 30%, 높은 곳은 과목에 따라 50%까지 형성됩니다. 특히 어릴 때부터 공들여서 교육한 영어 성적도 E등급 비율이 꽤 높습니다. 이 비율은 인터넷에서 학교알리미를 검색해서 중학교 이름을 입력하신 후에 학업 성취사항-교과별 학업 성취사항에서 확인하실 수 있습니다.

중학교에서 E등급을 받은 아이의 성적을 끌어 올리기 위해서 학원을 바꾸고 과외를 구하는 것은 효과가 거의 없을 것으로 생각합니다. 왜냐하면 E등급을 받는다는 것은 공부를 아이가 안 하는 상태를 의미하기 때문입니다. 이유는 여러 가지가 있을 수 있습니다. 초등 때 수준에 맞지 않는 공부를 하면서 공부를 싫어하게 되었거나, 질려 버렸거나, 스마트폰에 중독이 되어 버렸을 수 있습니다. 근원적으로는 공부하기 위한 동기를 찾아야 하는데 진로에 대한 탐색이 전혀 되지 않아서 책상에 앉아 있을 이유를 찾지 못했을 수 있습니다.

중학교 성적 분포의 또 하나 특이점은 양극화가 심하다는 겁니다. 이는 중학교 성적 분포가 IQ가 변인이 아니라는 것을 의미합니다. IQ는 정규분포를 따릅니다. 전국의 중학교에서 신기할 정도로 A와 E등급에 아이들이 몰려 있습니다. 이 현상에 대해서 반드시 고민해 봐야 합니다.

분명한 것은 전국에서 30%~50%의 가정에서는 중학교에서 아이들이 전혀 공부를 안 하는 상태로 만들고 있다는 겁니다. 특히 이것이 여러분 지역의 이야기라면, 남들이 하는 대로, 주변의 이야기만 듣고 아이를 키우면 아이는 중학교에서 공부와 완전히 멀어질 겁니다.

도대체 뭘 잘못하고 있기에 아이들이 고등학교도 아닌 중학교에서 공부를 포기해 버리는지 부모의 냉정한 고민이 필요한 때입니다.

맹목적 선행을 경계해야 하는 이유

앞서 이야기한 '학교알리미'에서 검색한 한 중학교의 성적을 공유합니다. 누구나 접근이 가능한 공시 정보입니다. 대도시에 위치한 중학교입니다. 자, 이 학교의 E등급 비율에 주목해 주세요. 주요 과목들에서 E등급의 비율이 50%에 육박합니다. 과연 이 숫자를 보면서 지금 아이들이 제대로 공부하고 있다고 말할 수 있을까요?

(단위: 점수, %)

과목	2022학년도											
	3학년											
	1학기						2학기					
	평균	성취도별분포비율					평균	성취도별분포비율				
		A	B	C	D	E		A	B	C	D	E
국어	71.7	17.1	19.7	16.2	27.4	19.7	75.3	30.4	19.1	14.8	14.8	20.9
사회	68.5	12.0	11.1	23.1	26.5	27.4						
도덕							84.8	33.9	39.1	20.0	5.2	1.7
역사	61.9	19.7	9.4	12.8	7.7	50.4	65.8	27.8	9.6	12.2	9.6	40.9
수학	58.4	22.2	11.1	9.4	6.8	50.4	65.4	33.9	7.0	10.4	9.6	39.1
과학	63.2	23.1	8.5	11.1	12.0	45.3	69.4	30.4	13.0	9.6	8.7	38.3
기술·가정	86.5	64.1	23.9	2.6	2.6	6.8	85.5	52.2	28.7	9.6	1.7	7.8
체육	82.6	56.4	41.9	1.7			80.7	56.5	42.6	0.9		
미술	86.8	82.9	14.5	2.6			86.6	82.6	15.7	1.7		
영어	56.0	19.7	13.7	8.5	8.5	49.6	58.9	27.0	16.5	6.1	6.1	44.3

＊출처 : 학교알리미

이 책에서 수없이 강조했지만 다시 한번 말씀드립니다. 맹목적 선행을 경계해야 합니다. 선행을 통해서 압도적으로 앞서가는 아이들이 분명 있을 겁니다. 그런데 과연 그 아이들이 공부를 잘하는 이유가 선행 때문만일까요? 정말 미취학 때부터 남들보다 선행을 했기 때문에, 그 하나의 이유만으로 공부를 잘하는 걸까요? 그렇다면 선행을 하지 않고, 교과서만 보고도 만점을 받는 아이들은 왜 튀어나오는 걸까요?

선행으로 성공하면 학원 이름이 뉴스에 오르고, 교과서만 보고 만점을 받았다는 이들에게는 재능이라는 프레임을 씌웁니다. 아무도 이런 결과를 과학적으로 분석한 바가 없습니다. 그저 우리의 믿음일 뿐입니다. 정반대로 선행을 한 아이가 재능이 더 뛰어나고, 집에서 공부한 아이는 혹독한 학습을 통해서 결과를 얻었을 수도 있지 않을까요? 측정할 수도 없고, 측정한 적도 없는 재능으로 결과를 분석하는 것은 그저 그렇게 믿고 싶은 사람들의 이야기일 뿐입니다.

성공한 집의 공통분모를 살펴볼 필요가 있습니다. 선행을 해서 성공을 했다는 집이 있다면 그 집을 더 들여다봐야 합니다. 냉정하게 말하면 그 집도 왜 자녀가 공부를 잘하는지 잘 모릅니다. 저의 누나는 평생 전교 1등을 하고 서울대를 입학했습니다. 시험을 쳤다 하면 다 맞는 식이었습니다. 학원 근처에도 가 본 적이 없고, 부모님은 맞벌이하셔서 교육에 신경을 쓰지 못하셨고, 어머니는 시어머니까지 모시느라 누나를 신경 써 주시기는커녕, 밤 10시 넘어까지 살림만 하셨습니다. 그런데 누나가 공부를 잘한 것은 도대체 왜인 걸까요? 그 정도의 재능이 있었던 걸까요? 그러면 저는 왜 서울대를 못 갔을까요? 그 재능이 희석된 겁니까? 모두 상상이고 추측일 뿐입니다. 아이가 공부를 잘한 집에서도 그 명확한 이유는 잘 모른다는 얘기를 드리고 싶은 겁니다.

단지, 우리가 할 수 있는 것은 잘 된 집들의 이야기를 구석구석 들어보면서 본질적이고 근원적인 것들을 모아서 우리 집에 적용하는 겁니다. 스마트폰을 줄이고 독서를 가까이하는 것. 공부하라는 잔소리보다는 따뜻한 용기를 주는 것. 잘되는 집에서 공통적으로 했던 것들을 모으고 모아야 합니다.

맹목적인 선행에 대한 정보보다 부모의 지혜를 모으는 것이 확률적으로 중학교에서 E등급을 벗어나기 위해서 더 효과적일 수 있을 것 같습니다. 초등에서 의대를 가겠다는 세상의 분위기와 전국 각 지역 중학교의 꼴찌 등급 비율이, 너무나 다른 이야기를 하고 있기에 우리가 분명 뭔가를 놓치고 있다는 생각 정도를 해 봅니다.

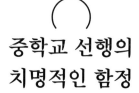

중학교 선행의
치명적인 함정

중등 자녀가 중간고사, 기말고사를 치르면서 성적표를 받아오기 시작하면 다수의 가정에서 현실을 파악하게 됩니다. 생각보다 공부를 잘하는 것이 어렵다는 것을 깨닫게 되죠. 전국적으로 A등급의 비율은 30% 수준으로 형성되어 있습니다.

중학교에서 A등급을 받아낸다면 안정적으로 공부를 잘하고 있다고 판단됩니다. 특히 그 성적을 자녀가 스스로 받아냈다면 더할 나위 없겠죠. 그렇지만 B등급 이하의 성적을 자의적으로 해석하면서 고등 선행을 실시할 때부터 중등의 함정에 빠지게 됩니다. 중학교에서도 고등 선행에 대한 압박이 장난이 아닙니다. 중학교 때 수능 영어는 끝내야 한다,

수학도 어느 정도까지 진도를 나가야 한다는 이야기들이 들려 옵니다. 그래서 중학교 시험에서 B, C, D 등급을 받으면서도 선행을 합니다. 이 때 바로 중학교의 함정에 빠지게 됩니다.

여기는 학군지니까 시험이 어려워서 A를 못 받은 것이다, 새로 오신 선생님이 문제를 너무 어렵게 내셔서 A를 못 받은 것이라는 등 들려 오는 이야기는 다양합니다. 그런데 모두 틀린 이야기입니다. 이런 식으로 생각하면서 고등 선행을 해봤자 효과가 없습니다.

중학교 시험에서 A등급을 못 받았다면, A등급을 받기 위한 노력을 해야 합니다. 그 원인을 찾아서 고쳐야 합니다. 수업을 제대로 안 듣는다면 수업을 제대로 들어야 하고, 개념 이해가 부족하다면 수업에 더 집중해야 하고, 부족한 내용은 EBS, 강남인강 등의 무료 강좌를 이용해서 보완할 수 있습니다. 이들 사이트에 들어가면 국·영·수·사·과 모든 과목의 모든 개념에 대한 강좌들이 준비되어 있습니다. 자신이 부족한 부분만 파악하면 충분히 보충할 수 있습니다.

현행이 완벽해야 선행을 하는 겁니다. 당연한 이 원리를 무시한 채 급한 마음에 선행을 해봤자 고등 이후의 공부는 할 수가 없습니다. 초등에서와 똑같은 일이 벌어지는 겁니다. 초등 공부가 어려운 아이는 초등 공부부터 제대로 해야 합니다. 중등 선행 이전에 초등 개념을 완벽하게 잡아야 합니다. 중등 자녀는 중학교 개념부터 모두 마스터해야 합니다. 중학교 것을 다 모르는데 고등 선행을 한다는 것은 말이 안 됩니다. 대다수의 개념은 중등-고등이 연결되어 있기에 더더욱 그러합니다.

누구나 중학교에서 A등급을 받으며 출발하지 않습니다. 절반 이상의 확률로 A등급이 아닌 등급을 받고 출발합니다. 여기서부터가 시작입니다. 이 결과를 바탕으로 자신의 약점을 찾아내고 보완하는 식으로 진짜 공부가 시작됩니다. 성적표를 못 본 척하고 고등 선행을 하는 것은 아무런 효과가 없을 겁니다. 고등 이후는 장난이 아니니까요.

학군지 중학교 성적의
불편한 진실

학군지의 중학교에서 학생들은 누구나 모든 과목에서 A등급을 받고 있을까요? 초등에서부터 수능을 대비한다고 알려진 학생들에게, 중학교 수준의 학습 내용은 수월하지 않을까요? 그래서 대다수의 학생이 중학교 시험에서 A등급을 받고 있지 않을까요?

그런데 의외로 학군지에서도 예외적인 학교들 몇 군데를 제외하고는 A등급의 비율이 다른 곳들과 비슷합니다. 30%~50% 수준입니다. 학군지라고 해서 중학교 시험에서 A등급 비율이 70%를 넘는 곳은 많지 않습니다.

물론 이곳의 시험은 다른 곳보다 까다롭긴 할 겁니다. 하지만 이 시험에서 A등급, B등급을 못 받는 학생들은 입시에 대한 경쟁력이 있다고 말하기는 어렵습니다. 교육 현장에서 제일 많이 들려 오는 소리가 학군지 소재의 중학교 시험 난도에 관한 이야기입니다. 물론 그 시험이 전국적으로 다른 지역에 비해서는 어렵습니다. 외부 지문을 사용하기도 하고, 선생님들께서 교과서의 내용을 변형하기도 합니다. 그리고 시험의 유형도 까다로운 편입니다. 하지만 절대로 변하지 않는 사실이 있습니다. 중학교 시험은 아무리 어려워도 고등 내신, 수능 수준 대비 비교할 수 없을 만큼 쉽다는 겁니다. 교과서 본문을 기반으로 출제되는 중학교 시험지를 들여다보면 수능의 지문 수준과는 비교가 아예 되지 않을 만큼 지문의 출처, 성격 자체가 다릅니다. 수능, 모의고사에서 쓰이는 지문들은 미국 대학교 1학년 수준의 인문, 사회, 자연, 과학, 문화, 예술 분야에 대한 원서들에서 글을 거의 그대로 인용합니다. 중학교 교과서 본문은 교육과정에 맞추어서 만든 지문들입니다. 단어와 문장의 수준이 통제되어 적절한 수준을 유지한다는 겁니다.

중학교, 고등학교, 수능 영어를 제대로 알고 있는 사람이라면 중학교 영어 시험이 수능 시험의 수준과 비교조차 할 수 없다는 사실을 잘 알 겁니다. 특히 교사나 강사라면 이 사실을 모를 수가 없습니다. 그럼에도 여전히 학군지의 중학교 시험이 너무 어렵고, 그렇기 때문에 아이들이 원하는 등급을 못 받는다는 이야기가 계속 나옵니다.

누가 이런 이야기를 하고 있을까요? 당연히 A등급을 받는 가정은 아닐 겁니다. 시험이 쉽다고 느끼든, 까다롭다고 느끼든 최고 등급을 받고 있다면 굳이 이런 이야기를 꺼낼 이유가 없습니다. 중학교에서 원하는 등급을 못 받는 50% 정도의 가정에서 이런 말들을 하고 있지 않을까요?

생각은 자유입니다. 하지만 중학교에서 성적이 안 나오는 이유는 시험의 문제이고, 아이의 실력에는 문제가 없다고 생각하면서 막연하게 고등 선행을 하는 것은 문제가 될 수 있습니다. 지금 중학교에서 놓치고 있는 개념들, 잡히지 않은 공부 습관 등 A등급을 못 받는 이유를 찾아야 할 기회를 날리는 겁니다.

대한민국 최고 학군지라고 할지라도 중학교 시험 문제는 수능 영어와 비교할 수 없을 만큼 쉽습니다. 두 시험지를 한 번 나란히 놓고 30분만 시간을 내서 비교해 보시기 바랍니다. 중학교 수준을 제대로 잡지 못하는 아이는 수능에 도전할 수 없습니다. 고등 입학 이후에 더욱 힘들어 할 겁니다. 중학교에서 기회를 반드시 잡아야 합니다.

중등 A등급을
자기 힘으로 받게 하려면

개인적으로 대한민국의 치열한 입시판의 현실을 감안한다면, 중학교에서 자기 힘으로 A등급을 받는 것을 입시에서의 성공 기준이라고 생각합니다. 초등에서는 당연히 중학교 내신 정도는 A등급을 받을 수 있다는 착각을 하실 수 있지만, 중학교의 현실은 절대 녹록지 않습니다. 중학교 학부모님이시라면 자기 힘으로 A등급을 받는다는 것이 쉽지 않은 일임을 아실 겁니다. 그리고 혼자서는 못 하니, 학원의 도움을 받아야 할 것으로 생각하실 겁니다.

하지만 고등 내신을 대비하기 위해서는 중학교에서부터 연습해야 하고, 고등 내신부터는 스스로 공부해야 하는 비중이 커지는 만큼, 중학교에서부터 자기 스스로 공부하는 연습을 해야 합니다. 이 연습이 되지 않으면 고등학교에 입학하자마자 성적이 떨어질 수 있습니다. 중학교 대비 많아진 시험 범위와 높아진 난도에 대처를 못 하는 겁니다.

저도 개인적으로 우리 아이가 중학교 내신에서는 스스로 A등급에 계속해서 도전해야 한다고 생각하고 있습니다. 시험을 준비하고, 계획을 수립하고, 이를 실천하는 과정에서는 학원의 관리를 절대로 안 받으려고 생각 중입니다. 물론 뜻대로 잘 되진 않겠지만, 이 정도는 해야 고등 이후에 승부를 해 볼 수 있다고 생각합니다. 그 정도로 고등 내신, 수능은 중학과는 비교도 안 될 만큼 힘든 과정입니다.

다만, 중학교에서 아이가 스스로 공부하고 도전하는 태도는 부모가 도와줄 수 있다고 생각합니다. 초등에서부터 아이에게 좋은 공부 습관, 태도를 만들어줄 수 있습니다. 일단 스마트폰을 멀리하고, 대신 그 시간에 독서를 하는 것은 좋은 시작이 될 겁니다. 매일 놀고 싶은 순간을 잘 넘기고 스스로 공부를 하도록 도와야 할 겁니다. 그리고 무엇보다 자신이 좋아하는 것들을 인식하기 시작하면서 진로에 대해서도 생각해야 할 겁니다. 그렇게 비로소 쫓고 싶은 꿈이 생길 때 아이는 변할 겁니다. 그렇게 아이는 중학교에서부터 스스로 공부하고, 도전해야 합니다. 결국 고등 이후에는 혼자서 가야 하기 때문입니다.

자기 주도가 좋다는 것을 알면서도 초등에서부터 아이의 공부 습관을 위해서 부모가 아무런 노력을 하지 않는다면 이것은 무책임한 행동이라 생각합니다. 마치 아이가 건강하기를 바라면서 매 끼니마다 피자, 치킨을 주는 것과 비슷합니다. 기름진 음식을 매 끼니 먹은 아이는 나중에 달릴 수가 없게 됩니다. 마음은 있어도 행동으로 옮기기 어려워질 겁니다.

매일 스마트폰을 사용하면서 점점 중독되고, 책은 읽기 싫어지고, 꿈도 없이 수동적으로 주어진 숙제만 겨우 하는 식으로 공부한다면 이 아이는 중학교에서 절대로 자기 스스로 공부를 할 수 없습니다. 그때, 자기 주도 학습이 참 어렵다는 말을 부모는 할 수 없겠죠.

태어나면서부터 책상에 앉아 공부하는 아이는 없습니다. 모두 훈련의 결과라고 생각합니다. 그리고 이것이 타고난 것이 아니라면 어떤 가정에서도 매일 노력을 기울이면 충분히 할 수 있다고 생각합니다. 언제나 우리는 할 수 있다고 생각하고 도전하는 겁니다.

중학교 E등급 30%는 왜?

제가 최근 가장 많이 하는 고민은 학생들의 중학교 성적이 지나치게 낮다는 겁니다. 더 정확하게는 중학교에서 최하위 등급에 해당하는 E등급의 비율이 너무 높습니다. 전국적으로 30% 수준의 아이들은 중학교에서 과목별로 E등급을 받습니다. 초등학교에서 너도나도 사교육을 시키며 사교육 참여율이 85%에 육박한 이 시대에 30%는 도대체 어디서 튀어나온 걸까요?

이는, 초등에 잠재적으로 중등 E등급이 될 아이들이 있다는 의미겠죠. 초등 자녀가 있다면 한 번 물어보세요. 아이들이 모두 수업을 잘 듣고 있는지 물어보면 그렇지 않다고 아마 답할 겁니다. 물론 본인이 수업을 안 듣고 있다면 거짓말을 할 수도 있겠네요. 초등에서 1/3 정도의 아이들은 반에서 수업에 제대로 참여를 안 하고 있다고 합니다. 그들은 부모님들의 교육열과는 전혀 무관하게 공부에서 이미 멀어지고 있습니다.

저는 이 30%에 주목합니다. 전국의 학생 중에서 30%에게는 무언가 강력하게 공부와 멀어지게 하는 요소가 작용하고 있는 겁니다. 과학적으로 연구를 한 것은 아니기 때문에 증명할 길이 없지만, 뉴스 기사를 보면서 30이라는 숫자가 보이면 더 관심 있게 봅니다.

현재 청소년들의 스마트폰 과의존 비율이 30%쯤 된다고 합니다. 저는 이 지점에서 한 번 멈추어 생각하게 됩니다. 청소년들이 초등에서부터 스마트폰에 빠지기 시작했기에 중학교에서부터 완전히 공부와 멀어지고, 스마트폰에 더욱 의존하게 된 것은 아닐까요? 중학교에서 자녀가 E등급을 받으면서 스마트폰에 빠져 버렸다면 정말 심각한 문제가 발생합니다. 그리고 이 문제는 점점 심해질 뿐이지 해결책이 없습니다. 중독이 심해지면 치료가 시작되어야 하는데 그런 결정을 내리는 것도 쉽지 않을 것이고, 이런 상황을 원하는 가정은 절대 없을 겁니다.

초등에서부터 아이가 스마트폰에 빠져들고 있다면 저는 강력한 규칙을 정하고 이를 통제하기 위한 노력을 시작해야 한다고 생각합니다. 아이는 반발할 겁니다. 쉽지 않을 겁니다. 하지만 이때 명심해야 합니다. 이 문제를 해결하다가 아이와 관계가 힘들어질 수도 있지만, 스마트폰 중독을 그대로 두면 그 문제는 더더욱 커질 수 있고, 아이 평생에 영향을 미칠 수도 있습니다. 스마트폰에 중독된 아이는 공부만이 문제가 아닙니다. 20대 이후에도 몇십 년의 세월을 더 살아야 하는데 스마트폰 중독은 아이의 인생 내내 영향을 주게 될 겁니다.

그러니 부모는 용기를 갖고 한 번 스마트폰 통제에 도전할 필요가 있습니다. 그리고 이때 반드시 온 가족이 함께 노력해야 합니다. 정해진 시간, 공간에서는 스마트폰을 안 쓰기로 했다면 온 가족이 함께해야 합니다. 온 가족이 함께 스마트폰 없는 시간을 이겨내야 하고, 스마트폰 없이도 즐거울 수 있는 활동을 찾아야 합니다. 그렇게 한 팀이 되어서 이 문제를 해결해야 합니다.

앞으로도 30이라는 숫자에 주목하려고 합니다. 초등에서 4명 중 한 명에 해당하는 25%가 공부로 인해서 우울감을 겪고 있다는 기사도 보이고, 스마트폰 중독 비율, 스마트폰 도박에 빠지는 비율도 지켜보고 있습니다. 중학교에서 3분의 1 또는 그 이상 비율의 학생들을 공부와 멀어지게 만드는 요인들을 함께 고민합니다.

중학교, 아이들이 노력의 힘을
깨달을 수 있는 마지막 기회

저는 중학교 시기가 기회라고 생각합니다. 중학교는 초등과 달리 엄숙한 분위기 속에서 시험을 치르지만, 그럼에도 성적에 대한 부담은 적습니다. 외고, 국제고, 자사고 등을 갈 것이 아니라면 중학교 성적은 낮아도 상관이 없습니다.

중학교 성적은 아이들이 노력의 힘을 제대로 깨달을 수 있는 기회입니다. 초등에서 그 힘을 이미 느꼈다면, 자신의 노력에 대한 믿음을 강하게 만들 수 있는 기회죠. 초등에서 억지로 공부하면서 자신에 대한 믿음을 깨달을 기회가 없었다면, 중학은 그것을 경험할 수 있는 마지막 기회입니다.

고등학교 이후에는 여러 면에서 이런 성공 경험을 하기 어렵습니다. 고등학교에 입학하자마자 모의고사, 중간고사를 치르게 됩니다. 이때 원하는 성적이 나온다면 다행이지만, 확률적으로 그렇지 않을 확률이 훨씬 더 높습니다. 수능에서 주요 과목의 1등급은 전국 상위 4% 수준입니다. 그리고, 아이는 96%의 확률로 1등급이 안 나올 겁니다. 내신이 5등급제가 된다면 내신 1등급은 전교에서 상위 10%입니다. 그리고 90%의 확률로 자녀는 1등급을 못 받습니다. 숫자를 바탕으로 생각해야 과학적으로 생각할 수 있습니다. 1등급을 받고 싶은 것은, 바람에 불과하고 숫자를 생각해보면, 우리 아이는 1등급을 못 받을 확률이 압도적으로 높습니다. 거기서부터 시작하는 겁니다.

고등학교에서는 한 번 마음이 꺾이고 시작합니다. 거의 모든 학생에게 이런 일이 일어납니다. 그걸 미리 대비해야 합니다. 마음이 꺾인 다음에도 다시 일어날 수 있어야 합니다. 다시 일어나기 위해서는 무엇이 필요할까요?

- 따뜻한 부모님의 응원
- 미래에 대한 꿈
- 공부 루틴
- 자신의 노력에 대한 믿음
- 할 수 있다는 긍정적인 생각

이 중 한두 가지만 있어도 좌절하지 않을 겁니다. 그리고 이것을 기를 수 있는 기회가 중학교 때입니다. 초등 때는 시험을 보지 않기 때문에 시험에 대한 긴장이나 불안이 약하고 압박도 거의 없습니다. 그러나 중학은 다릅니다. 꽤 압박이 느껴지는 시험을 치르면서 아이는 고등에 대한 준비를 할 수 있습니다.

이 기회를 살려서 스스로 노력해서 등급을 하나라도 올린다면 아이는 자신감이 생길 겁니다. 이렇게 계속 노력하면 다음에는 더 잘 할 수 있을 것이라는 생각이 들 겁니다. 그 생각 하나가 고등 이후에 아이를 잠들지 않게 할 겁니다.

단 한 번도 자신의 노력을 깨닫지 못한 아이는 영영 그것을 모를 수도 있습니다. 그러니 중학교에서의 기회를 꼭 잡아야 합니다. 그것을 위해 초등에서부터 공부 습관을 만들고, 성취감을 느끼면서 시작하는 겁니다. 그렇게 아이는 스스로 공부하게 됩니다.

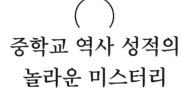

중학교 역사 성적의
놀라운 미스터리

전국 각지의 중학교 성적을 분석하면서 생긴 의문이 있습니다. 중3 때 배우는 역사 과목에서 E등급의 비율이 40% 수준으로 높다는 겁니다. 역사만 유독 못한다는 이야기는 아닙니다. 수학, 영어의 E등급 비율도 역사와 비슷합니다. 하지만 역사에 유독 의문이 생기는 이유는 수학, 영어보다 선행도 덜 필요하고 수업을 열심히 들으면 E등급을 피할 수 있을 것이라는 생각 때문입니다.

하도 이상해서 중학교 역사를 키워드로 검색하는 과정에서 다수의 학생이 역사를 어려워하고 있기에 맘카페에서도 아이의 역사 성적을 높이는 방법에 대한 문의들이 있는 것을 발견할 수 있었습니다.

중학생들의 역사 성적이 왜 60점이 안 나올까요? 역사가 그렇게 어려운 과목이었던가요? 저는 3가지 이유를 생각해 봅니다. 첫째, 이미 중학교에서 공부를 포기하는 아이들이 형성된 겁니다. 수학은 기본적으로 좀 어렵고, 영어도 백번 양보해서 좀 까다롭다고 칩시다. 역사는 수업 잘 듣고, 교과서만 열심히 봐도 60점은 넘을 수 있는 과목입니다. 하지만 공부를 싫어하고 안 하면 과목 불문하고 성적이 나올 수가 없습니다. 현재 중학교에서의 E등급을 분석해 보면 특정 과목의 성적만 낮지 않습니다. 전 과목의 E등급 비율이 비슷하고, 그중 역사, 사회 과목도 포함되어 있습니다.

역사 성적이 낮은 두 번째 이유로는 혹시 학생들이 역사 공부에 대한 동기를 못 찾는 것이 아닌가 생각해 봅니다. 막연하게 국·영·수는 고등에서도 필요할 것으로 생각하지만, 역사 과목은 그 중요도를 낮게 생각하는 것은 아닐까요. 혹시 이런 생각을 하고 있다면 입시에 대해서 전혀 파악하지 못한 겁니다. 2027년에 고3이 되는 학생들은 국·영·수·사·과 모든 과목을 공부해야 합니다. 전국의 수험생들이 선택 없이 똑같은 시험을 보게 됩니다. 사회 또는 과학 중에서 선택할 수 없고, 모두 공부해야 한다는 겁니다.

또 하나의 결정적인 원인을 생각해 볼 수 있습니다. 역사 교과서를 이해할 수 있는 문해력이 부족한 것입니다. 역사 교과서를 펼쳐 보니 거기에는 한자로 이루어진 개념어들이 다수 등장하고 있었습니다. 이 말들을 이해 못할 수 있습니다. 어려서부터 독서는 멀리하고, 스마트폰을 가까이한 아이들은 역사 교과서를 못 읽을 수 있습니다.

맘카페에 역사 성적이 낮으면 어떤 인터넷 강의를 들어야 하는지에 대한 질문들이 꽤 있습니다. 역사 성적만 유독 낮은 것이 아니라면 자녀의 전반적인 문해력이 부족한 겁니다. 이는 독서 부족으로 인한 문제입니다. 지금이라도 스마트폰을 내려놓고 글을 읽어야 합니다. 고등 입학 이후에는 중학과는 비교도 되지 않게 어려운 글들을 해독하고 문제를 풀어야 합니다.

역사 성적이 낮으면 지금 바로 책을 읽을 것을 권합니다. 아직 늦지 않았습니다. 중학교에서는 내내 기회가 있습니다. 그 기회를 잡기만 하면 됩니다.

좋은 성적의 기본은 결국,
학교 수업을 잘 듣는 것입니다

현재 입시판에서 무시할 수 없는 변수는 N수생들입니다. 과거에는 수능에서 아쉬운 결과를 얻은 수험생들이 한두 번 정도 재도전의 기회를 얻기 위해서 재수, 삼수했다면 현재는 상황이 다릅니다.

의대를 비롯한 성적 분포상 최상위권의 대학, 학과들을 목표로 한 N수생들의 비율이 점점 늘어나고 있습니다. 2024학년도 수능 응시자 중 N수생의 비율은 35.2%로 28년 만에 최고치를 기록했습니다. 그리고 입시 기관의 채점 결과를 보면 각 과목의 1, 2등급까지는 N수생이 현역 수험생들보다 더 높은 비율을 차지하고 있습니다. 현역은 3등급부터 N수생보다 많아집니다. 인서울의 주요 대학, 학과에 입학하기 위해선, 정시에서 1~2등급 수준의 성적이 필요한 것을 생각하면 정시에서 N수생의 힘은 막강합니다.

현실적으로 현역이라면 정시가 아닌 수시로 대학을 가는 것이 더 수월합니다. 이때 수시라는 것은 내신 성적을 기반으로 합니다. 중간, 기말고사에서 높은 등급을 받아서 그 성적을 바탕으로 입시를 치르는 겁니다.

중간, 기말고사에서 높은 점수를 얻기 위해서 어떤 능력이 필요할까요? 너무 기본적인 이야기이지만 수업을 잘 들어야 합니다. 내신 시험은 학교 선생님께서 출제하십니다. 학원의 도움, 외부의 조력이 중요할 것 같지만 가장 기본은 선생님이 진행하는 수업을 잘 듣는 것입니다. 저도 17년의 교직 경험이 있습니다. 시험출제를 할 때는 수업 시간에 다룬 내용을 바탕으로 합니다. 다른 교사와 같은 범위의 진도를 나갔을 때는 교차 검토하면서 수업에서 다루지 않은 내용이 없는지 확인합니다. 그리고 시험 기간이 다가오면 한두 시간 정도는 시험 범위에 대해서 질문을 할 수 있는 기회가 있습니다. 따로 수업이 끝난 뒤, 또는 교무실에서 선생님께 질문을 할 수도 있습니다. 이때 수업을 잘 듣고 정리한 학생은 굉장히 예리한 질문을 합니다. 수업을 잘 들었기 때문에 시험 문제와 직결되는 예리한 질문을 하는 겁니다.

고등학교에서 내신 최상위권인 학생 중에서 수업을 대강 듣는 학생은 없을 겁니다. 학교 밖에서는 선행, 학원 등이 성적을 좌우하는 것 같지만, 학교 안에서는 수업에 제일 집중하고 가장 많은 양을 공부하는 학생이 보통 전교 1등을 합니다.

고등학교에서 수업에 집중하는 연습은 중학교 때 시작됩니다. 그리고 중학교 때 수업을 잘 듣는 시작은 초등학교입니다.

그렇다면, 대한민국의 교육열에 비례해서 학생들은 수업을 잘 듣고 있을까요? 아니요. 절대로 그렇지 않습니다. 오히려 겉핥기식으로 선행을 하는 학생들이 늘어나면서 수업에 집중을 안 하는 아이들이 늘어납니다. 이른 나이에 공부에 질려 버려서 아예 공부 자체를 포기한 아이들도 점점 늘어납니다.

전교 1등도 어쩌면 학원에 다니고 있을 수 있습니다. 저는 학원의 교육 효과를 부정하는 것이 아닙니다. 학원 교육 이전에 갖추어야 할 우선적인 소양을 강조하는 겁니다. 수업에 집중하고, 수업의 내용을 제대로 이해하고 정리하는 것은 초중고 12년간 훈련되어야 할 필수 역량입니다.

스마트폰을 통제해야
아이의 성적이 정확히 보입니다

통제 변인Control Variable은 과학 실험이나 연구에서 독립변인과 종속변인 간의 관계를 명확하게 하기 위해, 일정하게 유지하거나 통제하는 변인입니다. 통제 변인은 연구 결과의 신뢰성을 높이기 위해 매우 중요합니다. 이를 통해 연구자는 독립변인원인이 종속변인결과에 미치는 영향을 명확히 파악할 수 있습니다. 여기까지가 제가 과학 시간에 배운 기초입니다.

자녀의 성적이 원하는 대로 나오지 않으면 원인을 찾아 나서야 합니다. 이 과정에서 다니던 학원을 바꾸기도 하고, 새로운 과외 선생님을 구하기도 합니다. 학원에 다니던 아이가 혼자서 공부하기도 하고, 학원을 안 다니던 아이가 새로이 학원을 가기도 합니다. 이처럼 우리는 기존 방식에 변화를 주면서 성적 향상을 꾀합니다. 원인 분석 과정에서 스마트폰은, 절대 빠져서는 안 되는 변인입니다. <노모포비아>라는 책에서는 한 학교에서 스마트폰을 통제한 연구를 제시합니다. 전교생에게 스마트폰 사용을 전면 금지했더니 흥미로운 결과가 나옵니다. 성적이 높은 학생들은 스마트폰 통제 후에도 성적이 오르지 않았습니다. 성적이 중위권, 하위권인 학생들은 스마트폰 통제 이후에 눈에 띄게 성적이 높아집니다. 스마트폰이 평소 학습에 유의미한 영향을 주고 있는 것입니다.

초등에서 공부를 점점 싫어하고, 공부를 왜 하는지 모르겠다고 외치는 아이는 그저 스마트폰을 더 쓰고 싶은 아이일 수도 있습니다. 중학교에서 원하는 성적이 나오지 않아서 고민하는 아이는 할 만큼 공부했다고 생각하지만, 사실 스마트폰을 사용하지 않는다면 그보다 훨씬 더 많은 시간을 집중해서 공부할 수 있는 아이입니다.

누구나 원하는 성적을 받을 수 없습니다. 아니, 대다수가 원하는 성적을 받지 못합니다. 이때 원인을 찾아 재도전하려 할 때, 정확한 원인 분석을 위해서는 반드시 스마트폰은 통제가 되어야 합니다. 확률적으로는 스마트폰만 제대로 통제가 되어도 성적은 올라갈 가능성이 매우 높습니다. 이는 실험에서 증명이 된 바입니다. 반대로 스마트폰이 통제되고 있지 않다면, 그것이 성적 상승을 가장 막고 있는 요인일 겁니다. 이를 우리가 모르지 않습니다. 스마트폰을 멈출 수 있는 용기, 결단력이 부족할 뿐이죠.

스마트폰을 참지 못하는 아이는
결국 공부와 멀어집니다

강연장에서 제가 제일 많이 언급하는 소재가 스마트폰입니다. 학생이 스마트폰을 포기할 수 없다는 것은 공부를 잘하고 싶은 각오가 없다는 겁니다. 부모님들께서 자녀 앞에서 계속 스마트폰을 붙잡고 있다면 자녀의 스마트폰 통제는 어려워집니다. 훤히 다 아는 사실입니다. 이 기기는 우리가 모두 내 몸의 일부처럼 사용하고 있기에 장단점을 너무나 잘 파악하고 있습니다. 장점도 분명 있겠죠. 하지만 우리는 솔직하게 들여다봐야 합니다. 여러분은 정말 이 기기를 똑똑하게 쓰고 있나요?

스마트폰이 제시하는 짧고 자극적인 콘텐츠들은 이미, 우리의 집중력을 빼앗아 가고 있습니다. 그렇게 10분, 30분씩 들여다보는 스마트폰에 뺏기는 시간이 모이고 모이면 하루에 수 시간이 되고, 이 시간이 누적되면 엄청난 양이 됩니다.

학생들은 굉장히 중요한 사실을 인지하지 못하고 있습니다. 자신이 스마트폰을 계속 쓰고 싶다는 것은, 공부해야 하는 간절한 동기나 이유가 없다는 것을 의미합니다. 우리가 설정한 목표가 강하다는 것은 내가 그 목표를 위해서 많은 것을 포기할 수 있다는 것을 의미합니다. 좋은 부모가 된다는 것은, 그만큼 내가 누리고 싶은 것들, 즐기고 싶은 것들을 포기하고 자녀를 위해서 희생할 수 있다는 것을 의미합니다. 드러누워 드라마를 보고 싶은데, 아이가 공부하고 있다면 옆에서 독서를 합니다. 이런 부모를 보통 좋은 부모라고 분류하죠. 목표가 있으면 참을 수 있습니다. 사실, 스마트폰을 참지 못하는 아이는 공부를 잘하는 학생이 되고 싶은 마음이 없는 겁니다.

누구나 공부를 잘하고 싶어 합니다. 하지만 이것은 바람, 욕망에 지나지 않습니다. 누구나 부자가 되고 싶어 하는 것처럼요. 여기에 노력이 수반되지 않는다면 이건 욕심이 되어 버립니다. 맨날 누워서 유튜브를 시청하고, 게임만 하는 한 청년이 100억 부자를 꿈꾼다면 이건 욕심 또는 망상에 지나지 않습니다. 바라는 미래가 있다면, 그 미래를 위해서 현재 내가 포기할 부분들, 노력할 부분들이 정리되어야 합니다. 그렇게 당장은 힘들어도 노력을 기울일 때 내가 원하는 미래가 다가옵니다.

2018년, 프랑스의 초중학교 스마트폰 금지 정책

2018년, 프랑스는 초등학교와 중학교에서 스마트폰 사용을 금지하는 법을 통과시켰습니다. 2024년 4월에는 전문가 집단이 어린이 스마트폰 사용 제한 지침에 관한 연구와 관련된 보고서를 제출합니다. 이 전문가 집단은 신경학자와 중독전문 정신과 의사 등 총 10명으로 구성되었습니다. 보고서의 주요한 내용은 다음과 같습니다.

< 프랑스의 2024년 스마트폰 연구 보고서 >

- 3세 미만 영유아 영상 시청 전면 금지

- 3~6세 교육적 콘텐츠 부모 동반 시청

- 휴대전화 사용은 11세부터 허용

- 인터넷 접속은 13세부터 허용

- SNS는 15세부터 접속

- 틱톡, 인스타그램, 스냅챗은 만 18세부터 접속

다른 나라들의 사례를 덧붙입니다. 캐나다 온타리오주 정부도 교내에서 전자담배와 함께 휴대전화 사용 규제를 강화했습니다. 온타리오 교육부의 새 정책에 따르면 2024년 9월부터 6학년까지의 학생들은 수업 시간 동안 휴대전화를 무음으로 유지해야 하고, 7학년부터 12학년까지의 학생들은 교사의 허가 없이 휴대전화를 사용할 수 없습니다. 영국, 스페인, 네덜란드, 그리고 미국 다수의 주에서도 수업 또는 학교 내 휴대전화 사용을 제한하거나 금지하는 정책을 시행 중입니다.

이러한 조치들에 대한 견해는 다양할 수 있지만, 개인적으로는 바람직한 시도라고 생각됩니다. 스마트폰을 통제하는 것은 학업 성취만을 위한 조치가 아닙니다. 성인인 우리도 스마트폰을 쓰면서 느끼는 점은, 스마트폰이 점점 중독을 유도한다는 겁니다. 이유는 간단합니다. 우리가 특정 앱을 사용하면서 오래 머무는 것이 곧 그들에게는 상업적 이익이기 때문입니다. 우리가 오래 머물러야 광고를 붙이고, 그 수익으로 그들이 돈을 버는 겁니다. 우리의 집중력, 시간이 곧 그들의 돈입니다. 유튜브의 알고리즘은 점점 정교해지고 있습니다. 기막히게 내가 본 영상을 바탕으로 추천 영상을 제시합니다. 그래서 우리는 때마침 제시된 추천 영상을 클릭하고, 그렇게 몇 개의 영상을 보다 보면 1~2시간은 우습게 지나갑니다. 저 또한 이 알고리즘을 크게 벗어나고 있지 않습니다.

하지만 아이들은 더 넓은 세상을 경험해야 합니다. 책을 읽고, 비판적으로 생각하며 통찰력을 갖추어야 합니다. 스마트폰 앱의 알고리즘이 제시하는 편협한 영상들에 갇히면 안 됩니다. 그런 의미에서 위의 조치들은 아이들을 위한 바람직한 방향이라고 생각합니다.

스마트폰의 발달 방향은 예상하기 어렵고, 이것이 가지고 올 부작용을 아이들이 그대로 겪어야 하는 상황입니다. 세계 각국의 사례들처럼 스마트폰에 대한 부모들의 고민, 과감한 결단이 필요한 때라고 생각합니다.

충격적인 초중고 학생들의
도박 경험 비중

스마트폰 관련한 문제들의 특징은 전례가 없다는 겁니다. 2007년, 아이폰이 출시된 이후 우리가 만들고 있는 문명들, 그리고 뒤따르는 부작용들은 모두 인류 최초의 것입니다. 개인적으로 스마트폰 도박 문제가 3년 이내에 사회 1면을 장식할 것으로 전망합니다.

스마트폰을 사용하는 아이들과 관련된 중독 문제의 핵심은 도파민입니다. 도파민과 관련된 핵심 개념은 내성입니다. 같은 수준의 쾌감을 느끼기 위해서는 더 많은 도파민이 분출되어야 하고, 이를 위해서는 더 큰 자극이 필요합니다.

스마트폰을 손에 쥐기만 해도 즐겁던 아이는 내성이 생기면 더 큰 자극을 추구하게 됩니다. 게임을 하면 좀 더 큰 자극이 나올 겁니다. 하지만 게임에서도 쾌감이 느껴지지 않는 순간 더 강렬한 자극을 쫓게 됩니다. 그렇게 청소년들이 도박과 마약까지 손대고 있는 겁니다.

마약, 도박 문제의 특징은 딱 한 번만 접하게 되어도 도파민이 폭발적으로 분출되면서 중독으로 이어진다는 겁니다. 살면서 한 번도 겪어 보지 못한 쾌감이 느껴지는 순간, 우리 뇌는 그 행동을 갈망하게 됩니다. 이는 두뇌가 있는 인간이라면 누구나 겪게 되는 일입니다. 청소년을 노리는 게임은 10초 만에 이들을 중독시킬 준비를 합니다.

어떤 부모라도 스마트폰을 처음 쥐여주며 아이가 도박에 빠질 것으로 생각하지 않을 겁니다. 하지만 통계는 우려스러운 상황을 반영합니다. 한국도박문제예방치유원의 2022년 실태조사에서는 전국 초중고 학생 1만 8,444명 가운데 판돈이 걸린 도박을 경험한 비중이 38.8%에 이른다고 합니다. 도박을 처음 경험한 평균 연령도 11.3세라고 하네요. 믿을 수 없을 정도의 충격적인 결과입니다.

언제든지 쉽게 도박 사이트에 섭근할 수 있는 용이성, 딱 10초 만에 승부가 나는 게임을 하면서 순식간에 도파민이 분비되고 보상회로가 작동되는 점, 도파민은 내성으로 인해서 갈수록 더 큰 자극을 추구한다는 점 등은 청소년들을 점점 스마트폰 도박으로 유혹합니다. 청소년들의 스마트폰 도박 문제에 대한 기성세내의 문제 인식 수준이 낮고, 강력한 개입이 이루어지고 있지 않은 상황을 종합해 볼 때 청소년 도박 문제는 갈수록 심각해질 것으로 전망됩니다. 우리 아이 손에 들린 스마트폰은 언제든지 심각한 문제로 이어질 수 있음을 인지해야 합니다.

중학교에서 스스로 공부할 수 없다면
아이는 결국 이렇게 됩니다

현재 입시의 가장 큰 특징은 난도가 매우 높다는 겁니다. 극심한 경쟁 속에서 수능, 고등 내신의 난도가 심하게 높아져 버렸습니다. 우리 중 일정 비율은 공부에 유리한 요인들을 갖고 있습니다. 과거에는 그런 아이들이 해당 학년이 되어서 두각을 나타내며 최상위권이 되었다면, 이제는 그런 아이들이 선행을 합니다. 일정 비율의 공부에 유리한 자질이 많은 아이가 선행을 하는 과정에서 정말 공부를 잘하게 됩니다. 현행을 하는 우등생도 그들의 수준에 맞추기 위해서 과거와는 비교도 안 되게 공부를 많이 합니다. 그 과정에서 일정 비율의 극상위권이 형성되었고, 고등 내신, 수능은 그 아이들을 변별해야 하는 상황에 놓이게 되었습니다. 그래서 시험이 계속 어려워지고 있는 겁니다. 수능 영어의 경우는 더 어려워지기 어려운 정도까지 어려워졌습니다. 이런 상황에 대한 안타까움은 뒤로 하고, 이 상황을 해결할 수 있는 해법을 알아봅니다. 중학교에서는 자신의 힘으로 내신 100점에 도전해야 합니다. 이 정도의 미션을 해결할 수 없다면, 고등 이후 공부에서의 경쟁력이 없을 것으로 생각합니다. 하지만, 현실은 중학교에서 본질을 벗어난 관행들이 두드러집니다.

첫 번째는 현행이 완성되지 않은 선행입니다. 자녀가 중학교에서 전과목 100점에 가까운 점수를 받은 이후 선행을 하는 것은 문제가 없습니다. 중학교 수준은 소위 씹어 먹었기 때문에 다음 단계인 수능으로 넘어가는 것은 합리적이라 판단됩니다. 하지만 중학교 내신에서 A등급이 나오지 않는 상태에서 고등을 넘보는 것은 어리석은 일입니다. 중학교 내신이 A등급이 안 나오는 가정에서 주로 나오는 이야기는 시험이 어렵다는 겁니다. 하지만, 전국의 어떤 중학교 시험도 고등 내신, 또는 수능 시험보다 어려울 수가 없습니다. 시험의 범위, 난도 면에서 고등 대비 중학은 매우 수월한 수준입니다. 그래서 중학교 수준을 씹어 먹지 못하면 고등에서 경쟁력이 없는 겁니다.

두 번째는 내신 점수를 올리기 위해서 학원의 힘을 너무 많이 빌리는 겁니다. 학원 선생님들도 입시의 전문가들이기 때문에 중학생들이 중학교 과정을 꼼꼼하게 마스터해야 하고, 늦어도 중3 때에는 고등 선행을 해야 한다는 사실을 잘 알고 계십니다. 하지만 점점 공부의 목적도 없고,

습관도 없고, 심하면 인성도 갖추지 못한 아이들이 늘고 있으며, 이 아이들의 내신 성적을 관리해야 하는 과정에서 당장, 내신 성적을 올리기 위한 수업을 할 수밖에 없습니다. 평소에 공부를 안 하던 아이들이, 학원 선생님의 초인적인 노력으로 겨우 성적을 유지한다 해도 결국, 고등에 진학하면 금방 무너집니다.

중학교에서 A등급의 의미는 점수 그 이상입니다. 생각해보세요. 시험에서 100점을 받는 여정은 수개월 전에 수업을 들을 때부터 시작됩니다. 수업을 집중해서 듣고, 내용을 복습합니다. 스스로 배운 내용을 익히고, 관련된 문제를 푸는 연습을 합니다. 문제집에서 심화, 응용문제를 풀어 보면서 계속해서 공부합니다. 그리고 시험 기간에는 스스로 계획을 세우고, 이를 실천하기 위해서 노력합니다. 시험 때 실수 없이 모든 문제를 풀어낼 때 100점을 비로소 받을 수 있습니다. 수업을 안 듣는 아이가 학원의 도움으로 80점 이상을 받는 것은 아무 의미가 없습니다. 이유는 뭘까요? 고등학교에서 전 과목 내신을 학원의 도움을 받을 것이 아니라면, 아이가 혼자서 내신을 대비하는 역량을 미리 길러야 하기 때문입니다. 그리고 고등학교 내신은 시험 범위가 중학교 대비 말도 안 될 정도로 많기에 타인의 도움으로 시험 대비를 하는 것은 불가능합니다. 평소에 꾸준히 수업 내용을 내 것으로 만들 수 있고, 스스로 시험 대비를 할 수 있는 아이들만 고등에서 경쟁력을 갖습니다.

결국 중학교 공부의 핵심은 시행착오를 감수하면서 아이가 스스로 100점에 도전하는 겁니다. 특정 과목 성적이 유독 낮아서도 안 됩니다. 고등 내신에서는 국·영·수·사·과 모든 과목이 중요하기 때문입니다. 중학교에서 스스로 공부할 수 없으면 고등에서는 더더욱 스스로 공부할 수 없습니다.

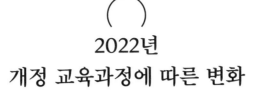

2022년
개정 교육과정에 따른 변화

중학교 학부모님들이 워낙 많이 하시는 고민을 함께 이야기해 봅니다. 2022 개정 교육과정이 시작되면 특목고가 대학 가기에 유리하다는 뉴스 보도들을 보면서 이 주제에 대해서 막연한 생각을 가지실까 염려가 되어 함께 이야기해 봅니다.

현재의 교육과정에서는 고등학교에서 내신을 9등급으로 나눕니다. 새로운 교육과정인 2022 개정 교육과정에서는 등급을 5개로 나눕니다. 2025년에 고1이 되는 학생들부터는 아래와 같이 내신 등급의 구간이 바뀌게 됩니다. 1등급, 2등급을 따기가 고등에서 수월해짐을 의미합니다.

9등급제	상위(누적)	5등급제	상위(누적)
1등급	~4%	1등급	~10%
2등급	~11%		
3등급	~23%		
4등급	~40%	2등급	~34%
5등급	~60%		
6등급	~78%	3등급	~66%
7등급	~89%		
8등급	~96%	4등급	~90%
9등급	~100%	5등급	~100%

　이제 외고, 국제고, 과학고를 가더라도 내신을 따기가 쉬워지니까 입시에서 유리하다고 말할 수 있을까요? 저는 그렇게 단정할 수 없다고 생각합니다. 내신 9등급제에서, 대학에서는 일반고와 특목고의 내신 합격선을 다르게 잡고 있습니다. 인서울의 주요 대학, 그것도 이과 계통에 진학하려면 일반고 내신 1등급이 필요합니다. 특목고에서는 3등급 정도가 필요합니다. 대학에서는 일반고 내신 1등급과 특목고 내신 3등급을 비슷한 역량으로 여기는 겁니다.

　그런데 내신 5등급제가 되면 어떤 상황이 벌어질까요? 일반고에서는 여전히 무조건 내신 1등급을 받고, 여기에 더해서 활동도 열심히 하고,

수능까지 준비해야 합니다. 내신의 변별력이 약해진 만큼 다른 능력을 증명해야 할 겁니다. 어쨌든 내신은 무조건 1등급이 필요합니다. 그렇다면 특목고의 사정은 어떨까요? 9등급제에서의 3등급은 5등급제에서 2등급에 해당합니다. 특목고에서 적어도 2등급은 받아야 인서울 대학 지원 자격이 있을 겁니다.

내신 5등급제가 되면 일반고에서는 내신 1등급, 특목고에서는 내신 2등급이 필요할 겁니다. 퍼센티지로 따진다면 9등급제와 크게 다를 것도 없습니다. 정말 세밀하게 해석하자면 9등급제에서는 특목고 3등급이 상위 23%고, 5등급제에서 2등급은 상위 34%까지니까, 약 10% 정도는 5등급제에서 여유가 생긴 셈입니다. 하지만 이 10%를 바라보면서 특목고가 이제 내신 따기 유리하니까 진학을 권하는 것은 동의하기 어렵습니다. 이는 특목고의 사정을 정말 잘 모르는 이야기가 아닌가 합니다.

정책이 바뀌었으니,
특목고가 유리할까요?

외고, 국제고, 과학고와 같은 특목고의 성적 특징은 단순합니다. 공부를 잘하는 학생들이 참 많습니다. 통상적으로 이를 모의고사 1, 2등급 이내에 드는 학생들의 비율로 따집니다. 보통은 전교생 중 70~80%의 학생들이 모의고사 2등급 이내에 포함됩니다. 1등급과 2등급은 엄연히 다른 등급이긴 하지만, 모의고사에서 1~2등급이면 모두 상위권으로 분류할 수 있는 학업 역량이 뛰어난 학생들입니다. 그렇다면 특목고는 약 70% 정도의 학생들이, 학업 역량이 비슷한 겁니다.

자, 그러면 앞선 페이지의 내신 9등급제를 다시 한번 살펴봅시다. 상위 70%는 내신 9등급제에서 몇 등급에 해당하죠? 6등급입니다. 이 말

인즉슨, 특목고에서는 내신 1등급에서 내신 6등급까지의 학업 역량이 크게 차이가 나지 않는다는 겁니다. 그러면 어떤 일이 벌어집니까? 중간고사에서 6등급을 받은 학생이 기말고사에서 1등급으로 갈 수 있습니다. 자주 볼 수는 없지만 분명 저는 이런 일을 다수 목격했습니다. 이는 일반고에서는 있을 수 없는 일입니다. 일반고에서 내신 6등급인 학생은 모의고사 1, 2등급 수준이 절대로 아닙니다. 보통 모의고사도 5~6등급 수준인 경우가 많습니다. 그래서 내신 6등급인 학생이 다음 시험에서 1등급을 받는 일은 현실적으로는 불가능하다고 보시면 됩니다.

자, 그러면 다시 특목고 이야기를 해봅니다. 특목고는 내신 1~6등급 사이에서 등급의 등락이 정말 심합니다. 현행 내신 9등급제에서는, 특목고에서 받은 내신 성적을 대입에 쓰기 위해서는 적어도 3등급~4등급은 받아야 합니다. 과거보다 성적이 약간 상향 평준화 되고 있어서 3등급은 받아야 합니다. 3등급이면 상위 23% 수준입니다. 내신 5등급제에서 2등급은 상위 34%였습니다. 특목고에서 내신 2등급을 받거나 유지하는 것은 정말 어려운 일입니다. 특목고의 전교생 중 70%의 학업 역량이 비슷하다면 내신 1~3등급은 얼마든지 오르내릴 수 있는 상황입니다. 이번 시험은 1등급이지만, 다음 시험은 언제든지 3등급이 될 수 있습니다.

그래서 내신 5등급제가 된다고 해서 내신 경쟁이 수월해지고, 대입에 유리하다는 말에 저는 개인적으로 절대 동의를 할 수 없습니다. 물론 극상위권은 조금 상황이 나아집니다. 9등급제에서 상위 4%인 1등급을 유지하는 것은 너무나도 힘든 일입니다. 특목고라면 1등급을 유지하기 위해서는 상상을 초월하는 노력이 필요합니다. 그럼에도 운이 없거나, 친구들이 더 열심히 공부하면 1등급에서 금방 내려오게 됩니다. 그러니 내신 5등급제에서 극상위권은 상위 10%인 1등급을 유지하는 것이 좀 여유로워집니다. 이는 분명합니다.

문제는 우리 자녀가 특목고에서 극상위권인지를 알 수가 없다는 겁니다. 특목고에서도 압도적인 전교 1등은 1명 있을까 말까입니다. 대부분은 성적이 오르내립니다. 내신을 나눠 먹는다고 하죠. 잘하는 아이들이 너무 많아서 1등급을 유지하기 어려운 겁니다.

주변에서 특목고가 유리하다는 말만 듣고, 무조건 특목고에 지원하지 마실 것을 권합니다. 그렇다면 특목고는 누가 가야 할까요? 그리고 일반고는 누가 가야 할까요?

특목고 선택을 고민하는
가정을 위한 체크리스트

외고에서 입학을 담당하는 부서에 4년을 있었습니다. 중학생들을 선발하는 업무였습니다. 입학을 담당하는 부서에서 근무하면 문의 전화를 많이 받습니다. 그중에서 가장 안타까운 전화가 막연하게 서울대 몇 명 보냈는지를 물어보는 전화입니다. 물론 학교에서 서울대를 얼마나 보낼 수 있는지는 중요합니다. 단 1명도 서울대를 보낼 수 없다면 그 학교의 수업, 프로그램, 생활기록부 작성 요령이 전국 대비 경쟁력이 약한 겁니다. 하지만 서울대를 진학한 인원수보다 더 중요한 것이 있습니다. 이는 특목고에 입학한 학생들의 생활 루틴과 관련 있습니다.

특목고는 각 수업에서 요구하는 것들이 참 많습니다. 학교에서 활동도 정말 많이 합니다. 동아리도 많습니다. 특목고에 입학하는 순간 할 것들이 정말 많습니다. 그리고 이들은 거의 모두 교육과정에서 배우는 내용들과 관련 있습니다. 아이가 특목고생이 되는 순간 먹고 자는 시간을 제외한 시간의 90%가량은 교육과정상의 수업에서 요구하는 활동들을 하게 됩니다. 그렇다면 학생이 해당 학교의 교육과정에 관심이 있어야 합니다. 외고에 진학할 것이라면 해당 외국어에 깊은 관심과 흥미가 있어야 합니다. 실력은 입학 이후에도 기를 수 있다면, 일단 관심과 흥미가 있어야 합니다. 중국어에 관심도 없는 학생이 그 학교가 서울대를 많이 보냈다고 해서 외고에 진학하는 것을, 저는 추천하지 않습니다. 과거에는 이런 사례들도 크게 문제가 되지 않았습니다. 20년 전에는 수능 시험으로 대학을 갔기 때문에 중국어를 좋아하지 않아도 수능만 잘 보면 대입 전략에는 문제가 생기지 않았습니다.

하지만 이제는 시대가 바뀌었습니다. 게다가 고교학점제가 2025년에 본격 시행이 되면, 학생은 자신이 원하는 과목을 선택하고 이 수업을 적극적으로 들어야 합니다. 그리고 이 수업에서 보여주는 모습이 생활기록부에 기록이 되고, 이것이 대입을 위한 유의미한 자료가 됩니다. 만약 중국어를 싫어하는 아이가 외고에서 중국어 수업을 들으면서 내내 시큰둥한 태도로 참여하지 않는다면 결코 좋은 평가를 받을 수 없을 것이고, 대입에도 문제가 있지만, 결정적으로 학생 본인이 학교생활이 재밌지 않을 겁니다.

그런 의미에서 다음 페이지에서 특목고 선택을 위한 체크리스트를 제시합니다. 무엇보다도 외고, 국제고, 과학고에서 배우는 과목, 내용에 관해 관심 있어야 한다고 생각합니다. 학교 홈페이지를 클릭해 보면 매년 교육과정을 정리한 파일들이 있습니다. 다운받으셔서 어떤 과목을 배우는지 아이와 함께 알아보세요. 과목명만 보고 배우는 내용을 짐작하기 어려우시다면, 인터넷 검색만 해보시면 추가 정보를 알 수 있습니다. 그리고, 특목고의 가장 큰 특징은, 모든 아이가 선발되었기 때문에 나름의 역량이 있다는 겁니다. 이곳에 진학하는 순간, 결코 중학교에서처럼 1등이 될 수 없음을 알아야 합니다. 내가 1등이 아니어도, 때로는 좌절하더라도 무너지지 않고 끈질기게, 해야 할 공부를 놓치지 않는 그런 학생이 특목고 생활에 유리합니다.

< 특목고 선택을 고민하는 가정을 위한 체크리스트 >

* 'Y'가 많을수록 특목고에 적합합니다.

해당 특목고의 교육과정에 흥미가 있는가?	☐ Y	☐ N
스스로 공부를 계획하고 수행할 수 있는 능력이 있는가?	☐ Y	☐ N
실패를 잘 극복할 수 있는 회복탄력성을 가지고 있는가?	☐ Y	☐ N
스트레스를 잘 처리할 수 있는 편인가?	☐ Y	☐ N
친구들과의 협업에 능숙한 편인가?	☐ Y	☐ N
꼭 1등이 아니어도 인재들과 어울리는 것을 좋아하는가?	☐ Y	☐ N
기숙사 생활 등 단체 생활에 필요한 기본이 되어 있는가? (정리 정돈, 규칙 준수, 예의, 배려 등)	☐ Y	☐ N
다양한 일들을 하면서 바쁘게 지낼 때 시너지가 나는 편인가?	☐ Y	☐ N

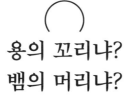

용의 꼬리냐?
뱀의 머리냐?

중학교에서 듣게 되는 말 중에 용의 꼬리, 뱀의 머리라는 말이 있습니다. 고등학교 선택을 고민할 때 특목고를 가서 용의 꼬리가 될 것인지, 일반고를 가서 뱀의 머리가 될지를 고민하는 겁니다. 이 질문에 명확하게 답을 할 수는 없습니다. 특목고에서의 성공, 실패 사례가 모두 존재하고, 일반고에서도 성공, 실패 사례가 너무나도 다양하게 있습니다. 교육계에는 우리가 생각할 수 있는 거의 모든 사례가 존재합니다. 그러니 어떤 선택을 하더라도 길은 있지만, 또 그만큼 선택이 많아서 고민스럽기도 합니다.

입시라는 것이 결과론적인 해석이 다수라서, 특목고를 가서 성공하면 중학교 때 올바른 선택을 한 셈이 되는 것이고, 일반고를 가서 원하는 대학에 간다면 역시 중학교 때 잘 선택했다고 여깁니다.

저는 조금 다른 이야기를 하고 싶습니다. 혹시 특목고를 보내려고 생각하신다면 조금 더 아이를 독립적으로 키우시면 어떨까 합니다. 특목고에 지원할 정도면 어려서부터 아이가 잘했을 겁니다. 부모의 자랑이었을 수 있습니다. 하지만 그 과정에서 아이가 자생력이 너무 약하면 고등학교 이후에 어려움이 있을 수 있습니다. 아이가 귀하고 예쁜 만큼, 독립할 수 있는 역량을 키워 줘야 특목고에 가서도 생활을 잘할 겁니다.

아주 기본적인 것부터 시작합니다. 특목고는 주로 기숙사 생활을 하기에 엄마 없이도 기숙사 생활에 필요한 기본적인 것들을 할 수 있어야 할 겁니다. 정리 정돈도 해야 하고, 청결도 유지해야 합니다. 단체 생활에 필요한 에티켓도 알아야 할 겁니다. 모든 것은 부모가 다 해주고 아이는 공부만 한 경우에는 정말 기본적인 것들을 모를 수 있습니다. 단체 생활에서 이런 부분은 문제가 됩니다. 친구 관계에서도 조금 더 단단해야 합니다. 사람들이 모이면 갈등이 생기기 마련이죠. 학교에 머무는 시간이 긴 특목고의 경우에는 일반고보다 이런 갈등이 생길 여지가 더 많다고 생각합니다. 이런 부분에서도 학생이 조금 더 단단할 필요가 있습니다. 친구를 너무 배척할 필요는 없겠지만, 친구 관계에 너무 연연해서도 자신의 할 일을 제대로 할 수 없습니다.

무엇보다 특목고에 입학하는 순간, 나는 더 이상 1등이 아니라는 생각을 가져야 합니다. 1등이 아니어도 자신의 하루를 묵묵하게 버틸 수 있는 능력이 있어야 합니다. 용의 꼬리가 되기 위해서 가장 중요한 역량입니다.

일반고를 뱀으로 표현하는 것은 적절치 않으나 흔히 하는 비유이니 일단 뱀이라 칭하겠습니다. 일반고에서 뱀의 머리가 되는 것도 쉽지 않습니다. 어느 일반고라 하더라도 약 10% 정도는 열심히 공부하기에 이 중에서 1등급을 차지하고 극상위권이 되는 것은 쉽지는 않습니다. 물론 새로운 교육과정에서는 내신 5등급제가 시행되기 때문에 1등급의 비율이 10%로 확대되기는 합니다. 하지만 내신의 변별력이 약해진 만큼, 다른 부분에서 자신의 역량을 증명해야 합니다.

내신 성적 외에도 수능을 준비하는 것은 기본이 될 겁니다. 일반고의 1등급들은 상당수가 수능 준비를 겁냅니다. 내신 준비만 하기에도 시간이 없는데 수능까지 준비할 수 없다고 생각하는 겁니다. 하지만 냉정하게 일반고 1등급의 내신 성적이 인서울 주요 대학의 합격을 절대 보장하지 않습니다. 앞으로는 더더욱 그럴 거고요. 그렇다면 뱀의 머리가 되기 위해서는 정말 머리에 걸맞게 공부를 많이 해서 내신과 수능을 모두 잡아야 합니다. 그리고 보면 용의 머리나, 뱀의 꼬리나 둘 다 매우 어렵다는 생각이 듭니다.

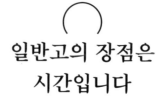

일반고의 장점은
시간입니다

특목고의 장점이 분명 있습니다. 특히 적성이 맞는 학생들이 진학하면 정말 행복하고 보람 있는 학교생활을 할 수 있습니다. 그렇다면 일반고는 누가 갈까요?

제가 생각하는 일반고의 장점은 '시간'입니다. 처음 들어보시는 이야기일 수 있습니다. 특목고에서는 시간이 없습니다. 수업 내외에서 요구하는 것들이 많기에 개인적으로 마음 잡고 공부할 시간이 없습니다. 여기서 마음 잡고 공부를 한다는 것은 수학 성적이 안 나올 때 하루에 3시간 정도 묵직하게 공부를 할 수 있는 그런 시간이 없다는 겁니다. 물론 특목고에서는 그렇게 바쁘게 매일 한 활동의 결과들이 쌓여서 나중에 대학에 갈 때 유용하게 쓰이긴 합니다. 서로의 장단점이 명확히 있는 겁니다.

일반고의 장점을 제대로 살리기 위해서는 시간을 잘 써야 합니다. 보통의 일반고는 오후 5시면 학교 일정이 끝이 납니다. 과거에는 야간 자율학습을 강제로 해서 밤까지 학교에 머물렀지만, 이제는 이런 부분이 자율이 되었습니다. 오후 5시면 집에 가도 됩니다. 오후 5시부터 저녁 12시까지 공부를 한다면 7시간을 공부할 수 있는 겁니다. 하루 7시간씩 1년을 공부하면 2,555시간이 나옵니다. 약간 과장하면 1년에 3천 시간. 3년이면, 조금만 더 노력하면 1만 시간을 공부할 수 있습니다. 1만 시간의 법칙에서 말하는 그 1만 시간을 고등 3년 동안 달성할 수 있는 거죠.

하루 7시간 공부가 쉽지 않겠지만, 특목고 대비 일반고는 그만큼 많은 시간이 있다는 말씀을 드리는 겁니다. 특목고도 저녁 5시 이후에 공부하면 되지 않냐고 생각하시겠지만 각 수업에서, 학교에서 제출하라는 것만 제출하기에도 하루가 모자란 것이 일반적인 특목고생들의 생활입니다. 당장 모의고사에서 수학 성적이 낮게 나와도 이걸 매일 마음 먹고 공부해서 올리는 것이 쉽지 않은 환경이라는 말이죠.

단, 일반고에서 시간이라는 장점을 제대로 이용하기 위해서는 스스로 계획하고 이를 실천할 수 있는 주도적인 공부 능력이 필요합니다. 이 연습은 중학교 때부터 필요합니다. 빠르면 초등에서부터 시작되어야 합니다. 하지만 보통은 어떤 일이 일어납니까? 초등에서부터 주도적으로 공부하지 않습니다. 중학교에서는 내신을 혼자 준비하지 못해서 외부의 조력에 더 많이 의존하게 됩니다. 그렇게 고등학교에 진학하게 되면 그 많은 시간을 스스로 사용하지 못합니다. 고등에서도 물론 학원의 힘을 빌려도 되지만 고등학교의 모든 과목을, 외부의 힘만으로 성적을 유지하는 것은 불가능합니다. 그렇게 결국 공부를 못 하게 되는 경우가 다수입니다.

스스로 계획하고 공부하지 못하는 학생에게 시간이 많은 것은 오히려 독이 됩니다. 긴 시간 동안 딴짓하면서 공부에 집중을 못 하기에, 시간이 오히려 성적에 악영향을 주는 겁니다.

특목고는 정말 가고 싶은 아이가 가야 한다고 생각합니다. 외고, 국제고, 과학고에 대한 흥미와 적성을 모든 아이가 보여주는 것이 아닙니다. 대다수의 아이는 일반고에 진학하게 될 것입니다. 그렇다면 어려서부터 시간을 제대로 활용하는 방법을 꼭 익혀야 합니다. 그렇게 시간은 그들의 무기가 될 것입니다.

특목고에서 경쟁력을 갖추기 위해
필요한 2가지 요소

특목고에 재직하고 있을 때의 일입니다. 아내가 인터넷에서 본 특목고에 가는 방법을 이야기하면서 정말 이렇게 공부를 많이 해야 하는 것이냐고 물어봅니다. 그 글은 특목고에 자녀를 진학시킨 부모가 자녀의 교육 커리큘럼을 정리한 글이었습니다. 어려서부터 체계적으로 선행을 해서 특목고 입학까지 성공한 사례였습니다.

당연히 그분은 사실만을 말하셨지만, 이것은 단 하나의 사례에 불과하다는 것을 인지해야 합니다. 특목고 진학과 관련해서 어느 정도까지 선행을 해야 하는지에 대한 많은 의견이 존재합니다. 이 정보들을 보면서 선행을 적당히 하고 있거나, 선행을 하지 않는 가정에서는 불안을 느낍니다. 특목고에 재직하면서 수많은 사례를 보았습니다. 선행은 공부를 잘하는 아이들의 필요조건이 될 수 없습니다.

특목고에 입학하는 아이들의 선행 정도는 생각보다 다양합니다. 엄청나게 진도를 빼고 오는 아이들도 있고, 현행만 해서 입학하는 아이들도 있습니다. 외고, 국제고 등의 특목고 입학에는 영어 또는 주요 과목들의 중학교 내신 성적이 필요합니다. 선행의 정도는 평가하지 않기 때문에 현행만 꼼꼼하게 하고도 당연히 특목고 입학이 가능합니다.

선행을 시키는 분들의 경우에는 특목고에 입학한 이후에도 아이가 경쟁력을 갖기를 바라기 때문일 겁니다. 하지만 특목고의 내신 시험에서 경쟁력을 갖기 위해서는 절대 선행이 결정 요인이 될 수 없습니다. 물론 당연히 기본기는 있어야 합니다. 영어 과목의 경우 고1 모의고사에서 90점을 넘을 수 있는 역량 정도는 준비하고 오면 좋습니다. 다만 이것만으로는 내신에서의 경쟁력을 확보할 수 없습니다. 특목고는 전교생의 70~80% 정도가 모의고사 성적이 비슷합니다. 2등급까지의 비율이 전교생의 70~80% 수준이기 때문에, 여기서 다시 한번 경쟁해야 합니다.

성적을 잘 받기 위해 필요한 것은 크게 2가지라고 생각됩니다. 첫째는 현행을 집요할 정도로 공부할 수 있는 능력이 필요합니다. 수업을 듣고, 내용을 정리하고, 수업에서 강조한 내용을 스스로 정리할 수 있는 능력이 필요합니다. 영어 수업의 경우는 주로 영어 원서를 선정해서 수업하는데, 이는 미리 준비해서 올 수 있는 영역이 아닙니다. 주로 겨울 방학 동안에 영어 교사가 교재를 선정하고 준비해서 3월부터 수업하기 때문에, 미리 이를 알고 대비를 한다는 것이 불가능합니다. 그래서 더더욱 현행 진도를 스스로 꼼꼼하게 따라갈 수 있는 능력이 필요합니다.

둘째로 더 중요한 것은 회복탄력성입니다. 전교생 중 적어도 상위 50% 안에서는 성적의 등락이 심합니다. 그들의 역량이 크게 차이가 나지 않기 때문에 내신 성적이 1등급에서 6등급까지 오르락내리락합니다. 중학교 때는 상상하기 어려운 일이죠. 중학교 때는 각 반에서, 또는 전교에서 1등을 하던 학생들이 고등학교에 가서는 성적이 뚝뚝 떨어지는 경험을 하게 됩니다. 이것은 선발 집단의 특징입니다. 노력한다고 해서 무조건 높은 성적이 보장되지 않습니다. 그럼에도 좌절하지 않고 묵묵하게 노력하는 태도가 필요합니다. 중학교에서 스스로 공부해서 성적을 올려 본 경험은 고등에서 큰 도움이 됩니다. 그렇다면 오히려 현행하면서 자기 노력의 힘을 인지한 학생들이 유리할 수도 있는 겁니다.

특목고 대상 학원에 다니면
절대적으로 유리할까요?

특목고 아이들이 다니는 학원은 큰 특징이 있습니다. 특목고의 내신에서 다루는 내용은 일반고와 크게 다르고, 수준이 높기에 특목고 내신을 전문으로 하는 학원이 거의 없습니다. 주로 주요 과목별로 1개 정도의 학원이 있고, 학생들은 다 똑같은 학원에 다닙니다. 영어 과목의 경우, 하나의 학원이 있고, 아이들이 다닌다면 이 한 곳의 학원만 다니는 겁니다. 그렇다면 학원에 다니면 절대적으로 유리할까요?

특목고에 재직할 때의 일입니다. 저희 반 아이가 자신이 다니는 영어 학원의 교재를 친구에게 보여줬다는 이유로 학원에서 쫓겨났다고 합니다. 내막은 알 수 없으나 아이의 말로는 그렇다고 합니다. 저는 참 어이가 없었습니다. 그 교재라는 것이 기밀 자료가 아닙니다. 면학실에 가면 아이들 책상에서 쉽게 찾을 수 있습니다. 그렇다면 그 학원에서 공들여 정리한 그 자료는 다른 이들은 봐서는 안 될 정도로 가치가 높을까요?

내신 문제를 출제하는 교사인 제가, 마음만 먹으면 그 교재 내용을 훑어보고 예상한 문제가 단 하나도 안 나오도록 출제를 할 수 있는 상황입니다. 실제로 수능 같은 시험에서는 사설 기관들의 문항들을 구해서, 수능에 동일한 문항이 출제되지 않도록 노력을 기울이기도 합니다. 저는 굳이 그렇게는 안 했습니다. 그 이유는 학원을 돕기 위해서가 아닙니다.

배운 내용에서 가장 중요한 부분은 이미 어느 정도 정해져 있습니다. 고등학교 내신에서 주로 모의고사 영어 지문을 시험 범위로 잡는다면 다음과 같은 일반적인 특징을 갖게 됩니다. 기본적으로 주제가 명확한 지문이 활용도가 높습니다. 주제가 드러난 부분을 빈칸 문제로 변형할 수 있습니다. 주제가 드러난 부분에 어법 요소가 들어가 있다면 이를 서답형 문제로 출제할 수 있습니다. 연결어, 대명사가 포함된 지문은 글의 순서, 문장 삽입 문항으로 변형할 수 있습니다. 이런 특성들은 수능 영어 문항 출제의 기본 원칙이기 때문에 저는 이 원칙대로 문항을 출제합니다. 학원의 예상 문제를 피하고자 이 원칙을 어기면 스스로 공부하는 학생들이 피해를 볼 수 있습니다. 그래서 저는 기본 원칙에 따라서 문항을 출제한 겁니다. 이후에 학원 측에서 문항에 적중했다고 광고할 수 있겠지만,

그긴 제가 굳이 학원의 문항들을 고의로 피하지 않았기 때문입니다. 이는, 학원에 다니지 않는 학생들에게 피해를 주지 않기 위해서입니다.

그렇다면 학원에 다니는 아이들이 성적의 최상위권을 차지할까요? 절대로 그렇지 않습니다. 어느 학교에서든 최상위권의 필수 조건이 학원이 될 수 없습니다. 극상위권일수록 학원을 거의 다니지 않습니다. 그들은 각 과목의 기본기가 빼어나고 스스로 내신을 대비하는 과정을 완성했기 때문에 학원이 필요가 없는 겁니다.

학원에서 찍어주는 문제를 기대하면서 학원에 다니는 학생 중에 최상위권은 거의 없습니다. 기본 실력은 약한데 족집게처럼 누가 문제에 적중해주기를 기대한다면 절대로 1등급에 들어갈 수 없습니다. 이런 생각을 하고 있다면 학원에서 90% 이상의 적중률을 갖춘 문항을 제시해야 하는데 그것은 현실적으로 어렵습니다. 몇 문항 정도는 위에서 언급한 것처럼 적중을 합니다. 이는 일반적인 출제 원리에 따라서 출제했기 때문입니다. 하지만 이 문항은 실력이 있는 학생들은 도움 없이 풀 수 있습니다. 학원에서 적중한 몇 문제를 맞힌다고 해도 나머지 대부분의 문제를 자신의 실력으로 풀어야 하므로 결국 실력이 부족하면 성적이 떨어지게 되어 있습니다. 묵묵히 자신의 실력을 쉼 없이 연마하고, 누구보다 더 열심히 오랜 시간 동안 공부하는 학생이 1등을 차지합니다.

앞서가는 공부로 효과가 어느 정도 보장되는 것은 초등이 끝입니다

어른으로서, 투자할 때 명심해야 할 것이 있습니다. 영원한 호황은 없습니다. 주식에 관심이 있으신가요? 전설적인 투자자인 워런 버핏 Warren Buffett이 한 말이 있습니다. 자기 후손에게는 개별 종목에 투자를 권하지 않고, 미국의 500개의 대형 상장 기업의 주가를 바탕으로 한 S&P500S&P500 Index 지수를 추종하는 ETF 상품에 투자를 권할 것이라는 겁니다. 1957년에 처음 도입된 S&P500 지수는 연간 차트를 보면 쉼 없이 우상향했습니다. 그 가치가 쉬지 않고 올랐다는 의미입니다. 그렇다면 이 지수에 투자했던 모든 사람이 큰 이익을 거두었을까요? 한 번이라도 투자해 본 사람이라면 그렇지 않으리라는 것을 알 겁니다. 왜 그럴까요?

아무리 역시상 가장 우상향했던 종목이라도 들여다보면 하락 또는 폭락의 시기가 있었습니다. 그 시기를 버티지 못하면 큰 손실을 겪게 됩니다. 위기를 대처하는 능력에 따라서 수익 여부가 결정됩니다. 영원히 오르기만 하는 자산은 없습니다. 위기의 시기를 잘 극복하는 능력은 투자할 때 가장 중요한 부분입니다.

초중고 12년간, 자녀가 공부하는 동안에 위기가 없을까요? 앞서가는 공부로 효과가 어느 정도 보장되는 것은 초등학교 때까지가 끝이라고 생각합니다. 그것도 요즘은 초등 저학년에서나 효과가 어느 정도 눈에 띄지, 고학년만 되어도 공부를 어려워하는 아이들이 속출합니다.

위기는 중등 이후에 본격적으로 찾아옵니다. 배우는 내용이 어려워지고, 학습량이 많아집니다. 누구나 거뜬히 배우는 내용을 소화할 수 없습니다. 이는 앞서 살펴본 중학교 내신 E등급의 비율로도 증명되고 있습니다. 초등에서 중등 내용을 앞당겨서 배운다고 해서 거뜬히 시험에서 높은 성적을 받지 못합니다. 중학생들에게는 중학교 때 배우는 내용이 어렵게 느껴지기 때문입니다. 결국 아이들은 어려운 과제에 도전해야 합니다. 이해가 안 되는 개념을 기필코 이해해 내야 하고, 버거운 양의 공부를 감당해야 합니다. 이 연습이 필요합니다. 공부를 잘한다는 것은 예나 지금이나 쉽지 않습니다.

위기는 언제나 찾아옵니다. 공부는 어느 순간 반드시 힘들어집니다.

이걸 미리 알고 대비해야 합니다. 이 사실을 안다면 백신 접종이 필요합니다. 아이가 힘들어하는 경험을 계속해서 해야 합니다.

기본적으로 아이들은 학교에서 치르는 시험을 수월하게 통과하지 못합니다. 초등학생에게는 초등에서 배우는 내용이 버겁습니다. 교육과정이라는 것이 그들의 인지 발달에 맞게 설계가 되었기 때문에 미리 배우면 어렵게 느낍니다. 또한 해당 학년 때, 해당 학년의 내용을 배우는 것도 그리 쉽지만은 않습니다. 그런 의미에서 학교에서 치르는 진단평가, 단원평가를 꼼꼼하게 대비해야 합니다. 어떤 때는 밤늦게까지 준비해도 됩니다. 그렇게 오랜 시간 준비해서 결국 원하는 성적을 얻었을 때 아이는 노력의 힘을 깨닫게 될 겁니다. 그리고 다음번에 더 어려운 과제를 만났을 때도 노력하면 할 수 있다고 믿게 될 겁니다. 또 다른 위기가 찾아왔을 때도 지난번 위기를 극복했던 경험과 지혜를 살려서 극복할 겁니다. 그렇게 아이는 스스로, 중등 이후의 과정의 위기들을 하나하나 넘으면서 레벨업을 하게 됩니다.

Part
7

다섯 번째 교육 이야기

고등학교 이야기

고등학교에 입학한 뒤
두 달 만에 깨닫는 불편한 진실

현재 대한민국 교육의 특징은 선행입니다. 세계 어느 나라보다도 빨리 공부를 시작해서 달려가고 있습니다. 초등에서 수능까지를 잡는 커리큘럼을 다룬 책들이 베스트셀러에 이름을 올립니다. 생각은 자유이지만, 고등학교 현장에서 아이들을 평생 지켜본 저는 차마 그런 커리큘럼을 제시할 수 없습니다.

고등학교에 입학하면 3월에 모의고사를 한 번 치르고, 4월에 중간고사를 실시합니다. 그리고 두 달 만에 깨닫게 되는 것들이 있습니다. 첫째로, 상상을 초월하는 시험 범위와 높은 난도에 대응해야 합니다. 암기 불가능한 수준의 범위를 울면서 대비해야 합니다. 중학교 때 공부가 아무리 힘들었다고 해도 고등에 비하면 모두 장난이었다는 것은 고1들은 깨닫습니다. 선생님들이 악독해서가 아닙니다. 선생님들이 저지를 수 있는 최악의 실수는 100점이 너무 많아서 1등급이 없어지는 겁니다. 현재 시스템이 그렇습니다. 만점자가 4% 이상 수준으로 나오면 1등급이 없어집니다. 전교생 200명 중에서 8명의 1등급을 가려내기 위해, 시험 범위는 계속 늘어나고, 시험 난도는 높아집니다. 선생님은 미안해 죽고, 애들은 힘들어 죽습니다.

더 큰 문제는 1등급 수준이 아닌 대다수의 학생에게 발생합니다. 이들은 이 시험에 대응을 못 합니다. 내신 9등급제에서는 96%의 아이들이 내신 1등급을 받지 못합니다. 이들에게 시험 범위는 감당할 수 없을 만큼 많고, 시험의 난도는 너무 높습니다. 원하는 등급이 결국 나오지도 않았습니다. 이때, 학생들은 좌절할 수밖에 없습니다. 포기가 빠른 해결책이라고 생각할 수도 있습니다. 이번 생은 망했다고 여길 수도 있습니다.

이런 상황이니까 더 빨리, 더 미리, 더 많이 공부해서 1등급을 받아야 하는 것이 아니냐고 생각하실 수 있습니다. 맞습니다. 그런 생각이 모이고 모여서 지금 이런 상황을 만든 겁니다. 남들보다 더 빨리 공부를 시작해서 더 많이 공부해야 한다는 그 마음이 모이고 모여서, 내신도 수능도 수준이 끝까지 올라왔습니다. 그렇게 94년도 이후 실시된 대학에서의 수학 능력을 판단하는 시험은, 옥스퍼드 대학생들도 영어 영역에서 100점을 받지 못합니다.

시험이 너무 어려워졌기 때문에 아이러니하게도, 어설프게 공부를 앞당겨 한 것은 크게 도움이 되지 않습니다. 미리 공부했든, 지금 공부하든, 지독하게 파고들어야 한다는 점만이 진실입니다. 왜? 시험이 너무 어렵기 때문입니다.

그렇게 지독하게 공부할 수 있는 학생들은 해볼 만하고, 어설프게 적당히 기본만 했던 학생들은 고등 이후에 원하는 성적을 받기 어려워집니다. 원래 그런 겁니다. 그런 의미에서 지금 적당히 선행을 하고 있다면 큰 효과를 보장하기 어렵습니다. 또, 현행을 하더라도 놀 것 다 놀면서 공부하고 있다면 역시 성적은 나오지 않을 겁니다. 참 어렵죠.

기성세대가 선행을 유행시켰고, 그 결과 시험이 어려워졌으며, 시험이 너무 어려워져서 선행으로는 효과를 보기 어려워졌습니다. 뒤얽힌 실타래처럼 상황이 어려워졌습니다. 이 상황에서 아이가 건강하게 공부하기 위한 이야기를 계속해 봅니다.

고등학교에서 공부를 잘하기 위해
반드시 필요한 '이것'

'초중등에서 공부의 목적을 찾아야 한다, 독서해야 한다, 진로 고민
해야 한다, 스마트폰 줄이고 공부 습관 만들어야 한다..' 이런 이야기를
하면 공허한 메아리가 될 때가 많습니다. 왜냐하면 대다수의 가정에서
'진도'에 집중하고 있기 때문입니다. 남들 하는 만큼 또는 남들보다 6개
월, 1년 이상의 진도를 빨리 나가는 것에 집중합니다. 하지만 고등학교
에 입학하자마자 치르는 중간고사에서, 한 과목의 1등급 비율은 전교생
의 4%입니다. 96%의 학생들은 원하는 등급을 받지 못합니다. 물론 상
위 4%를 목표로 초등에서부터 달리는 것도 하나의 전략이 될 수 있습니
다. 하지만 냉정해져야 합니다. 우리 아이는 4% 이내에 들면서 1등급을

달성할 확률보다, 그렇지 못할 확률이 20배 이상 높습니다. 그렇다면 1등급을 못 받고 시작하는 상황에 대한 대비가 필요합니다.

96%는 원하는 것을 얻지 못한 채로 시작합니다. 현행을 했든, 선행을 했든 만족스럽지 못한 결과를 받는 것이 시작입니다. 이때 가장 필요한 것은 다시 도전할 수 있는 태도와 마음입니다. 여기에서 내신을 바로 포기하는 학생들도 다수입니다. 내신을 포기하고 정시에 올인을 생각하거나 심하면 자퇴를 생각합니다. 극소수의 학생은 이렇게 성공하기도 합니다. 하지만 이들의 경우는 경쟁이 치열한 학군지에서 내신은 밀렸지만, 정시 역량은 빼어난 경우가 다수입니다. 일반적인 지역에서는, 원하는 내신 성적을 받지 못하는 아이가 정시에서 성공할 확률은 거의 없습니다. 가슴 아픈 이야기이지만 100명의 교육 전문가에게 물어도 똑같은 말을 할 겁니다. 우리 학교 친구들과의 경쟁에서도 밀렸는데, 전국의 초고수들과 경쟁하겠다는 것은 합리적인 선택이 아닙니다.

내신을 포기하고 정시를 선택하는 학생들은 도피 기제를 갖고 있습니다. 정시에 자신이 있어서가 아니라, 내신 등급을 올리는 것이 힘들 것 같아서 도망가고 싶은 겁니다. 문제는 정시에서의 경쟁자는 눈에 안 보여서 그렇지, 내신 경쟁자보다 훨씬 더 막강한 상대라는 것입니다. 무엇보다 이렇게 도망가는 마음으로는 성과가 나오지 않습니다. 도망가지 말고 맞서 싸워야 합니다. 낮은 내신 등급에도 굴하지 않고, 싸워서 등급을 올려야 합니다. 내신 성적을 올릴 수 있는 역량이 있어야 정시에서도 좋은 결과를 기대할 수 있습니다.

고등에서 공부를 잘하기 위해서는, 포기하지 않는 근성을 갖는 것이 기본입니다. 그리고 이에 대한 대비가 초중등에서부터 필요합니다. 크고 작은 어려움을 아이가 겪을 때 부모가 모조리 도와줘서는 안 됩니다. 마음이 힘들고, 원하는 결과가 나오지 않았을 때도 아이가 다시 도전할 수 있는 연습을 스스로 해야 합니다.

대다수의 아이는 좌절 속에서 어정쩡한 고등 시절을 보냅니다

현재 고등학교의 내신 9등급제는 1등급이 상위 4%입니다. 전 과목 평균 1등급은 이보다 확률이 더 낮겠죠. 96%는 원하는 등급을 받지 못합니다. 이 비율을 모르지 않으실 겁니다. 그렇기에 초중등에서 더더욱 공부에 박차를 가하는 것 같습니다. 하지만 확률을 다시 한번 바라봅니다. 우리 아이가 운 좋게 1등급을 받으면서 고등 생활을 시작하면 참 좋겠지만, 이것이 상대평가이기 때문에 우리 가정에서 정말 말도 안 되는 수준으로 앞서가거나 하는 것이 아니라면 고등에서 1등급을 못 받고 시작할 겁니다.

중간보다 조금 더 잘했을 때 3~4등급이 나옵니다. 중간이 5등급이거든요. 내신 3~5등급을 받으면 내신으로 목표하는 대학에 가는 길은 멀어질 겁니다. 이것이 고등학교 입학 이후 대다수의 학생에게 주어지는 현실입니다.

더 큰 문제는 내신도, 정시도 90% 이상의 학생들에게는 도전 불가 수준으로 어렵다는 겁니다. 왜? 기성세대가 극상위권을 만들었기 때문입니다. 내신 경쟁에서, 수능에서 이기기 위해서 초등에서부터 엄청난 교육을 받고, 아이가 재능, 성향이 뒷받침되어 이 교육을 모두 수용하게 되면 엄청난 극상위권이 만들어집니다. 그리고 이 극상위권을 변별해야 하기에 내신, 수능은 어려워집니다. 시험 범위가 말도 안 되게 늘어나고, 시험의 난도가 높아집니다. 이게 우리 교육이 가지고 있는 근본적인 문제입니다. 시스템, 제도도 문제가 있지만 결국, 부모의 욕심 때문에 만들어지는 극상위권 때문에 그들을 변별하느라 90% 이상의 학생들이 좌절합니다.

그 좌절의 수준은 좀 심각하죠. 시험을 한 번 보고 나면 해볼 만하다고 생각하지 않습니다. 학생은 이렇게 생각합니다. '정시에 올인할래.' '못하겠다. 자퇴할래.' 그러나 이건 도망가기 시작하는 겁니다. 내가 정시에 대단히 자신이 있어서 정시에 올인하는 학생은 없습니다. 내신으로는 도저히 자신이 없으니까 정시로 피난 가는 겁니다. 하지만 내신에서 밀린 학생이 정시로 성공하는 사례는 거의 없다고 보시면 됩니다. 그렇게 대다수의 아이는 좌절 속에서 어정쩡한 고등 시절을 보냅니다.

함께 고민하고 싶은 지점은 초중등에서 앞서가는 것뿐 아니라, 공부를 끝까지 해내기 위한 다양한 역량을 길러야 한다는 겁니다. 꿈이 강하게 있는 아이는 끝까지 공부할 겁니다. 공부하는 루틴이 확실한 아이는 묵묵하게 공부할 겁니다. 부모와 대화가 잘 통하고, 부모가 내내 용기를 주는 집에서는 아이가 포기하지 않고 공부를 할 겁니다.

앞으로는 내신 5등급제가 되면서 1등급의 비율이 10%까지 늘어납니다. 하지만 여전히 90%의 가정은 1등급을 받지 못합니다. 이 좁은 관문에 들기 위해서 진도만을 빼서는 안 됩니다. 여기에 들지 못하는 순간 순식간에 무너지고, 그 이후에는 대처가 정말 어렵습니다. 초중등에서 하나하나 혼자 해 보는 경험, 혼자 해보고 실패하는 경험, 다시 일어나서 공부해 보는 경험, 이런 것들이 이상적인 이야기가 아닙니다. 고등 입학 이후에는 그게 다 피가 되고 살이 되는 경험이었음을 바로 알게 됩니다.

2025년부터 본격적으로 시행되는
고교학점제

자녀가 2025년에 고1이 되는 가정에서는 고교학점제 때문에 고민이 많으실 겁니다. 2025년 고1이 되는 세대부터 고등에도 고교학점제가 본격적으로 시행이 됩니다. 고교학점제는 학생이 자신이 공부하고 싶은 과목을 선택하고, 이를 이수해서 학점이 쌓이면 졸업을 할 수 있는 제도입니다. 2025년에 고1이 되는 가정에서는 우리 가정만 갑작스러운 변화를 겪게 된다고 생각하실 수 있지만, 사실은 그렇지 않습니다. 이미 벌써 고등학생들은 과목을 선택하고 있습니다.

- 고1 → 공통과목이라고 해서 전교생들이 같은 과목을 공부합니다.
- 고2, 고3 → 자신이 선택한 과목을 공부하게 됩니다.

이미 이런 식으로 학생들은 과목을 선택하고 있습니다. 그래서 2025년에 본격적으로 고교학점제가 시행될 때의 상황도 어느 정도 예견할 수 있습니다. 2025년에 고1이 되는 학생들은 아래와 같은 상황을 겪을 겁니다.

- 학생들은 과목 선택을 주저합니다.
- 자신이 무엇을 좋아하는지 확신이 없는 경우가 다수입니다.
- 세상의 기준에 내내 흔들립니다.

고1이면 17살입니다. 아직 어린 나이가 맞습니다. 17살에 전공, 진로에 관한 중요한 결정을 한다는 것은 분명 부담스러운 일입니다. 하지만 이 결정을 피할 수 없는 상황입니다. 그리고 그 누구도 내 인생의 중요한 결정을 대신해 줄 수가 없습니다. 나이가 어리다는 이유로 이 결정을 타인에게 위탁한다는 것은 말이 되지 않습니다. 그것은 이 결정이 부담스러우니까 책임을 회피하는 것에 불과합니다.

어려서부터 내내 공부만 하면서 자기 내면에 관심을 가지지 않은 학생들이 다수입니다. 이는, 학생들의 잘못만은 아닙니다. 대한민국의 교육 환경이 그들에게 공부만을 강요한 탓입니다. 경험이 부족하고, 독서를 할 시간이 확보되지 않았기에 학생들은, 자신과 세상에 대해서 충분한 생각을 할 기회를 부여받지 못했습니다. 초등에서는 선행에 시달리고, 중학교에서는 중간, 기말고사 공부하는 것을 전부로 알았으며, 나머지 시간은 공부로 받은 스트레스를 스마트폰 등으로 달랩니다. 이렇게 초중등 시절을 보낸 고1은 당연히 자신의 진로에 대해서 확신이 없습니다. 그런 상황에서 고2 때부터 배울 과목을 선택하라고 하니 막막해지는 겁니다. 선택에 자신이 없으니 상담도 받고 주변의 도움을 구합니다.

하지만 근본적으로 자신이 무엇을 좋아하는지는 지난 시간 동안 발굴했어야 했습니다. 그것은 오직 자신만이 정확하게 인지할 수 있는 개념입니다. 고교학점제를 생각한다면 더더욱 어릴 때부터 경험을 쌓고 독서를 해야 합니다. 세상이 돌아가는 상황도 부지런히 살펴야 하고, 무엇보다 자기 내면의 목소리에 귀를 기울여야 합니다.

내신 5등급제가 되면
누가 유리할까?

2025년에 고1이 되는 학생들부터는 입시에서 가장 큰 변화 중 하나가 예고되어 있습니다. 바로, 내신 9등급제가 5등급제로 바뀌는 것이죠. 이를 다시 한번 표로 정리하면 다음과 같습니다. 각각의 등급은 누적 비율을 표시했습니다. 내신 5등급제의 경우 1등급은 상위 10%, 2등급은 그다음 24%이기에, 누적했을 때 상위 34%로 표시했습니다.

	내신 9등급제	내신 5등급제
1등급	~4%	~10%
2등급	~11%	~34%
3등급	~23%	~66%
4등급	~40%	~90%
5등급	~60%	~100%
6등급	~77%	
7등급	~89%	
8등급	~96%	
9등급	~100%	

　　5등급제가 되면 내신 경쟁이 수월해지기에 특목고, 자사고가 유리할 것이라는 전망이 나오고 있는데 저는 이에는 동의하지 않습니다. 특목고에서 적어도 2등급은 받아야 인서울 주요 대학교에 지원이 가능할 것인데, 극상위권을 제외하면 특목고에서 상위 30% 수준에 드는 것은 쉽지 않습니다.

　　확실하게 이야기할 수 있는 것들이 있습니다. 우선 내신의 경쟁력이 약해집니다. 과거보다 1등급의 비율이 2.5배 늘어납니다. 2등급은 3배 이상 늘어났습니다. 기존에는 일반고에서는 내신 1~2등급, 특목고에서는 내신 1~3등급까지를 경쟁력이 있는 내신 등급이라고 보았다면, 이제는 상황이 달라졌습니다. 내신이 5등급제가 되어도 여전히 1등급은 중요할 겁니다. 2등급 일부에게도 인서울 주요 대학에 합격할 수 있는 자격이 주어질 것입니다. 하지만 입시에서 내신 성적이 증명하는 바가 약해지기 때문에 다른 역량들이 중요해질 겁니다.

내신이 절대적인 힘을 발휘하던 입시판에서, 내신의 힘이 약해지면 수험생은 자신의 역량을 다른 방법으로 증명해야 합니다. 이때, 수능 성적은 가장 확실한 역량의 지표입니다. 내신보다 더 확실하게 자신의 학업 역량을 증명할 수 있습니다. 과거에는 내신 1점대면 수능의 도움 없이도 입시에서 성공할 가능성이 높았다면, 이제는 수능까지를 준비해야 할 겁니다. 적어도 수능 최저의 도움을 받아야 입시에서 유리할 겁니다.

또한 자신의 진로에 대해서 더욱 깊이 있게 파고들어야 할 겁니다. 이는 고교에서의 과목 선택, 그리고 선택한 과목에서의 활동으로 이어집니다. 자신이 선택한 과목에 대해서 진심으로 흥미가 있어야 하고, 관심을 바탕으로 수업에 적극적으로 참여해야 합니다. 이에 대해서 선생님께서 생활기록부에 적어주시는 기록들이 입시에서 큰 힘을 발휘할 겁니다.

특목고, 일반고 어디를 가더라도 내신 등급만을 유지하기 위해 모든 힘을 쏟아서는 원하는 결과를 얻지 못할 수 있습니다. 내신의 부담이 살짝 줄어든 자리에 수능, 수업 내외에서의 전공 관련 활동이 들어온 것 같아서 안타까운 마음이 듭니다. 상대평가라는 경쟁 시스템 하에서 학생이 수월하게 입시에서 성공하는 방법은 없는 것 같습니다.

다만, 기왕 해야 하는 공부라면, 자신이 관심 있는 과목을 재밌게 듣고, 그만큼 열심히 공부하는 길이 있습니다. 피할 수 없다면 즐기라는 말이 여기에도 적용이 될지는 모르겠습니다.

2028년 대입의 변화
'무엇이 중헌디'

　교육 현장에서 변화는 언제나 불안을 불러일으킵니다. '2028 대입 개편안'이라고 해서 2027년 고3이 되는 학생들이 대학을 갈 때 큰 변화가 예고되어 있습니다. 교육에 관심을 가질 여유가 없는 초등 이하의 부모님들은 단번에 이해하기 어려울 정도로 다소 큰 변화가 예고되어 있습니다. 우리 자녀가 나중에 손해를 보는 일이 없도록 무엇이 중요한지 같이 정리해보겠습니다.

　몇 가지만 함께 생각해봅시다. 대학은 누구를 뽑고 싶을까요? 역량을 갖춘 학생들을 뽑고 싶을 겁니다. 그들이 자신들의 대학에 와서 훌륭한 인물이 되어야 대학의 위상이 높아집니다. 대학에서는 매년 역량 있는 자원을 뽑기 위해서 치열한 머리싸움을 하고 있습니다. 가령 수능 성적이 무조건 높은 학생들로 입학 인원을 100% 채우면 어떨까요? 아마 입학한 자원의 다수가 자퇴하고 더 상위권 대학을 가기 위해서 수능에 재응시할 겁니다. 이미 서울의 주요 대학들에서 일어나고 있는 일입니다.

대학을 다니다가 자퇴하는 인원의 비율을 '중도 탈락률'이라고 합니다. 애써 뽑은 학생들이 자퇴하지 않도록 대학은 고민 중입니다. 통상적으로 수시보다 정시로 선발된 학생들의 중도 탈락률이 높고, 무전공 학과에서 중도 탈락률이 높습니다. 최근 정부의 정책으로 확대되고 있는 무전공 학과는 대학교 1학년 때는 무전공 학과로 입학해, 2학년 때 학과를 배정받는 방식입니다. 이때 원하는 학과에 배정받지 못하는 학생들이 자퇴하는 것으로 보인다는 것이 전문가들의 견해입니다. 대학의 입장에서는 무전공 학과는 수험생들을 유인하는 데에 효과적입니다. 하지만 무전공 학과로 입학한 학생들이 2학년이 된 후, 자퇴하면서 고민이 깊어지는 겁니다. 이에 대한 고민이 계속될 겁니다.

잠시 다른 이야기를 했지만, 이처럼 대학은 역량 있는 인재를 뽑고, 그들이 대학을 계속 다닐 수 있게 하기 위해, 계속해서 고민 중입니다.

대학에서 고등학생의 역량을 판단할 수 있는 기준은 3가지 입니다.

1. 내신 등급

2. 수능 성적

3. 생활기록부의 기록

우선, 내신 등급의 힘이 2028 대입에서는 매우 약해집니다. 기존의 내신 9등급제가 내신 5등급제가 되기 때문입니다. 기존에는 전교생 중 상위 4%가 1등급을 받았다면, 이제 10%가 1등급이 됩니다. 1등급이 2.5배가 더 늘었습니다. 과거보다 내신 1등급의 힘이 줄었습니다. 그만큼 상대적으로 수능 성적은 중요해집니다. 내신의 변별력이 약해지면서 그 자리를 수능 성적이 채웁니다. 이제는 내신 상위권 학생들에게 수능 대비는 필수가 될 겁니다.

생활기록부의 기록도 더 중요해집니다. 역시 내신의 힘이 약해지기 때문입니다. 생활기록부에는 학생에 대한 많은 기록을 담을 수 있습니다. 그중에서도 각 과목의 선생님들이 학생에 대해서 학기마다 적어줄 수 있는 항목이 있습니다. 모든 과목의 선생님들에게 꽤 많은 기록을 받아서 모아 놓으면 그 학생에 대한 유의미한 데이터베이스가 됩니다. 이부분에서 유의미한 기록을 받기 위해서는 2가지가 필요합니다.

1. 전공에 대한 관심

2. 탐구 능력

전공에 대한 관심은 앞으로 더더욱 입시에서 중요해질 겁니다. 이는 고교학점제와도 연결되어 있습니다. 고교학점제는 학생이 고2 때부터 고3 시기까지 자신의 전공과 관련하여 자신이 듣고 싶은 과목을 선택하고, 이를 이수하여 일정 학점이 모이면 졸업이 인정되는 제도입니다. 가장 중요한 점은 학생 자신이 전공에 대한 관심이 있어야 한다는 점입니다. 자신이 좋아하는 분야가 확실하고, 관심도가 높으면 수업에서도 활약하게 됩니다. 그렇게 수업에 적극적으로 참여하면 선생님께서도 좋은 기록을 해주실 겁니다. 탐구 능력은, 학생이 자신의 관심사를 호기심을 갖고 주도적으로 파고 드는 능력을 말합니다. 이는 수업 내외의 다양한 활동에서 드러납니다. 자신의 관심사를 찾고, 이를 능동적으로 파고 드는 연습을 시작해야 합니다.

그렇게 내신 성적, 생활기록부의 기록, 그리고 바라건대 수능 성적까지를 갖춘다면, 바뀌는 입시에서도 흔들리지 않고 원하는 결과를 얻을 수 있을 겁니다. 무엇보다 이 글을 읽으시는 가정에서 막연하게 공부만 잘하고 보자는 식의 접근은 피할 것을 강조해 드립니다. 과거보다 내신, 수능의 변별력이 다소 떨어진 시대가 기다립니다. 현역으로서 고3 때 한 방에 대학에 합격하고 싶다면 자신의 진로, 전공에 대해서 관심을 가지면서 초등에서부터 학교 활동에 적극적으로 참여하며 능동적인 학교 생활을 하는 연습을 해야 합니다.

부모라면 아이에게
이 말을 계속해 줘야 합니다

평범한 지역의 일반계 고등학교에서 전교 1등 수준의 아이들이 카이스트, 포항공대 등에 입학합니다. 대단한 성과입니다. 다만 이들 학교에 입학한 졸업생들이 학교를 방문해서 들려주는 이야기가 있습니다. 바로, 입학하고 1학년 때 너무나도 자존감이 내려가고 힘들다는 겁니다.

카이스트, 포항공대에는 과학고, 영재학교 출신 학생들이 다수 있습니다. 일반계 고등학교와 다른 수업을 받고, 고등학교 때 논문까지 쓴 학생들과 대학에서 경쟁하는 과정에서 자존감이 바닥까지 내려가는 겁니다. 학교생활을 열심히 했고, 최고 수준의 내신을 받아 대입까지 성공했는데 대학 입학 이후에 또 다른 도전이 기다리는 거죠.

대한민국에서 명문대의 영향력을 무시하기 어렵고, 다수의 가정에서 초중고 12년 동안 대입에 몰두합니다. 하지만 꼭 명심해야 할 것은 대학 이후에도 도전은 계속된다는 겁니다. 이 도전은 빠르면 특목고, 특목중에서도 일어납니다. 선발 집단 이야기입니다. 선발된 집단에는 나보다 배경이 좋고, 역량이 뛰어난 이들이 있을 수밖에 없습니다. 내가 모든 면에서 1등을 할 수가 없습니다. 어쩌면 모든 면에서 꼴찌일 수도 있겠죠. 하지만 나 또한 선발되었다면 나만의 특장점이 있는 겁니다. 나는 그것으로 싸우는 연습을 해야 합니다. 인생에서 높은 목표를 가지고 나아갈수록 이런 도전은 계속됩니다. 대학 입학이 끝이 아니고, 대기업 취업이 끝이 될 수 없습니다. 계속해서 괴물 같은 역량과 배경을 가진 이들과 어깨를 겨루며 내 것을 해야 합니다.

저는 그런 의미에서 초중등에서 주변보다 조금 더 앞서가기 위한 공부에 크게 의미를 두지 않습니다. 자신만의 강점과 약점을 찾아내고, 나만의 길을 묵묵히 가는 연습이 필요합니다. 남들보다 조금 더 뒤처진 상황에서도 내 힘으로 하나하나 해내는 경험은 아이의 평생의 자산이 될 것이라 믿어 의심치 않습니다.

SNS로 인해 의도치 않게 비교하고, 비교당하는 세상입니다. 끝없는 비교 속에서도 나의 길을 묵묵히 걸어가기 위한 역량이 필요합니다. 부모라면 아이가 있는 그대로 사랑스럽다고, 빛난다고, 너의 길을 걸어가라고 계속해서 말해줘야 할 겁니다.

교육의 격차 vs.
사회의 격차

2023년, EBS에서 방영한 '교육의 격차'라는 프로그램을 기억하시나요? 부모의 격차, 지역의 격차, 가정환경의 격차가 입시의 격차로 이어지는 대한민국의 현실을 다룬 프로그램이었습니다. 보는 내내 부정할 수 없는 현실에 부모로서 마음이 무거워졌던 기억이 납니다.

공부를 잘하기 위해서 노력하는 가정에서는 공부를 통한 자녀의 성공을 바랄 겁니다. 이때 반드시 명심할 것이 있습니다. 우리 가정의 아이는 평생 격차와 싸워야 합니다. 어쩌면 전교 1등을 해도 그 아이를 기다리는 것은 엄청난 격차일 거예요.

싱거운 이야기이지만, 저는 공군 장교로 군 복무를 했는데, 함께 훈련 받은 동기 중에서 국내 대기업의 장남이 있었답니다. 국내 야구팀도 소유하고 있는 엄청나게 큰 대기업의 장남이었어요. 마음속으로는 같은 소대가 되어서 친분을 쌓고 싶었지만, 안타깝게도 옆 소대였습니다. 대기업 장남을 제가 어디 가서 어떻게 보겠습니까. 신기한 마음에 멀리서 부지런히 지켜봤던 기억이 납니다. 그때 이런 생각을 했습니다. '저 친구와 내가 같은 옷을 입고 같은 밥을 먹는 것은 훈련소 시절이 마지막이겠구나.' 전역하는 순간 완전히 다른 미래가 기다립니다. 그 친구는 전역과 동시에 기업의 주요 부서로 배치가 됐고, 신문에서 종종 보게 되었습니다. 저는 그냥 동네에서 돈가스 먹으면서 조용히 잘 지냈습니다.

우리의 인생을 돌아보면 학교와 군대가 가장 겉보기에 평등해 보입니다. 적어도 같은 옷을 입고 같은 것을 먹으니까요. 교육의 격차를 말할 때 우리는 지역의 차이, 사교육 인프라의 차이, 가정환경의 차이 등을 말합니다. 그것 때문에 성적이 갈리고, 입시에서의 결과가 달라진다고 이야기합니다. 맞습니다. 모두 맞는 이야기입니다. 다만, 이 교육의 격차는 교과서를 씹어 먹으면서 공부하면 어느 정도 극복할 수 있습니다. 광적인 노력을 하면, 내가 이번 시험에서 전교 1등을 할 수도 있다는 겁니다. 하지만 대학에 입학하는 순간, 사회에 진출하는 순간 더 엄청난 격차가 기다린다는 점을 미리 알고 있어야 합니다. 전교 1등이 알고 보면 제일 가난할 수 있습니다. 전교 꼴찌의 부모가 건물주라서 그 친구는 공부에 큰 뜻이 없었을 수도 있습니다. 전교 1등을 해서 인서울을 하고, 대기업에 취업한다고 해도 서울에서 10억이 훌쩍 넘는 아파트를 사기 위해서는 혹독한 노력을 해야 합니다. 그때, 옆에서는 그냥 수십억 원의 아파트를 부모가 사주는 친구가 있을 겁니다. 사회에서 발생하는 격차입니다. 타고 난 격차죠.

우리 아이는 성적이 아니라 이 격차와 평생 싸워야 합니다. SNS의 영향으로, 굳이 보지 않아도 될 부자의 삶까지 고스란히 노출되고 있습니다. 입는 것, 먹는 것, 생활하는 모습이 아예 다릅니다. 그걸 보면서도 나는 내 삶을 꾸려 나가야 합니다. 격차와 싸우는 힘이 없다면 대한민국에서 살기 어려울 겁니다. 그렇다면 공부에 대한 접근도 달라야 한다고 생각합니다. 옆집보다 6개월, 1년 앞서가는 식으로 공부해서는 안 됩니다. 전국적으로는 더 큰 격차가 기다리고, 태어날 때부터 발생하는 어마어마한 격차와 싸우는 힘을 기를 수 없습니다.

결국, 나만의 목적을 찾아야 합니다. 그리고 나만의 길을 걸어야 합니다. 내가 내 발로 걸을 힘이 있어야 합니다. 옆에서 누가 뭘 하더라도 나는 나만의 것을 추구할 수 있어야 합니다. 공부하더라도 그 목적을 위해서 해야 합니다. 그게 대입 이후에도 아이들에게 격차와 싸울 힘을 줄 겁니다. 마이웨이로 살면 격차를 벗어날 수 있습니다. 그렇다면 공부도 마이웨이로 해야 합니다.

Part
8

그렇게 부모가 되어 갑니다

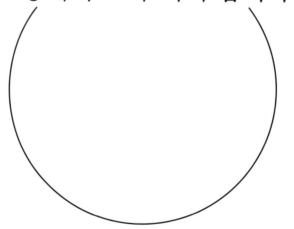

부모는 자녀의 미래를 바꿀 수 있는 초능력자입니다

〈선재 업고 튀어〉는 김혜윤, 변우석 배우 주연의 2024년 선풍적인 인기를 누린 드라마입니다. 워낙 인기가 많아서 저도 뒤늦게 찾아서 봤습니다. 역시 인기가 많은 드라마는 인기의 이유가 있습니다. 제가 로맨스 장르를 평소에 절대 보지 않는데, 이 드라마에 한동안 푹 빠졌던 기억이 납니다. 이 드라마에서 여주인공은 남주인공인 선재를 구하기 위해 과거로 계속해서 돌아갑니다. 이렇게도, 저렇게도 남주인공을 구하기 위해서 노력합니다. 이런 소재를 다룬 영화, 드라마들이 인기를 끄는 이유는 어쩌면 우리도 과거로 가서 미래를 바꾸고 싶은 마음이 있기 때문이라고 생각합니다.

분명 내 과거는 지금의 내 보습에 영향을 주었을 겁니다. 그때의 선택, 과거의 말, 행동이 오늘의 나에게 큰 영향을 줬죠. 그런 사실을 잘 알기에 우리는 과거를 후회하기도 하고, 과거에 관한 생각도 많이 합니다.

저는 아이들이 어릴 때 제가 미래에서 왔다는 엉뚱한 상상을 하곤 했습니다. 주말에는 아내가 조금이라도 쉬었으면 하는 마음에 두 아이를 데리고 무작정 밖으로 나갔는데, 오후쯤 되어서 체력이 다 떨어질 때 스스로에게 다시 힘을 주는 방법으로 제가 미래에서 왔다고 생각하곤 했습니다. 시간이 많이 흘러 제가 죽음을 맞이하는 날에, 일평생을 잘 살아서 저에게 하루의 보너스가 주어진 거죠. 그렇게 제가 죽기 직전에 보너스로 살 수 있는 하루가 바로 오늘이라고 생각했습니다. 오늘이 아이들과 함께하는 마지막 순간이라고 생각하면 울컥한 마음이 들면서 다시 힘이 나곤 했습니다.

어쩌면 우리 부모들은 미래에서 왔을 수 있습니다. 미래에서 온 사람은 미래를 알고 있기에 강력한 힘이 있습니다. 우리 부모들에게는 아이들의 미래를 바꿀 수 있는 강력한 힘이 있습니다. 우리가 아이들에게 건네는 말, 행동, 함께 하는 저녁 시간, 주말여행 등 모든 것이 아이들에게 영향을 줄 겁니다. 따뜻한 말을 자주 들은 아이는 높은 자존감을 가질 겁니다. 매일 다른 자녀와 비교하고 잔소리하면 아이는 평생을 안절부절 못하며 살 겁니다. 온 가족이 운동하는 습관을 만들면 아이는 건강하게 자랄 확률이 높아집니다. 매일 저녁을 패스트푸드로 때운다면 아이는 운동과 점점 멀어질 겁니다.

부모의 어깨가 무거운 것은 우리가 분명히 자녀의 미래를 바꿀 수 있는 어마어마한 힘을 갖고 있기 때문일 겁니다. 하지만 아이가 부모 뜻대로 자라는 것은 아닙니다. <선재 업고 튀어>를 비롯한, 과거로 돌아가는 소재를 다룬 영화, 드라마에서 주인공이 계속해서 과거로 돌아가는 이유는 자기 뜻대로 미래가 바뀌지 않기 때문입니다. 그렇습니다. 미래는 뜻대로 되지 않습니다. 자녀의 인생도, 부모 뜻대로, 또는 본인의 뜻대로 흘러가지 않을 겁니다.

그렇기에 그저, 우리는 자녀와 동행하는 겁니다. 기쁠 때 함께 하기에 2배 더 기쁘고, 슬플 때는 슬픔을 나누어서 수용할 수 있겠죠. 그게 부모가 할 수 있는 최선이자 최고의 역할이라는 생각을 해 봅니다. 오늘도 미래를 바꿀 수 있는 초능력을 숨기고 자녀와 동행합니다.

그렇게 부모가 되어 갑니다

부모가 아이를 위해
지킬 수 있는 것

아이의 성적에 부모의 온 관심이 쏠려 있는 시대입니다. 아이의 성적을 지키기 위해서 교육 정보를 익히고, 이것을 적용하면서 아이와 함께하는 시간을 보냅니다. 이 책을 통해서 내내 강조했지만 저는 부모가 아이의 성적을 원하는 대로 만들 수 없다고 생각합니다. 교육의 결과라는 것은 수많은 변인이 서로 관계하며 작용한 결과입니다. 누군가가 서울대를 갔다고 했을 때, 이것이 도대체 어떤 이유 때문인지 아무도 모릅니다. 이 한 사람의 인생을 대상으로 여러 가지 변인을 통제하면서 연구해야 결괏값을 얻을 수 있는데 그럴 수가 없기 때문입니다. 특정 교재로 공부해 성적이 오른 사례를 본 뒤, 우리 가정에서도 따라서 그 교재를 이용해도 성적은 오르지 않습니다. 다른 요인들이 성적에 영향을 주고 있기 때문입니다. 같은 학원에서, 같은 강사에게 수업을 받아도, 아이들의 성적이 다 제각각인 것은 누구나 알고 있는 사실입니다. 나름의 가설을 가지고 아이의 성적을 위해서 이런저런 노력을 해 보지만, 궁극적으로 아이의 성적을 원하는 대로 지킬 수 있는 부모는 없다고 생각합니다.

부모가 지킬 수 있는 것은 따로 있습니다. 아이의 꿈은 부모만이 지킬 수 있습니다. 어려서 아이가 저의 딸처럼 종이접기를 좋아할 때, 그걸 계속할 수 있도록 지켜봐주는 것은 부모입니다. 아이가 공룡을 좋아하고, 자동차, 지하철, 기차를 좋아할 때 그걸 함께 쫓아가 주는 것은 부모입니다. 꿈이라는 것은 목적지입니다. 아이가 좋아하는 것, 설레는 것을 쫓아갔을 때 그 끝에 아이가 원하는 삶이 있을 겁니다. 특히 아이가 좋아하는 것이 공부와 관련이 없어 보일지라도, 그것을 허용해 주는 것은 부모만이 할 수 있는 일입니다.

저의 아들은 기차를 좋아합니다. 도대체 언제부터, 왜 좋아하는지 저는 아직도 모르겠습니다. 아마 아들 본인도 잘 모를 겁니다. 저는 이 좋아하는 마음을 지켜주고 싶습니다. 좋아하는 것이 공부와 관련이 없을수록, 먹고사는 문제와 무관할수록 그것은 정말로 순수하게 좋아하는 것입니다. 저는 그 순수한 마음을 지켜주고 싶습니다. 그게 저의 역할이라고 생각합니다. 자녀의 성적은 부모가 지킬 수 없습니다. 자녀의 꿈은 부모가 지켜줄 수 있습니다. 저는 부모만이 할 수 있는 그 일을 꼭 해내고 싶습니다.

부모는 아이들과
영원히 함께할 수는 없습니다

1997년 개봉한 이탈리아 영화 <인생은 아름다워>는 제 인생 영화입니다. 부모로서 이 영화를 보게 된 것은 어쩌면 행운이라고 생각합니다.

이 영화는 제2차 세계대전을 배경으로 합니다. 주인공 '귀도'는, 아내 '도라'와 아들 '조수아'와 함께 행복한 삶을 살고 있었습니다. 주인공인 귀도는 유머러스하고 가족을 사랑하는 인물입니다. 하지만 제2차 세계대전이 발발하고, 귀도는 유대인이라는 이유로 강제수용소에 끌려가게 됩니다. 아들 조수아와 아내도 함께 수용소 생활을 하게 됩니다. 그곳에서 귀도는 아들에게 선의의 거짓말을 합니다. 수용소 게임을 숨바꼭질이라고 속이고, 끝까지 숨어서 1,000점을 획득하면 우승자가 되고, 부상으로 탱크를 받게 된다고 말합니다. 그렇게 아빠는 강제 노동을 하고, 아들은 수용소에서 숨어 지내는 생활이 시작됩니다.

워낙 옛날 영화라서 영화의 결말을 죄송스럽게도 살짝 알려드리고자 합니다. 전쟁이 끝났다는 소식에 수용소 안은 혼란스러워집니다. 귀도는 아내를 구하기 위해서 여성 수용소로 향합니다. 잠시 아들을 숨겨두고, 아내를 구하러 가던 귀도는 독일군에게 발각되어 구석으로 끌려가 총살을 당할 위기에 처합니다. 그렇게 구석으로 끌려가던 아빠 귀도는 숨어 있던 아들 조수아와 눈이 마주칩니다. 그러자 귀도는 찡긋 웃으며 구석으로 가서 목숨을 잃습니다. 전쟁은 실제로 끝이 났고, 아들 조수아와 아내는 자유를 맞이하게 됩니다. 그리고 조수아가 말합니다. 이 영화는 아버지의 유산에 대한 영화라고요.

이 영화를 여러 차례 보았습니다. 이 글은 제 머릿속에 남아 있는 기억을 바탕으로 작성했습니다. 결말을 알고 보아도 너무나 슬프고 마음이 아프던 영화였습니다. 영화 속에서 아들이 5살일 때 아버지가 세상을 떠났습니다.

하지만 아버지는 영원히 아들의 기억 속에 남아 있을 겁니다. 아버지가 어린 아들을 구하기 위해서 어떤 희생을 했는지를 알면 알수록 아버지는 더욱 아들의 마음속에 살아날 겁니다. 그렇게 아버지가 물려 주신 가치, 정신을 바탕으로 아들 조수아도 행복한 가정을 꾸리리라 생각합니다.

부모는 영원히 아이들과 함께할 수는 없습니다. 아이들과 매일 저녁 함께 밥을 먹고, 이야기를 나누고, 지지고 볶을 수 있는 시간은 유한합니다. 정말 길어야 아이들이 대학에 가기 전까지 20년 남짓이라고 생각합니다. 이 시간은 참 힘들지만, 부모에게 주어지는 선물 같은 시간이라고 생각합니다.

부모와 자녀는 언젠간 헤어지게 됩니다. 그렇다면 함께 하는 시간 동안 어떻게 시간을 보내야 할지는 이미 답이 나와 있습니다. 더 사랑해야 합니다. 더 대화를 나누어야 합니다. 미안한 것이 있다면 사과하고, 어제보다 오늘 더 사랑해야 합니다. 아이들은 이 기억을 마음에 담고 평생을 살 것입니다.

이 글을 쓰면서 문득 궁금해집니다. 이 영화의 제목은 왜 LIFE IS BEAUTIFUL이었을까요? 수용소에서의 삶에서조차, 아버지와 아내, 아들의 사랑을 보여줄 수 있었기에 그 인생이 아름다웠던 걸까요? 오랜만에 다시 이 영화를 떠올리며 생각에 잠겨 봅니다.

부모님 덕분입니다

성인이 되고 일이 잘 풀리기 시작하고부터는 부모님이 아닌 제 역량으로 하나하나 성취를 이루었다고 믿고 싶었습니다. 하지만 생각할수록 부모님의 영향이 크다는 것을 깨닫습니다.

제가 제일 잘하는 것은 새벽 출근입니다. 남들보다 우월한 면이 없다고 생각하기 때문에 조금씩 더 부지런 떠는 것을 무기로 삼을 수밖에 없었습니다. 주변보다 조금만 더 열심히, 성실하게 사는 것을 목표로 삼았습니다. 평생을 알람을 맞추지 않고도 새벽 5시에 일어날 수 있게 되었습니다. 새벽에 거리로 나서면서 이건 아무것도 아니라는 생각을 자주 합니다. 어머니는 더 일찍 일어나셔서 시어머니를 포함한 온 가족 식사를 다 챙기셨고, 도시락도 싸셨고, 살림도 정리하시고 출근하셨거든요. 남들은 직장만 다녀도 힘들다고 하는데, 어머니가 견디셨을 삶의 무게가 얼마나 무거웠을까요. 저는 제 몸 하나 일으켜 집을 나서는데, 이건 정말 아무것도 아니라고 생각합니다. 어머니라는 비교 대상이 없었다면 저는 제 삶이 너무 힘들다고 생각했겠죠.

아버지의 삶은 공개할 수 없는 내용들이 너무 많습니다. 드라마로 따지면 막장 드라마의 주인공이신 셈인데 저는 그 삶에서 도망치지 않고 가족을 지켜 내신 아버지의 삶을 존경합니다. 공부도 잘하셨고, 학벌도 좋으시고, 인물도 좋으셔서 정말 입신양명출세하여 이름을 세상에 떨침하실 수도 있으셨는데 아버지의 삶은 막장 드라마처럼 주변에 휘말려 드라마보다 더 드라마 같았습니다. 하지만 저는 그 무엇보다도 아버지의 삶에서 도망가지 않으시고 자리를 지키시고, 가족을 지켜주셨다는 그 사실만으로도 아버지의 삶을 존중합니다. 서툴렀지만 아버지께서 하신 모든 일들이 좋은 아버지가 되기 위한 노력이었다는 것을 부모가 되어 제가 이제 깨닫습니다.

지금 이 책을 읽으시는 분들이 저의 이야기에 귀를 기울이는 이유는 제가 잘나서도 아니고, 학벌이 뛰어나서도 아닙니다. 그저 새벽에 매일 거리로 나아가는 성실함과 좋은 아빠가 되려는 저의 진심 딱 2가지 때문이라고 생각합니다. 이 2가지는 결국 부모님의 영향을 크게 받은 것이니 지금 제가 일궈내고 있는 삶의 상당 부분은 부모님 덕분입니다.

그렇게 함께,
진짜 부모가 되어 가겠습니다

가끔 그런 생각을 합니다. '나처럼 가방끈이 짧은 사람이 강연을 해도 될까?' '책을 써도 될까?' 자존감이 낮은 편은 아니지만, 그렇다고 잘난 척을 할 수도 없습니다. 세상에는 저보다 훨씬 더 훌륭한 분들이 셀 수 없이 많습니다. 저는 석사 과정도 대학원 다니다가 돈 버는 일에 집중하느라 논문을 못 써서 제대로 졸업도 하지 못했습니다. 그리고 그때의 지도교수님은 아주 오래전에 정년퇴임을 하셨죠.

그럼에도 저는 부모로서의 제 삶에 책임을 졌다는 자부심이 있습니다. 5만 원만 준다고 해도 어디든 가서 일했습니다. 강의에서 얼굴이 예뻐(?) 보이려고 화장실 변기에 앉아 화장도 했습니다. 눈썹도 그렸었네요. 아, 남지 화장실에서 거울 보고 화상하면 안 그래도 제가 덩치도 큰 편인데 다른 분들이 놀라실까 봐 거울 앞에선 화장하지 못했답니다. 지금은 모두 추억입니다. 저보다 뛰어난 분들 사이에서 살아남기 위해서 발버둥 쳤고, 그 결과로 여러분들이 이 책을 읽고 계신 정도의 인정을 받은 것 같습니다.

저는 자기의 삶을 책임지는 분들을 존경합니다. 혼자서 자기의 삶을 책임지는 것도 쉽지 않은데 자식을 낳아서 그들의 인생까지 멱살 잡고 이끄는 부모님들의 그 허슬 플레이를 존중합니다. 그리고 강한 동지애를 느낍니다. 이 책을 통해서 조금이라도 도움이 되고 싶었고, 작은 응원이라도 보내 드리고 싶었습니다.

우리는 명심해야 합니다. 교육에 있어서는 절대 2인 3각을 해서는 안 됩니다. 길고 긴 마라톤을, 한 쪽씩 발을 묶고 함께 뛰어갈 수는 없습니다. 결국 아이가 혼자서 뛰어가야 합니다. 넘어져도 아이가 일어나야 합니다. 궁극적으로 부모인 우리가 없는 세상에서 아이들이 잘 살 수 있는 힘을 길러줘야 합니다. 좀 서운할 순 있지만, 아이들은 결국, 부모인 우리가 필요 없게 될 겁니다. 그렇게 아이들은 꼬맹이에서 어른이 되어갑니다.

부모인 우리는, 부모로서의 삶을 사는 것이 중요합니다. 사실 저도 아직 부모로서의 제 자아에 확신이 없습니다. 늘 실수하고, 돌아서면 후회합니다. 근본적으로 부모로서 어떻게 살아야 할지 고민을 계속합니다.

고민만 하다가 끝이 날 것 같기도 합니다. 그럼에도, 이 고민을 나누고 싶습니다. 그래서 이 책도 솔직하게 쓰려고 노력을 많이 했습니다.

읽으시면서 조금이라도 도움이 되셨으면 하고 바라봅니다. 저의 부모 공부는 계속됩니다. 이 책을 쓰면서도 제가 좀 더 아는 것이 많았다면 더 많이 나누어드릴 텐데 그러지 못해서 아쉽고 또 아쉬웠습니다. 좋은 부모라는 것이 객관식 문제가 아니다 보니, 계속해서 답을 고치면서 써 내려갈 것 같네요. 답을 찾다가 좋은 것을 알게 되면 꼭 나누겠습니다.

세상의 모든 부모님과 함께 성장하겠습니다.
그렇게 함께, 진짜 부모가 되어 가겠습니다. 감사합니다.

그렇게 부모가 된다

ⓒ정승익

초판 1쇄 인쇄 | 2024년 8월 31일

지은이 | 정승익
편집인 | 김진호
디자인 | 김다현
마케팅 | 네버기브업
펴낸곳 | 네버기브업
ISBN | 979-11-987748-2-8(03810)
이메일 | nevernevergiveup2024@gmail.com